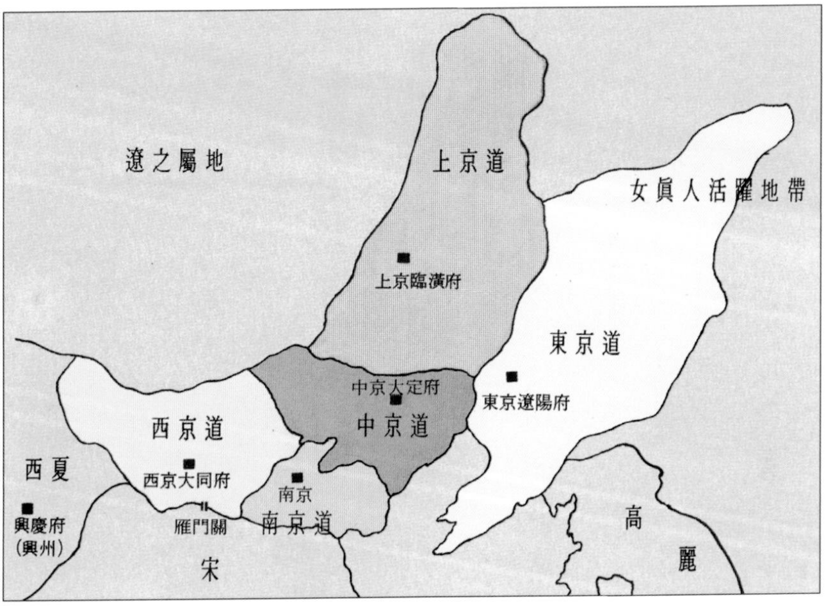

《天龍八部》時代宋遼邊界圖。

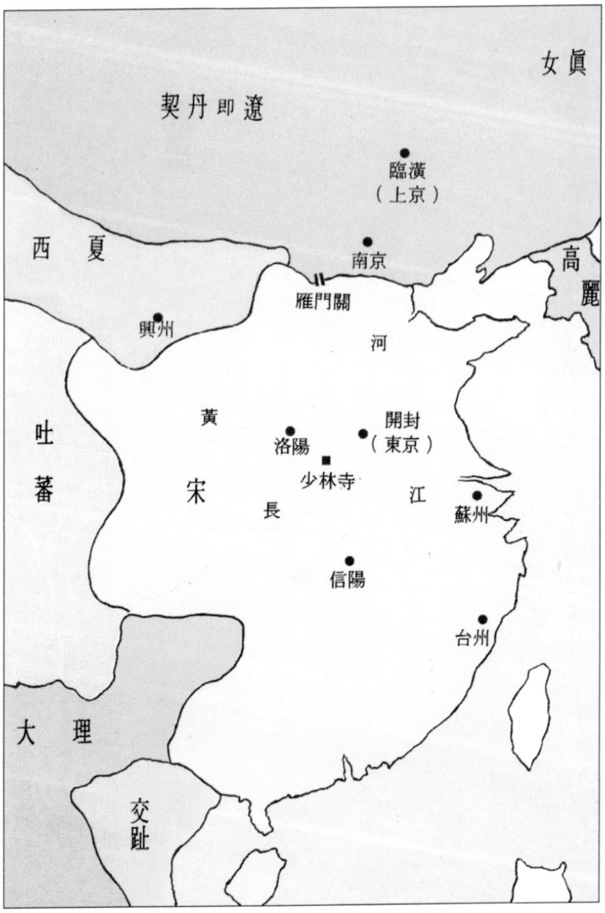

《天龍八部》時代五國分界圖。兩圖王司馬先生為本書所繪。

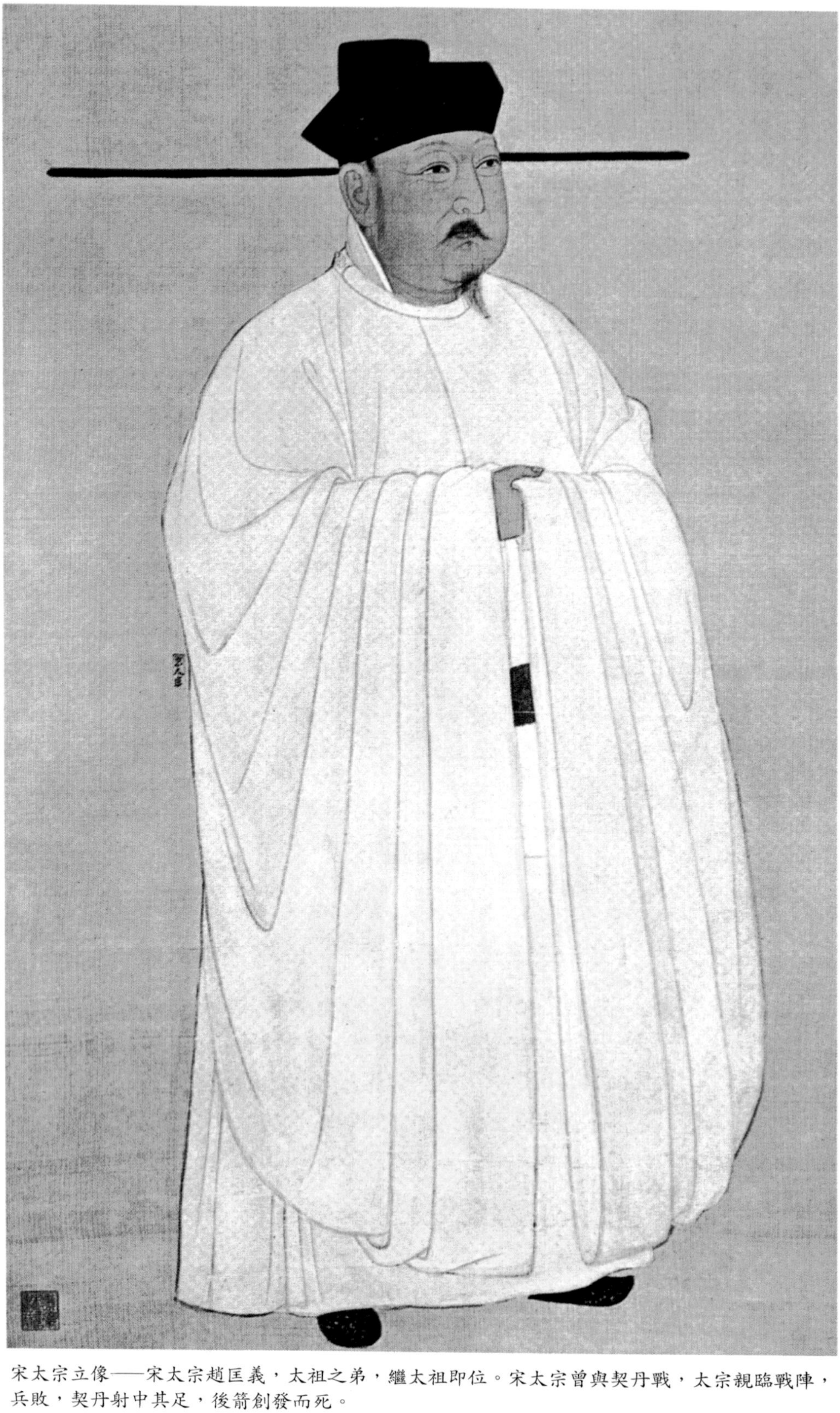

宋太宗立像──宋太宗趙匡義，太祖之弟，繼太祖即位。宋太宗曾與契丹戰，太宗親臨戰陣，兵敗，契丹射中其足，後箭創發而死。

宋神宗像——宋神宗趙頊，信用王安石而變法。哲宗時的太皇太后是神宗之母。

宋哲宗像——宋哲宗趙煦，神宗之子，徽宗之兄，太皇太后逝世後親政，排斥賢良，復行新政。以上三帝像均原藏故宮南薰殿。

趙孟頫「蘇軾像」

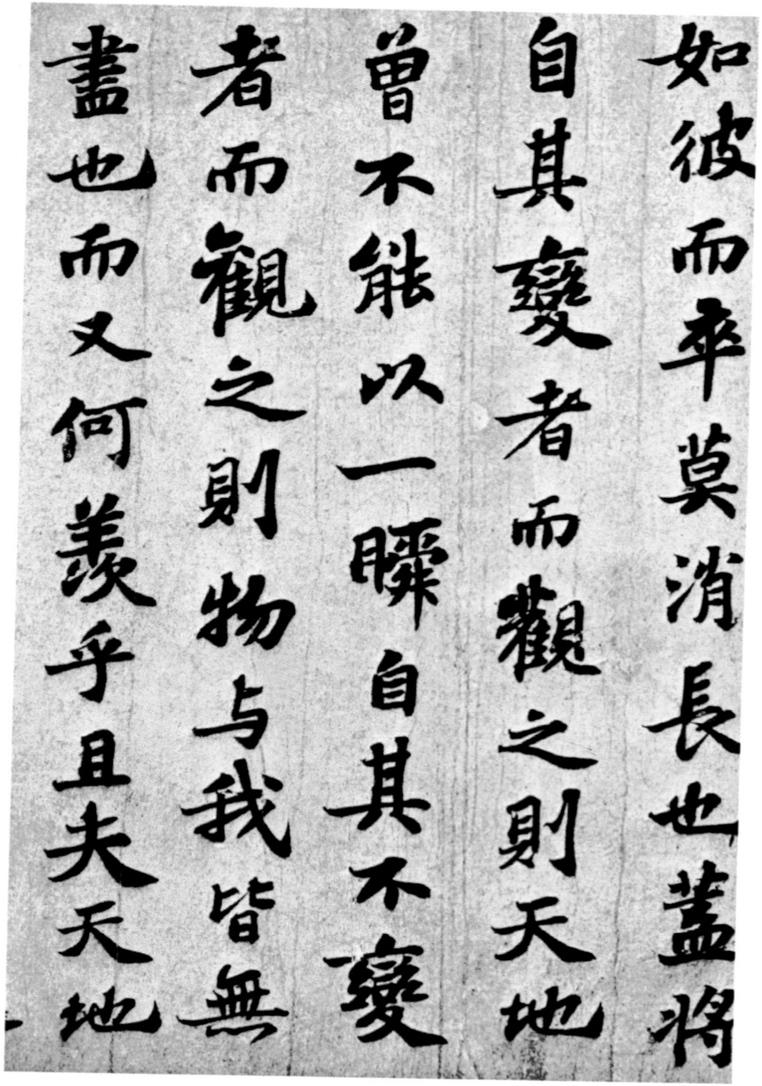
如彼而卒莫消長也蓋將
自其變者而觀之則天地
曾不能以一瞬自其不變
者而觀之則物与我皆無
盡也而又何羨乎且夫天地

蘇軾自書「赤壁賦」(部分)

「司馬光像」——畫家不詳。

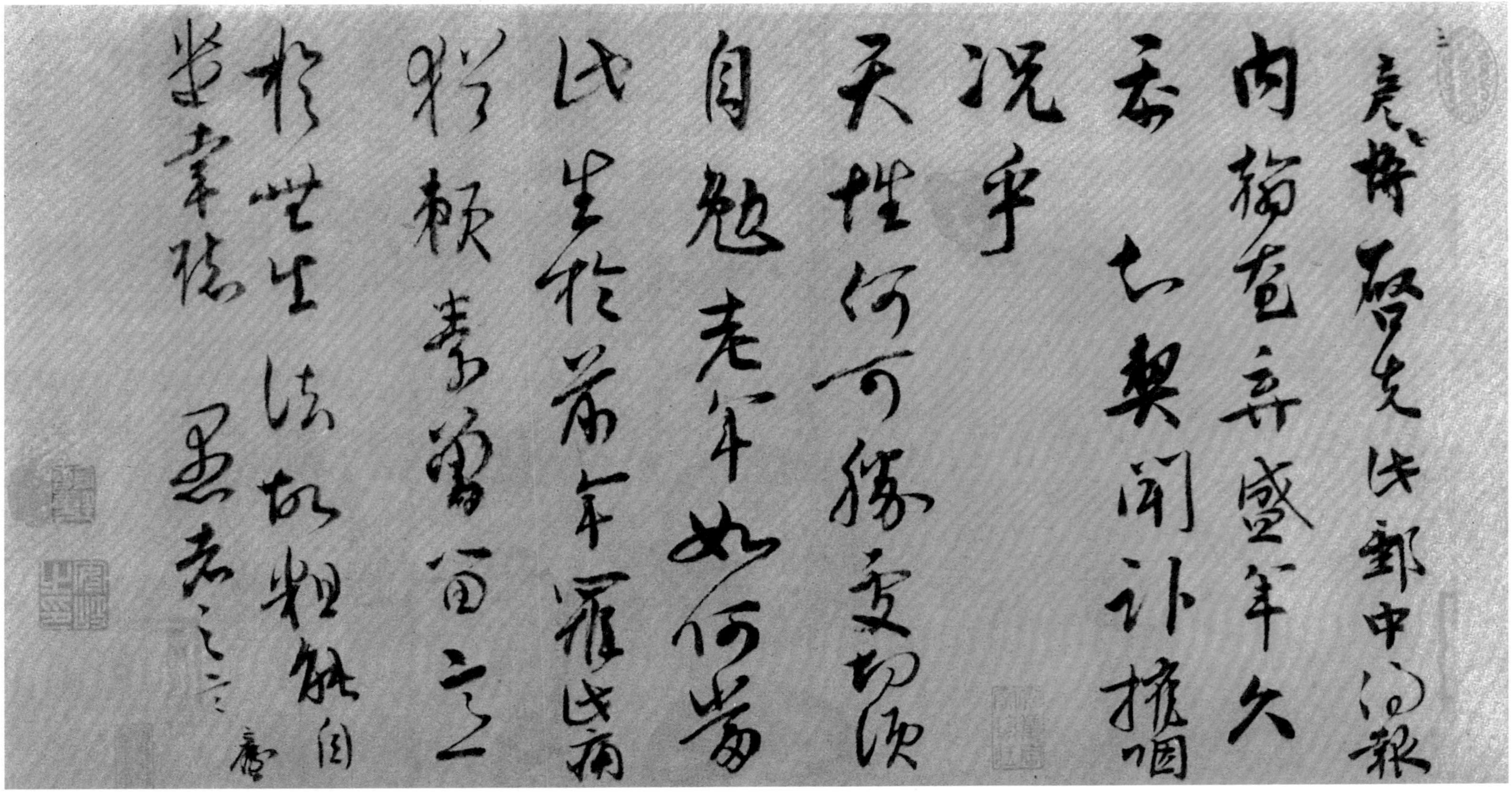

文彥博書「尺牘」。以上四幅畫像、書法均藏臺北故宮博物院。

宋人「白茶花圖」。

周文矩「兜率宮內慈氏圖」——圖中的白衣觀音形貌美麗慈和，身旁甘露瓶中插有楊枝，表示觀音菩薩以楊枝蘸甘露遍洒人間，救苦救難。兜率宮是印度神話中天神所居之處。

大字版 天龍八部

⑩ 生死無常

金庸

大字版金庸作品集㊿
天龍八部 (10)生死無常 「公元2005年金庸新修版」
The Semi-gods and the Semi-devils, Vol.10

作　　者／金　庸

封面設計／唐壽南　內頁插畫／王司馬

發 行 人／王 榮 文
出版・發行／遠流出版事業股份有限公司
臺北市中山北路一段11號13樓
電話／2571-0297　傳真／2571-0197　郵撥／0189456-1

□2005年11月16日　初版一刷
□2022年 3 月16日　二版五刷

大字版　每冊 *380* 元（本作品全十冊，共3800元）
〔另有典藏版共36冊（不分售），平裝版共36冊，新修版共36冊，新修文庫版共72冊〕

ISBN　978-957-32-8133-7（套：大字版）
ISBN　978-957-32-8132-0（第十冊：大字版）
Printed in Taiwan

YLib 遠流博識網
http://www.ylib.com　E-mail:ylib@ylib.com

目錄

（本書第九集及第十集十回回目，十句調寄〈水龍吟〉。）

鳩摩智說道：「這一本帳簿，是老衲從寶莊令堂處借來，今日就奉還王姑娘。」說著將那第八本《小無相功》秘本交給王語嫣。

四六　酒罷問君三語

巴天石、朱丹臣等次晨起身，不見了段譽，到王語嫣房門口叫了幾聲，不聞答應，見房門虛掩，敲了幾下，便即推開，房中空空無人。巴朱二人連聲叫苦。朱丹臣道：「咱們這位小王子便和王爺一模一樣，到處留情，定然和王姑娘半夜裏偷偷溜掉，不知去向。」巴天石點頭道：「小王子風流瀟洒，是位不愛江山愛美人的人物。他鍾情於王姑娘，那是有目共睹了，要他做西夏駙馬……唉，這位小王子不大聽話，當年皇上和王爺要他練武，他說甚麼也不練，逼得急了，就一走了之。」朱丹臣道：「咱們只有分頭去追，苦苦相勸。」巴天石雙手一攤，唯有苦笑。

朱丹臣又道：「巴兄，想當年王爺命小弟出來追趕小王子，好容易找到了，那知道小王子……」說到這裏，放低聲音道：「小王子迷上了這位木婉淸姑娘，兩個人竟半夜裏偷偷溜將出去，總算小弟運氣不錯，早就守在前面道上，這才能交差。」巴天石一拍大腿，說道：「唉，朱賢弟，這就是你的不是了。你既曾有此經歷，怎地又來重蹈覆轍？咱哥兒倆該當輪班守夜，緊緊看住他才是啊。」朱丹臣嘆了口氣，說道：「我只道他瞧在蕭大俠與虛竹先生義氣的份上，總不會撒手便走，那知道……那知道他……」下面這「重色輕友」四個字的評語，一來以下犯上，不便出口，二來段譽和他交情甚好，卻也不忍出口。

兩人無法可施，只得去告知蕭峯和虛竹。各人分頭出去找尋，找了一整個早上，半點頭緒也無。

中午時分，衆人聚在段譽的空房之中紛紛議論。正發愁間，西夏國禮部一位郎中來到賓館，會見巴天石，說道皇上今晚在西華宮設宴，款待各地前來求親的佳客，請大理國段王子務必光臨。巴天石有苦難言，只得唯唯稱是。

那郎中受過巴天石的厚禮，神態間十分親熱，告辭之時，巴天石送到門口。那郎中附耳悄悄說道：「巴司空，我透個消息給你。今兒晚皇上賜宴，席上要審察各位佳客的才貌舉止，宴會之後，說不定還有甚麼射箭比武之類的玩意兒，讓各位佳客一比高下。到底誰做駙馬，匹配我們的公主娘娘，這是個大關鍵。段王子可須小心在意了。」巴天石作揖稱謝，從袖中又取出一錠黃金，塞在他手裏。

巴天石回入賓館，將情由向衆人說了，嘆道：「鎮南王千叮萬囑，務必要小王子將公主娶了回去，咱兄弟倆有虧職守，實在無面目去見王爺了。」

竹劍突然抿嘴一笑，說道：「巴老爺，小婢子說一句話成不成？」巴天石道：「姊姊請說。」竹劍笑道：「段公子的父王要他娶西夏公主，只不過是想結這頭親事，西夏、大理成爲婚姻之國，互相有個照應，是不是？」巴天石道：「不錯。」菊劍道：「至於這位西夏公主是美如西施，還是醜勝無鹽，這位做公公的段王爺，卻也不放在心上了，是麼？」巴天石道：「人家公主之尊，就算沒沉魚落雁之容，中人之姿總是有的。」梅劍道：「我們姊妹倒有一個主意，只要能把公主娶到大理，是否能及時找到段公子，倒也無關大局。」蘭劍笑道：「段公子和王姑娘在江湖上玩厭了，過得一年半載，兩年三年，終究會回大理去，那時再和公主洞房花燭，也自不遲。」

巴天石和朱丹臣又驚又喜，齊聲道：「小王子不在，怎又能把西夏公主娶回大理？四位姑娘有此妙計，願聞其詳。」

梅劍道：「這位木姑娘穿上了男裝，扮成一位俊書生，豈不比段公子美得多了？請她去赴今晚之宴，席上便有千百位少年英雄，哪一個有她這般英俊瀟洒？」蘭劍道：「木姑娘是段公子的親妹子，代哥哥去娶了個嫂子，爲國家立下大功，討得爹爹的歡心，豈不是一舉數得？」竹劍道：「木姑娘挑上了駙馬，拜堂成親總還有若干時日，那時想來該可找到段公子了。」菊劍道：「就算那時段公子仍不現身，木姑娘代他拜堂，卻又如何？」蘭劍道：「就算木姑娘須得代哥哥跟嫂子洞房花燭，反正大家是女子，那也不妨，最多說穿了便是。」說著伸手按住了嘴巴，四姊妹一齊吃吃笑了起來。

四人一般的心思，一般的口音，四人說話，實和一人說話無甚分別。

巴朱二人面面相覷，均覺這計策過於大膽，若讓西夏國瞧破，親家結不成，反而成了怨家，西夏皇帝要是一怒發兵，這禍可就闖得大了。

梅劍猜中兩人心思，說道：「其實段公子有蕭大俠這位義兄，本來無須拉攏西夏，只不過鎮南王有命，不得不從罷了。當真萬一有甚變故，蕭大俠是大遼南院大王，手綰雄兵數十萬，只須居間說幾句好話，從中調解，便能阻止西夏向大理尋釁生事。」

蕭峯微微一笑，點了點頭。

巴天石是大理國司空，執掌政事，蕭峯能作爲大理國的強援，此節他自早在算中，只自己不便提出，見梅劍說了這番話後，蕭峯這麼一點頭，便知此事已穩如泰山，最多求親不成，於國家卻決無大患，尋思：「這四個小姑娘的計謀，似乎直如兒戲，但除此之外，卻也更無良策，只不知木姑娘是否肯冒這個險？」說道：「四位姑娘此議確是妙計，但行事之際實在太過凶險，萬一露出破綻，木姑娘有被擒之虞。何況天下才俊雲集，木姑娘人品自是一等一的了，但如較量武功，要技壓羣雄，或恐難有把握。」

眾人眼光都望向木婉淸，要瞧她是作何主意。

木婉淸道：「巴司空，你也不用激我，我這個哥哥，我這個哥哥……」說了兩句「我這個哥哥」，突然眼淚奪眶而出，想到段譽和王語嫣私下離去，便如當年和自己深夜攜手同行一般，倘若他不是自己兄長，料想他亦不會變心，如今他和旁人卿卿我我，自己卻在這裏冷冷淸淸，大理國臣工反要自己代他娶妻。她想到悲憤處，倏地一伸手，掀翻了面前的桌子，登時茶壺、茶杯，乒乒乓乓的碎成一地，一躍而起，出了房門。

眾人相顧愕然，都覺十分掃興。巴天石歉然道：「這是我的不是了，倘若善言以求，木姑娘最多不答允，可是我出言相激，卻惹得她生氣了。」朱丹臣搖頭道：「木姑娘生氣，決不是為了巴兄這幾句話，那是另有原因的。唉，一言難盡！」

當下眾人又分頭去尋訪段譽，但見街市之上，服飾錦繡的少年子弟穿揷來去，料想大半是要去赴皇宮之宴的，偶而也見到有人相罵毆鬥，看來吐蕃國的眾武士還在盡力為小王子淸除敵手。至於段譽和王語嫣，自然影蹤不見。

傍晚時分，眾人先後回到賓館。蕭峯道：「三弟旣已離去，咱們大家也都走了罷，不管是誰做駙馬，都跟咱們毫不相干。」巴天石道：「蕭大俠說得是，免得咱們見到旁人做了駙馬，心頭有氣。」

鍾靈忽道：「朱先生，你娶了妻子沒有？段公子不願做駙馬，你為甚麼不去做？你娶了西夏公主，不也有助於大理麼？」朱丹臣笑道：「姑娘取笑了，晚生早已有妻有妾，有兒有女。」鍾靈伸了伸舌頭。朱丹臣又道：「可惜姑娘的相貌太嬌，臉上又有酒窩，不像男子，否則由你出馬，替你哥哥去娶西夏公主……」鍾靈道：「甚麼？替我哥哥？」朱丹臣知道失言，心想：「你是鎭南王的私生女兒，此事未曾公開，不便亂說。」忙道：「我說是替小王子辦成了這件大事……」

忽聽得門外一人道：「巴司空、朱先生，咱們這就去了罷？」門簾一掀，進來一個英氣勃勃的俊雅少年，正是穿了書生衣巾的木婉清。

衆人又驚又喜，都道：「怎麼？木姑娘肯去了？」木婉清道：「在下姓段名譽，乃大理國鎭南王世子，諸位言語之間，可得檢點一二。」聲音清朗，雖雌音難免，但少年人語音尖銳，亦不足爲奇。衆人見她學得甚像，都哈哈大笑。

原來木婉清發了一陣脾氣，回到房中哭了一場，左思右想，覺得得罪了這許多人，很是過意不去，再覺冒充段譽去娶西夏公主，此事倒也好玩，內心又隱隱覺得：「你想和王姑娘雙宿雙飛，過快活日子，我偏偏跟你娶一個公主娘娘來，鎭日價打打鬧鬧，教你多些煩惱。」又憶及初進大理城時，段譽的父母醋海興波，相見時異常尷尬，段譽若有一個明媒正娶的公主娘娘作正室，王語嫣便做不成他夫人，自己不能嫁給段譽，那是無法可想，可也不能讓這個嬌滴滴的王姑娘快快活活的做他妻子。她越想越得意，便挺身而出，願去冒充段譽。

巴天石等精神一振，忙即籌備諸事。巴天石心想，那禮部尙書來過賓館，曾見過段譽，於是取過五百兩黃金，要朱丹臣送去給陶尙書。本來禮物已經送過，這是特別加惠，吩咐朱丹臣甚麼話都不必提，待會這陶尙書倘若見到甚麼破綻，自會心照不宣，五百兩黃金買一個不開口，這叫做「悶聲大發財」。

木婉淸道：「蕭大哥、虛竹二哥，你們兩位最好和我同去赴宴，那我便甚麼都不怕了。否則眞要動起手來，我怎打得過人家？皇宮之中，亂發毒箭殺人，總也不成體統。」

蘭劍笑道：「對啦，段公子要是毒箭四射，西夏皇宮中積屍遍地，公主娘娘只怕也不肯嫁給你了。」蕭峯笑道：「我和二弟已受段伯父囑託，自當盡力。」

當下衆人更衣打扮，齊去皇宮赴宴。蕭峯和虛竹扮作了大理國鎭南王府的隨從。鍾靈和靈鷲四姝本想都改穿男裝，齊去瞧熱鬧，巴天石道：「木姑娘一人喬裝改扮，已怕給人瞧出破綻，再加上五位花容玉貌的姑娘扮成男子，不免露出機關。」鍾靈等只得罷了。

一行人將出賓館門口，巴天石忽然叫道：「啊喲，險些誤了大事！那慕容復也要去爭爲駙馬，他是認得段公子的，這便如何是好？」蕭峯微微一笑，說道：「巴兄不必多慮，慕容公子和段三弟一模一樣，也已不別而行。適才我去探過，鄧百川、包不同他們正急得猶如熱鍋上螞蟻相似。」衆人大喜，都道：「這倒巧了。」

朱丹臣讚道：「蕭大俠思慮周全，竟去探查慕容公子的下落。」蕭峯微笑道：「我倒不是思慮周全，我想慕容公子人品俊雅，武藝高強，倒是木姑娘的勁敵，嘿嘿，嘿嘿！」巴天石笑道：「原來蕭大俠是想去勸他今晚不必赴宴了。」鍾靈睜大了眼睛，說道：「他千里迢迢的趕來，爲的是要做駙馬，怎麼肯聽你勸告？蕭大俠，你和這位慕容公子交情很好麼？」巴天石笑道：「蕭大俠和這人交情也不怎麼樣，只不過蕭大俠拳腳上的口才很好，他是非聽不可的。」鍾靈這才明白，笑道：「出到拳腳去好言相勸，人家自須知情識趣了。」

當下木婉清、蕭峯、虛竹、巴天石、朱丹臣五人來到皇宮門外。巴天石遞入段譽的名帖，西夏國禮部尚書親自迎進宮去。

來到中和殿上，只見赴宴的少年已到了一百餘人，散坐各席。殿上居中一席，桌椅均鋪繡了金龍的黃緞，當是西夏皇帝的御座。東西兩席都鋪紫緞。東邊席上高坐一個濃眉大眼的少年，身材魁梧，身披大紅袍子，袍上繡有一頭張牙舞爪的老虎，形貌威武，身後站著八名武士。巴天石等一見，便知是吐蕃國的宗贊王子。

禮部尚書將木婉清讓到西首席上，不與旁人共座，蕭峯等站在她身後。顯然這次前來應徵的諸少年中，以吐蕃國王子和大理國王子身分最尊，西夏皇帝也敬以殊禮。其餘貴介子弟，便與一般民間俊彥散座各席。衆人絡繹進來，紛紛就座。

各席坐滿後，兩名值殿將軍喝道：「嘉賓齊至，閉門。」鼓樂聲中，兩扇厚厚的殿門由四名執戟衛士緩緩推上。偏廊中兵甲鏘鏘，走出一羣手執長戟的金甲衛士，戟頭在燭火下閃耀生光。跟著鼓樂又響，兩隊內侍從內堂出來，手中都提著一隻白玉香爐，爐中青煙嬝嬝。衆人都知是皇帝要出來了，凝氣屏息，不作一聲。

最後四名內侍身穿錦袍，手中不持物件，分往御座兩旁一立。蕭峯見這四人太陽穴高高鼓起，心知是皇帝貼身侍衛，武功不低。一名內侍朗聲喝道：「萬歲到，迎駕！」衆人便都跪了下去。

但聽得履聲橐橐，一人自內而出，在御椅上坐下。那內侍又喝道：「平身！」衆人站起身來。蕭峯向那西夏皇帝瞧去，只見他身形並不甚高，臉上頗有英悍之氣，倒似是個草莽中的英雄人物。

那禮部尚書站在御座之旁，展開一個卷軸，朗聲誦道：「法天應道、廣聖神武、大夏皇帝敕曰：諸君應召遠來，朕甚嘉許，其賜旨酒，欽哉！」衆人又都跪下謝恩。那內侍喝道：「平身！」衆人站起。

那皇帝舉起杯來，在脣間作個模樣，便即離座，轉進內堂去了。一衆內侍跟隨在後，霎時之間走得乾乾淨淨。

衆人相顧愕然，沒料想皇帝一句話不說，一口酒不飲，竟便算赴過了酒宴。各人尋思：「我們相貌如何，他顯然一個也沒看清，這女婿卻又如何挑法？」

那禮部尚書道：「諸君請坐，請隨意飲酒用菜。」衆官監將菜餚一碗碗捧上來。西夏是西北苦寒之地，日常所食以牛羊爲主，雖是皇宮御宴，也是大塊大塊的牛肉、羊肉。

木婉清見蕭峯等侍立在旁，心下過意不去，低聲道：「蕭大哥、虛竹二哥，你們一起坐下吃喝罷。」蕭峯和虛竹都笑著搖了搖頭。木婉清知道蕭峯好酒，心生一計，將手一擺，說道：「斟酒！」蕭峯依言斟了一碗。木婉清道：「你飲一碗罷！」蕭峯甚喜，兩口便將大碗酒喝完了。木婉清道：「再飲！」蕭峯又喝了一碗。

東首席上那吐蕃王子喝了幾口酒，抓起碗中一大塊牛肉便吃，咬了幾口，剩下一根大骨頭，隨手一擲，似有意，似無意，竟向木婉清飛來，勢挾勁風，這一擲之力著實了得。

朱丹臣抽出摺扇，在牛骨上一撥，骨頭飛將回去，射向宗贊王子。一名吐蕃武士伸手抓住，罵了一聲，提起席上一隻大碗，便向朱丹臣擲來。巴天石揮掌拍出，掌風到處，那隻碗在半路上碎成數十片，碎瓷紛紛向一衆吐蕃人射去。另一名吐蕃武士急速解下外袍，一捲一裹，將數十片碎瓷都裹在長袍之中，手法甚是利落。

衆人來到皇宮赴宴之時，便都已想到，與宴之人個個是想做駙馬的，相見之下，豈有好意，只怕宴會之中將有鬥爭，卻不料說打便打，動手竟如此快法。但聽得碗碟乒乒乓乓，響成一片，衆人登時喧擾起來。

突然間鐘聲噹噹響起，內堂中走出兩排人來，有的勁裝結束，有的寬袍緩帶，大都拿著奇形怪狀的兵刃。一名身穿錦袍的西夏貴官朗聲喝道：「皇宮內院，諸君不得無禮。這些位都是敝國一品堂中人士，諸君有興，大可一一分別比試，亂打羣毆，卻萬萬不許。」

蕭峯等均知西夏國一品堂是招攬天下英雄好漢之所，搜羅的人才著實不少，當下巴天石等便即停手。吐蕃衆武士擲來的碗碟等物，巴天石、朱丹臣等接過放下，不再回擲。但吐蕃武士兀自不肯住手，連牛肉、羊肉都一塊塊對準了木婉清擲來。

那錦袍貴官向吐蕃王子道：「請殿下諭令罷手，免干未便。」宗贊王子見一品堂羣雄少說也有一百餘人，何況身在對方宮禁之中，當即左手一揮，止住了衆人。

西夏禮部尚書向那錦袍貴官拱手道：「赫連征東，不知公主娘娘有何吩咐？」

這錦袍貴官便是一品堂總管赫連鐵樹，官封征東大將軍，三年前曾率領一品堂衆武士前赴中原，卻給慕容復假扮李延宗，以「悲酥清風」迷藥迷倒衆人。赫連鐵樹等都爲丐幫羣丐擒獲，幸得段延慶相救脫險，鎩羽而歸。他曾見過阿朱所扮的假喬峯、段譽所扮的假慕容復，此刻殿上的眞蕭峯和假段譽他卻沒見過。段延慶、南海鱷神、雲中鶴等本來也是一品堂的人物，但他們身份特異，高職厚祿，頗受禮敬，自不參與這些站班彈壓的尋常差使。

赫連鐵樹朗聲說道：「公主娘娘有諭，請諸位嘉賓用過酒飯之後，齊赴青鳳閣外書房用茶。」

衆人一聽，都「哦」的一聲。許多人都知銀川公主居於青鳳閣，她請大夥兒過去喝茶，那自是要親見衆人，自行選婿。衆少年一聽，都十分興奮，均想：「就算公主挑不中我，我總也親眼見到了公主。西夏人都說他們公主千嬌百媚，容貌天下無雙，若能見上一見，也不枉了遠道跋涉一場。」

吐蕃王子伸袖一抹嘴巴，站起身來，說道：「甚麼時候不好喝酒吃肉？這時候不吃啦，咱們瞧公主去！」隨從的八名武士齊聲應道：「是！」吐蕃王子向赫連鐵樹道：「你帶路罷！」赫連鐵樹道：「好，殿下請！」轉身向木婉清拱手道：「段殿下請！」木婉清粗聲粗氣道：「將軍請。」

一行人由赫連鐵樹引路，穿過一座大花園，轉了幾處迴廊，經過一排假山時，木婉清忽覺身旁多了一人，斜眼看時，不由得嚇了一跳，「啊」的一聲驚呼出來。那人錦袍玉帶，竟然便是段譽。

段譽低聲笑道：「段殿下，你受驚啦！」木婉清道：「你都知道了？」段譽笑道：「沒都知道，但瞧這陣仗，也猜到了一二。段殿下，可真難爲你啦。」

木婉淸向左右一張，要看是否有西夏官員在側，卻見段譽身後有兩個青年公子。一個三十歲左右，雙眉斜飛，頗有高傲冷峭之態，另一個卻容貌絕美。木婉清略加注視，便認出這美少年是王語嫣所扮，她登時怒從心起，道：「你倒好，不聲不響的和王姑娘走了，卻叫我來跟你背這根木梢。」段譽道：「好妹子，你別生氣，這件事說來話長。我給人投在一口爛泥井裏，險些兒活活餓死在井底。」

木婉清聽他曾經遇險，關懷之情登時蓋過了氣惱，忙問：「你沒受傷麼？我瞧你臉色不大好。」

原來當時段譽在井底給鳩摩智扼住咽喉，呼吸難通，漸欲暈去。慕容復貼身於井壁高處，幸災樂禍，暗暗欣喜，只盼鳩摩智就此將段譽扼死了。王語嫣拚命擊打鳩摩智，終難令他放手，情急之下，突然張口往鳩摩智右臂上咬去。

鳩摩智猛覺右臂「曲池穴」上一痛，體內奔騰鼓盪的內力驀然間一瀉千里，自手掌心送入段譽的頭頸。本來他內息膨脹，全身欲炸，忽然間有一個宣洩之所，登感舒暢，扼住段譽咽喉的手指漸漸鬆了。

他練功時根基紮得極穩，勁力凝聚，難以撼動，雖與段譽軀體相觸，但既沒碰到段譽拇指與手腕等穴道，段譽不會自運「北冥神功」，便沒法吸動他的內力。此刻王語嫣在他「曲池穴」上咬了一口，鳩摩智一驚之下，息關大開，內力急瀉而出，源源不絕的注入段譽喉頭「廉泉穴」中。廉泉穴屬任脈，經天突、華蓋、璇璣、玉堂、紫宮、中庭數穴，便即通入氣海膻中。

鳩摩智本來神智迷糊，內息既有去路，便即清醒，心下大驚：「啊喲！我內力給他這般源源吸去，不多時便成廢人，那可如何是好？」當即運功竭力抗拒，可是此刻已經遲了，他的內力本就不及段譽渾厚，其中小半進入對方體內後，此消彼長，雙方更加強弱懸殊，雖極力掙扎，始終無法凝聚，不令外流。

黑暗之中，王語嫣覺到自己一口咬下，鳩摩智扼住段譽咽喉的手勁似乎鬆了不少，心下大慰，但鳩摩智的手掌仍如釘在段譽頸上一般，任她如何出力拉扯，他手掌總是不肯離開。王語嫣熟知天下各家各派武功，卻猜不出鳩摩智這一招是甚麼功夫，但想終究不是好事，定然對段譽有害，更加出力去拉。鳩摩智一心盼望她能拉開自己手掌。不料王語嫣猛然間打個寒噤，登覺內力不住外洩。原來段譽的「北冥神功」不分敵我，難作選擇，連王語嫣一些淺淺的內力也都吸了過去。過不多時，段譽、王語嫣與鳩摩智三人一齊暈去。

慕容復隔了半晌，聽下面三人皆無聲息，叫了幾聲，不聞回答，心想：「看來這三人已同歸於盡。」心中先是一喜，但想到王語嫣和自己的情份，不禁又有些傷感，跟著又想：「啊喲，我們給大石封在井內，如他三人不死，四人合力，或能脫困而出，現下只賸我一人，那就難得很了。唉，你們要死，何不等大家到了外邊，再拚你死我活？」伸手向上力撐，十餘塊大石重重疊疊的堆在井口，重逾數千斤，如何推得動分毫？

他心下沮喪，正待躍到井底，再加察看，忽聽得上面有說話之聲，語音嘈雜，似乎是西夏的鄉農。原來四人擾攘了大半夜，天色已明，城郊鄉農挑了菜蔬，到興州城中去販賣，經過井邊。

慕容復尋思：「我若叫喚救援，衆鄉農未必搬得動這些每塊數百斤重的大石，搬了幾下搬不動，不免逕自去了，須當動之以利。」大聲叫道：「這些金銀財寶都是我的，你們不得眼紅。要分三千兩銀子給你，倒也不妨。」跟著又逼尖嗓子叫道：「這裏許許多多金銀財寶，自然是見者有份，只要有誰見到了，每個人都要分一份的。」隨即裝作嘶啞之聲說道：「別讓別人聽見了，見者有份，黃金珠寶雖多，終究是分得薄了。」這些假裝的對答，都以內力遠遠傳送出去。

衆鄉農聽得清楚，又驚又喜，一窩蜂的去搬抬大石。大石雖重，但衆人合力之下，終於一塊塊的搬了開來。慕容復不等大石全部搬開，一見露出的縫隙已足以通過身子，當即緣井壁而上，颼的一聲，竄了出去。

衆鄉農吃了一驚，眼見他一瞬即逝，隨即不知去向。衆人疑神疑鬼，雖然害怕，但終於爲錢財所誘，辛辛苦苦的將十多塊大石都掀在一旁，連結了綁縛柴菜的繩索，將一個最大膽的漢子縋入井中。

這人一到井底，伸手出去，立即碰到鳩摩智，一摸此人全不動彈，只當是具死屍，登時嚇得魂不附體，忙扯動繩子，旁人將他提了上來。各人仍不死心，商議了一番，點燃了幾根松柴，又到井底察看。但見三具「死屍」滾在污泥之中，一動不動，想已死去多時，卻那裏有甚麼金銀珠寶？

衆鄉農心想人命關天，倘若驚動了官府，說不定大老爺要誣陷各人謀財害命，膽戰心驚，一鬨而散，回家之後，不免頭痛者有之，發燒者有之。不久便有種種傳說，愚夫愚婦，附會多端。說道每逢節氣將臨，如清明節、端午節、重陽節前夕，井邊便有四個滿身污泥的鬼魂作祟，見者頭痛發燒，身染重病，須得時加祭祀。自此之後，這口枯井之旁，終年香煙不斷。

直到午牌時分，井底三人才先後醒轉。第一個醒的是王語嫣，她功力本淺，內力雖然全失，但原來並沒多少，受損也就無幾。她醒轉後自然立時便想到段譽，其時雖是天光白日，深井之中仍目不見物，她伸手一摸，碰到了段譽，叫道：「段郎，段郎，你……你……你怎麼了？」不聽得段譽的應聲，只道他已給鳩摩智扼死，不禁撫「屍」痛哭，將他緊緊抱在胸前，哭道：「段郎，段郎，你對我這麼情深意重，我卻沒一天有好言語、好顏色對你，我只盼日後絲蘿得託喬木，好好的補報於你，那知道……那知道……

……我倆竟恁地命苦，今日你命喪惡僧之手……」

忽聽得鳩摩智道：「姑娘說對了一半，老衲雖是惡僧，段公子卻並非命喪我手。」

王語嫣驚道：「難道是……是我表哥下的毒手？他……他爲甚麼這般狠心？」

便在這時，段譽內息順暢，醒了過來，聽得王語嫣的嬌聲便在耳邊，心中大喜，又覺得自己給她抱著，當下一動不敢動，唯恐給她察覺，她不免便即放手。

卻聽得鳩摩智道：「你的段郎非但沒命喪惡僧之手，恰恰相反，惡僧險些兒命喪段郎之手。」

王語嫣垂淚道：「在這當口，你還有心思說笑！你不知我心痛如絞，你還不如將我也扼死了，好讓我追隨段郎於黃泉之下。」段譽聽她這幾句話情深之極，當眞心花怒放，喜不自勝。

鳩摩智內力雖失，心思仍十分縝密，識見當然亦卓超不凡如昔，但聽得段譽細細的呼吸之聲，顯是在竭力抑制，已猜知他用意，輕輕嘆了口氣，說道：「段公子，我錯學少林七十二絕技，走火入魔，凶險萬狀，若不是你吸去我的內力，老衲已然發狂而死。此刻老衲武功雖失，性命尚在，須得拜謝你的救命之恩才是。」

段譽是個謙謙君子，忽聽得他說要拜謝自己，忍不住道：「大師何必過謙？在下何德何能，怎敢說相救大師性命？」

王語嫣聽到段譽開口說話，大喜之下，又即一怔，當即明白他故意不動，好讓自己抱著他，不禁大羞，用力將他推開，啐了一聲，道：「你這人！」

段譽爲她識破機關，也是滿臉通紅，忙站起身來，靠住對面井壁。

鳩摩智嘆道：「老衲雖在佛門，爭強好勝之心卻較常人猶盛，今日之果，實已種因於三十年前。唉，貪、嗔、痴三毒，無一得免，卻又自居爲高僧，貢高自慢，無慚無愧，唉，命終之後身入無間地獄，萬劫不得超生。」

段譽心下正自惶恐，不知王語嫣是否生氣，聽了鳩摩智這幾句心灰意懶的說話，同情之心頓生，問道：「大師何出此言？大師適才身子不愉，此刻已大好了嗎？」

鳩摩智半晌不語，又暗一運氣，確知數十年的艱辛修爲已廢於一旦。他原是個大智大慧之人，得高明上師傳授，佛學修爲亦十分睿深，只因練了武功，好勝之心日盛，向佛之心日淡，至有今日之禍。他坐在污泥之中，猛地省起：「如來教導佛子，第一是要去貪、去愛、去取、去纏，方有解脫之望。我卻無一能去，名韁利鎖，將我緊緊繫住。今日武功盡失，焉知不是釋尊點化，叫我改邪歸正，得以清淨解脫？」他回顧數十年來的所作所爲，額頭汗水涔涔而下，又慚愧，又傷心。

段譽聽他不答，問王語嫣道：「慕容公子呢？」王語嫣「啊」的一聲，道：「表哥呢？啊喲，我倒忘了。」段譽聽到她「我倒忘了」這四字，當眞是如聞天樂，比甚麼都歡喜。本來王語嫣全心全意都放在慕容復身上，此刻隔了半天居然還沒想到他，可見她對自己的心意確實出於至誠，在她心中，自己已與慕容復易位了。

只聽鳩摩智道：「老衲過去諸多得罪，謹此謝過。」說著合什躬身。段譽雖見不到他行禮，忙即還禮，說道：「若不是大師將晚生攜來中原，晚生如何能與王姑娘相遇？晚生對大師委實感激不盡。」

鳩摩智道：「那是公子自己所積的福報。老衲的惡行，倒成了助緣。公子宅心仁厚，後福無窮。老衲今日告辭，此後萬里相隔，只怕再難得見。這一本帳簿，是老衲從蘇州王姑娘令堂處借來，今日就奉還王姑娘。所借之書，尚有前面六本留在吐蕃，老衲當即遣人送往蘇州，歸還令堂。恭祝兩位舉案齊眉，白頭偕老。」說著將那本沾滿了污泥的第八本《小無相功》秘本交給王語嫣。

段譽道：「大師要回吐蕃國去麼？」鳩摩智道：「我是要回到所來之處，卻不一定是吐蕃國。」段譽道：「貴國王子向西夏公主求婚，大師不等此事有了分曉再回？」

鳩摩智微微笑道：「世外閒人，豈再為這等俗事縈懷？老衲今後行止無定，隨遇而安。心安樂處，便是身安樂處。」說著拉住眾鄉農留下的繩索，試了一試，知道上端是縛在一塊大石之上，便慢慢攀援著爬了上去。

這一來，鳩摩智大徹大悟，終於眞正成了一代高僧，此後廣譯天竺佛家經論而為藏文，弘揚佛法，度人無數。其後天竺佛教衰微，經律論三藏俱散失湮沒，在西藏卻仍保全甚多，密教自此大興，三藏典籍輾轉傳入中土甚多，其間鳩摩智實有大功。

段譽和王語嫣面面相對，呼吸可聞，雖身處污泥，心中卻充滿了喜樂之情，誰也沒想到要爬出井去。兩人同時慢慢的伸出手來，四手相握，心意相通。

過了良久，王語嫣道：「段郎，只怕你咽喉處給他扼傷了，咱們上去瞧瞧。」段譽道：「我一點也不痛，卻也不忙上去。」王語嫣柔聲道：「你不喜歡上去，我便在這裏陪你。」千依百順，更沒半點違拗。

段譽過意不去，笑道：「你這般浸在污泥之中，豈不把你浸壞了？」左手摟著她細腰，右手一拉繩索，竟然力大無窮，微一用力，兩人便上升數尺。段譽大奇，不知自己已吸了鳩摩智的畢生功力，還道是人逢喜事精神爽，又在井底睡了一覺，居然功力大增。

兩人出得井來，陽光下見對方滿身污泥，骯髒無比，料想自己面貌也必如此，忍不住相對大笑，當下找到一處小澗，跳下去沖洗良久，才將頭髮、口鼻、衣服、鞋襪等處的污泥沖洗乾淨。兩個人濕淋淋的從溪中出去，想起前晚段譽跌入池塘，情境相類，心情卻已大異，當眞恍如隔世。

王語嫣道：「咱們這麼一副樣子，如教人撞見，眞羞也羞死了。」段譽道：「不如便在這裏晒乾，等天黑了再回去。」王語嫣點頭稱是，倚在山石邊上。

段譽仔細端相，但見佳人似玉，秀髮滴水，不由得大樂，卻將王語嫣瞧得嬌羞無限，把臉蛋側了過去。兩人絮絮煩煩，儘揀些沒要緊的事來說，不知時刻之過，似乎只轉眼之間，太陽便下了山，而衣服鞋襪也都乾了。

段譽心中喜樂，驀地裏想到慕容復，說道：「嫣妹，我今日心願得償，神仙也不如，卻不知你表哥今日去向西夏公主求婚，成也不成。」

王語嫣本來一想到此事便即傷心欲絕，這時卻想：「段郎既不去爭奪，表哥定會點中駙馬。他喜氣洋洋，看我和段郎相好，也就不會著惱。」說道：「是啊，咱們快瞧瞧去。」

兩人匆匆回迎賓館來，將到門外，忽聽得牆邊有人說道：「你們也來了？」正是慕容復的聲音。段譽和王語嫣齊聲喜道：「是啊，原來你在這裏。」

慕容復哼了一聲，說道：「剛才跟吐蕃國武士打了一架，殺了十來個人，躭擱了我不少工夫。姓段的，你怎麼自己不去皇宮赴宴，卻教個姑娘冒充了你去？我……我可不容你使此狡計，非去拆穿不可。」

他從井中出來後，洗浴、洗衣，好好睡了一覺，醒來後卻遇上吐蕃武士，一場打鬥，雖然得勝，卻也費了不少力氣，趕回賓館時恰好見到木婉清、蕭峯、巴天石等一干人出來。他躲在牆角後審察動靜，正要去找鄧百川等計議，卻見到段譽和王語嫣並肩細語而來。

段譽奇道：「甚麼姑娘冒充我去？我可半點也不知。」王語嫣也道：「表哥，我們剛從井中出來……」隨即想起此言不盡不實，自己與段譽在山澗畔溫存纏綿了半天，不能說剛從井中出來，不由得臉上紅了。

好在暮色蒼茫之中，慕容復沒留神到她臉色忸怩，他急於要趕向皇宮，也不去注意她身上污泥盡去，絕非初從井底出來的模樣。只聽王語嫣又道：「表哥，他……他……段公子說，盼望你點中駙馬，娶得西夏公主。」慕容復精神一振，喜道：「此話當眞，段兄眞的不跟我爭做駙馬了麼？」心想：「看來這書獃子獃氣發作，竟不想去做西夏駙馬，只一心一意要娶我表妹，世界上竟有這等胡塗大笨蛋，倒也可笑。他有蕭峯、虛竹相助，如不跟我爭，我便去了一個最厲害的勁敵。」

段譽道：「我決不來跟你爭西夏公主，但你也決不可來跟我爭我的嫣妹。大丈夫一言既出，決無翻悔。」他一見到慕容復，總不免有些躭心。

慕容復喜道：「咱們須得趕赴皇宮。你叫那個姑娘不可冒充你而去做了駙馬。」當下匆匆將木婉淸喬裝男子之事說了。段譽料定是自己失蹤，巴天石和朱丹臣爲了向鎭南王交代，一力慫恿木婉淸喬裝改扮，代兄求親。當下三人齊赴慕容復的寓所。

鄧百川等正自徬徨焦急，忽見公子歸來，都是喜出望外。眼見爲時迫促，各人手忙腳亂的換了衣衫。段譽說甚麼也不肯和王語嫣分開，否則寧可不去皇宮。慕容復無奈，只得要王語嫣也改穿男裝，相偕入宮。

三人帶同鄧百川、公冶乾、包不同、風波惡四人趕到皇宮時，宮門已閉。慕容復豈肯就此罷休，悄悄走到宮牆外的僻靜處，逾牆而入。風波惡躍上牆頭，伸手來拉段譽。段譽左手摟住王語嫣，用力一躍，右手去握風波惡的手。不料一躍之下，兩個人輕輕巧巧的從風波惡頭頂飛越而過，還高出了三四尺，跟著輕輕落下，如葉之墮，悄然無聲。牆內慕容復，牆頭風波惡，牆外鄧百川、公冶乾，都不約而同的低聲喝采：「好輕功！」只包不同道：「我看也稀鬆平常。」

七人潛入御花園中，尋覓宴客的所在，想設法混進大廳去與宴，豈知這場御宴片刻間便即散席，前來求婚的衆少年受銀川公主之邀，赴青鳳閣飲茶。段譽、慕容復、王語嫣三人在花園中遇到了木婉淸。

蕭峯、巴天石等見段譽神出鬼沒的突然現身，都感驚喜交加。衆人悄悄商議，均說求婚者衆，西夏國官員未必弄得淸楚，大夥兒混在一道，到了青鳳閣再說，段譽既到，便不怕揭露機關了。

一行數人穿過御花園，遠遠望見花木掩映中露出樓台一角，閣邊挑出兩盞宮燈，赫連鐵樹引導衆人來到閣前，朗聲說道：「四方佳客前來謁見公主。」

閣門開處，出來四名宮女，每人手提一盞輕紗燈籠，其後是一名身披紫衫的宦官，說道：「衆位遠來辛苦，公主請諸位進青鳳閣奉茶。」

宗贊王子道：「很好，很好，我正口渴得緊了。爲了要見公主，多走幾步路打甚麼緊？又有甚麼辛苦不辛苦的，哈哈，哈哈！」大笑聲中，昂然而前，從那宦官身旁大踏步走進閣去。其餘衆人爭先恐後的擁進，都想搶個好座位，越近公主越好。

只見閣內好大一座廳堂，地下鋪著厚厚的羊毛地毯，地毯上織了五彩花朵，鮮艷奪目。一張張小茶几排列成行，几上放著青花蓋碗，每隻蓋碗旁有隻青花碟子，碟中裝了奶酪、糕餅等四色點心。廳堂盡處有個高出三四尺的平台，鋪了淡黃地毯，台上放著一張錦墊圓凳。衆人均想這定是公主的坐位，你推我擁的，都搶著靠近那平台而坐。

段譽拉著王語嫣的手，坐在廳堂角落的一張小茶几旁低聲細語。他偶向木婉清一瞥，但見她淚眼瑩瑩，不由得心中憐惜，又感過意不去，這才正襟危坐，凝目向前。

各人坐定，那宦官舉起一根小小銅錘，在一塊白玉雲板上玎玎玎的敲擊三下，廳堂中登時肅靜無聲，連段譽和王語嫣也都停了說話，靜候公主出來。

過得片刻，只聽得環珮丁東，內堂走出八個綠衫宮女，分往兩旁一站，又過片刻，一個身穿淡綠衣衫的少女腳步輕盈的走了出來。

眾人登時眼睛爲之一亮，只見這少女身形苗條，舉止嫻雅，面貌更十分秀美。眾人暗暗喝一聲采：「人稱銀川公主麗色無雙，果然名不虛傳。」

慕容復更想：「我初時尚躭心銀川公主容貌不美，原來她雖比表妹似乎稍有不及，卻也是千中挑、萬中選的美女，先前的躭心，大是多餘。瞧她形貌端正，他日成爲大燕國皇后，母儀天下。我和她生下孩兒，世世代代爲大燕之主。」

那少女緩步走向平台，微微躬身，向眾人爲禮。眾人當她進來之時早已站起，見她躬身行禮，都躬身還禮，有人見公主如此謙遜，沒半分驕矜，更嘖嘖連聲的讚了起來。那少女眼觀鼻、鼻觀心，目光始終不與眾人相接，顯得甚是靦腆。眾人大氣也不敢透一口，生怕驚動了她，均想：「公主金枝玉葉，深居禁中，突然見到這許多男子，自當如此，方合她尊貴的身分。」

過了好半晌，那少女臉上一紅，輕聲細氣的說道：「公主殿下諭示：諸位佳客遠來，青鳳閣愧無好茶美點待客，甚是簡慢，請諸位隨意用些。」

眾人都是一凜，面面相覷，忍不住暗叫：「慚愧，原來她不是公主，看來只不過是侍候公主的一個貼身宮女。」但隨即又想，宮女已是這般人才，公主自然更加非同小可，慚愧之餘，隨即又多了幾分歡喜。

宗贊王子道：「原來你不是公主，那麼請公主快些來罷。我好酒好肉也不吃，那愛吃甚麼好茶美點？」那宮女道：「待諸位用過茶後，公主殿下另有諭示。」宗贊笑道：「很好，很好，公主殿下既然有命，還是遵從的好。」舉起蓋碗，揭開了蓋，瓷碗一側，將一碗茶連茶葉倒在口裏，骨嘟嘟一口吞下茶水，不住的咀嚼茶葉。吐蕃國人喝茶，在茶中加鹽，和以奶酪，連茶汁茶葉一古腦兒都吃下肚去。他還沒吞完茶葉，已抓起四色點心，飛快的塞在口中，含含糊糊的道：「好啦，我遵命吃完，可以請公主出來啦！」

那宮女悄聲道：「是。」卻不移動腳步。宗贊知她是要等旁人都吃完後才去通報，心下好不耐煩，不住口的催促：「喂，大夥兒快吃，加把勁兒！是茶葉麼，又有甚麼了不起？」好容易大多數人都喝了茶，吃了點心。宗贊王子道：「這行了嗎？」

那宮女臉上微微一紅，神色嬌羞，說道：「公主殿下有請各位佳客，移步內書房，觀賞書畫。」宗贊「嘿」的一聲，說道：「書畫有甚麼好看？畫上的美女，又怎有眞人好看？摸不著，聞不到，都是假的。」但還是站起身來。

慕容復心下暗喜：「這就好了，公主要我們到書房去，觀賞書畫爲名，考驗文才是實，像宗贊王子這等粗野陋夫，懂得甚麼詩詞歌賦、書法圖畫？只怕三言兩語，便給公主轟出了書房。」又即尋思：「單是比試武功，我已可壓倒羣雄，現下公主更要考較文才，那我更是大佔上風了。」當下喜氣洋洋的站起身來。

那宮女道：「公主殿下有諭：凡是女扮男裝的姑娘們，四十歲以上、已逾不惑之年的先生們，都請留在這裏凝香堂中休息喝茶。其餘各位佳客，便請去內書房。」

木婉淸、王語嫣都暗自心驚，均想：「原來我女扮男裝，早就給他們瞧出來了。」

卻聽得一人大聲道：「非也，非也！」

那宮女又是臉上一紅，她自幼入宮，數歲之後便只見過半男半女的宦官，從未見過眞正的男人，連皇帝和皇太子也未見過，陡然間見到這許多男人，自不免慌慌張張，儘自害羞，過了半晌，才道：「不知這位先生有何高見？」

包不同道：「高見是沒有的，低見倒有一些。」似包不同這般強顏舌辯之人，那宮女更從未遇到過，自不知如何應付。包不同接著說：「料想你定要問我：『不知這位先生有何低見？』我瞧你忸怩靦腆，不如免了你這一問，我自己說了出來，也就是了。」

那宮女微笑道：「多謝先生。」

包不同道：「我們萬里迢迢的來見公主，路途之上，千辛萬苦。有的葬身於風沙大漠，有的喪命於獅吻虎口，有的給吐蕃王子的手下武士殺了，到得興州的，十停中也不過一二停而已。大家只不過想見一見公主的金容玉顏，如今只因爹爹媽媽將我早生了幾年，以致在下年過四十，一番跋涉，全屬徒勞，早知如此，我就遲些出世了。」

那宮女抿嘴笑道：「先生說笑了，一個人早生遲生，豈有自己作得主的？」

宗贊聽包不同嘮叨不休，向他怒目而視，喝道：「公主殿下既然有此諭示，大家遵命便是，你囉唆些甚麼？」包不同冷冷的道：「王子殿下，我說這番話是爲你好。你今年四十一歲，雖然也不算很老，總已年逾四旬，是不能去見公主的了。前天我給你算過命，你是甲午年、壬子月、癸丑日、乙卯時的八字，算起來，那是足足四十一歲了。」

宗贊王子其實只二十八歲，不過滿臉虬髯，到底多大年紀，甚難估計。那綠衫宮女連男人也是今日第一次見，自然更不能判定男人的年紀，也不知包不同所言是眞是假，只見宗贊王子滿臉怒容，過去要揪打包不同，她心下害怕，忙道：「我說……我說呢，各人的生日總是自己記得最明白，過了四十歲，便留在這兒，不到四十歲的，請到內書房去。」

宗贊道：「很好，我連三十歲也沒到，自當去內書房。」說著大踏步走進內堂。包不同學著他聲音道：「很好，我連八十歲也沒到，自當去內書房。我雖年逾不惑，性格兒卻非不惑，簡直大惑而特惑。」一閃身便走了進去。那宮女想要攔阻，嬌怯怯的卻是不敢。其餘衆人一鬨而進，別說過了四十的，便五六十歲的也進去了不少。只十幾位莊嚴穩重、行止端方的老人才留在廳中。

木婉淸和王語嫣卻也留了下來。段譽原欲留下陪伴王語嫣，但王語嫣不住催促，要他務須進去相助慕容復，段譽這才戀戀不捨的入內，但一步三回首，便如作海國萬里之行，這一去之後，再隔三年五載也不能聚會一般。

一行人走過一條長長的甬道，心下都暗暗納罕：「這青鳳閣在外面瞧來，也不見得如何宏偉，豈知裏面竟然別有天地，是這麼大一片地方。」數十丈長的甬道走完，來到兩扇大石門前。

那宮女取出一塊金屬小片，在石門上錚錚錚的敲擊數下，石門軋軋打開。這些人見這石門厚逾一尺，堅固異常，更暗自嘀咕：「我們進去之後，石門一關，豈不是給他們一網打盡？焉知西夏國不是以公主招親爲名，引得天下英雄好漢齊來自投羅網？」但既來之，則安之，在這局面之下，誰也不肯示弱，重行折回。

衆人進門後，石門緩緩合上，門內又是一條長甬道，兩邊石壁上燃著油燈。走完甬道，又是一道石門，過了石門，又是甬道，接連過了三道大石門。這時連本來最漫不經心之人也有些惶惶然了。再轉了幾個彎，忽聽得水聲淙淙，來到一條深澗之旁。

在禁宮之中突然見到這樣一條深澗，委實匪夷所思。衆人面面相覷，有些脾氣暴躁的，幾乎便要發作。

那宮女道：「要去內書房，須得經過這道幽蘭澗，衆位請。」說著嬌軀一擺，便往深澗裏踏去。澗旁點著四個明晃晃的火把，衆人瞧得明白，她這一腳踏下，便摔入了澗中，不禁都驚呼起來。

豈知她身形婀娜，娉娉婷婷的從澗上凌空走了過去。衆人詫異之下，均想澗上必有鐵索之類可資踏足，否則決無凌空步虛之理，凝目看時，果見有一條鋼索從此岸通到彼岸，橫架澗上。只鋼索漆得黑黝黝地，黑夜中處於火光照射不到之所，還眞難發見。溪澗頗深，倘若失足掉落，縱無性命之憂，也必狼狽萬分。但這些人前來西夏求親或是護行，個個武功頗具根柢，當即有人施展輕功，從鋼索上踏向對岸。段譽武功不行，「凌波微步」的輕功卻練得甚爲純熟，巴天石攜住他手，輕輕一帶，兩人便即走過。

衆人一一走過，那宮女不知在甚麼巖石旁的機括上一按，只聽得颼的一聲，鋼索登時縮入了草叢之中，不知去向。衆人更是心驚，都想這深澗甚闊，難以飛越，莫非西夏國果然不懷好意？否則公主的深閨之中，何以會有這機關？各人暗自提防，卻都不加叫破。有的人暗暗懊悔：「怎地我這樣蠢，進宮時不帶兵刃暗器？」

那宮女說道：「請衆位到這裏來。」衆人隨著她穿過了一大片松林，來到一個山洞門之前，那宮女敲了幾下，山洞門打開。那宮女說道：「請！」當先走進。

原來這內書房是西夏皇太妃李秋水舊居之地。李秋水神功奧祕，武學深湛，將居所布置得甚爲奇特，她年老之後，另遷寧居，將年輕時所用的宮殿讓給了孫女銀川公主。

朱丹臣悄聲問巴天石道：「怎樣？」巴天石也拿揑不定，不知是否該勸段譽留下，不去冒這個大險，但如不進山洞，當然決無雀屏中選之望。兩人正躊躇間，段譽已和蕭峯並肩走了進去，巴朱二人雙手一握，當即跟進。

在山洞中又穿過一條甬道，眼前陡然明亮，衆人已身處一座大廳堂之中。這廳堂比之先前喝茶的凝香堂大了三倍有餘，顯然本是山峯中一個天然洞穴，再加上偌大人工修飾而成。廳壁打磨光滑，到處掛滿了字畫。一般山洞都有濕氣水滴，這所在卻乾燥異常，字畫懸在壁間，全無受潮之象。堂側放著一張紫檀木的大書桌，桌上放了文房四寶，碑帖古玩，更有幾座書架，三四張石凳、石几。那宮女道：「這裏便是公主殿下的內書房，請衆位隨意觀賞書畫。」

衆人見這廳堂的模樣和陳設極是特異，空空盪盪，更無半分脂粉氣息，居然便是公主的書房，都大感驚奇。這些人九成是赳赳武夫，能識得幾個字的已屬不易，那懂甚麼字畫？但壁上掛的確是字畫，倒也識得。

蕭峯、虛竹武功雖高，於藝文一道卻均一竅不通，兩人並肩往地下一坐，留神觀看旁人動靜。蕭峯的見識經歷比虛竹高出百倍，他神色漠然，似對壁上掛著的書法圖畫感到索然無味，其實眼光始終不離那綠衫宮女左右。他知這宮女是關鍵所在，倘若西夏國暗中伏下奸計，定由這嬌小靦腆的宮女發動。此時他便如一頭在暗處窺伺獵物的豹子，雖然全無動靜，實則耳目心靈，全神貫注，每一片筋肉都鼓足了勁，一見有變故之兆，立即便撲向那宮女，先行將她制住，決不容她使甚手腳。

段譽、朱丹臣、慕容復、公冶乾等人到壁前觀看字畫。鄧百川察看每具書架，有無細孔可放出毒氣，西夏的「悲酥清風」著實厲害，中原武林人物早聞其名。巴天石則假裝觀賞字畫，實則在細看牆壁、屋角，查察有無機關或出路。

只包不同信口雌黃，對壁間字畫大加譏彈，不是說這幅畫布局欠佳，便說那幅書法筆力不足。西夏雖僻處邊陲，立國年淺，宮中所藏字畫不能與大宋、大遼相比，但帝皇之家，所藏精品畢竟也不在少。公主書房中頗有一些晉人北魏的書法，唐朝五代的繪畫，無不給包不同說得一錢不值。其時蘇黃米蔡法書流播天下，西夏皇宮中也有若干蘇東坡、黃山谷的字跡，在包不同的口中，不但顏柳蘇黃平平無奇，即令是鍾王歐褚，也都不在他眼下。

那宮女聽他大言不慚的胡亂批評，不由得驚奇萬分，走過去輕聲問道：「包先生，這些字當眞寫得不好麼？公主殿下卻說寫得極好呢！」包不同道：「公主殿下僻處西夏，沒見過我們中原眞正大名士、大才子的書法，以後須當到中原走走，以長見聞。小妹子，你也當隨伴公主殿下去中原玩玩，才不致孤陋寡聞。」那宮女點頭稱是，微笑道：「要到中原走走，那可不容易了。」

包不同道：「非也，非也。公主殿下嫁了中原英雄，不是便可去中原了嗎？小姑娘，你叫甚麼名字，悄悄跟我說了，行不行？我決不跟人說便是。我女兒還小，長大了有你這麼可愛就好啦。」那宮女見他神情和藹，又讚她可愛，便低聲道：「我叫曉蕾，曉風殘月的『曉』，花蕾的『蕾』，不好聽的。」包不同大拇指一翹，說道：「好極！人可愛，名字也可愛！」

段譽對牆上字畫一幅幅瞧將過去，突然見到一幅古裝仕女的舞劍圖，不由得大吃一驚，「咦」的一聲。圖中美女竟與王語嫣的容貌十分相似，惟年紀略大，衣飾全然不同，倒有點像無量山石洞中那個神仙姊姊。圖中美女右手持劍，左手揑了劍訣，正在湖畔山邊舞劍，神態飛逸，明艷嬌媚，莫可名狀。段譽霎時之間神魂飛蕩，一時似乎到了王語嫣身邊，一時又似到了無量山的石洞之中，出神良久，突然叫道：「二哥，你來瞧。」

虛竹應聲走近，一看之下，也大爲詫異，心想王姑娘的畫像在這裏又出現了一幅，與師父給我的那幅畫相像，圖中人物相貌無別，只姿式不同。

段譽越看越奇，忍不住伸手去摸那幅圖畫，只覺圖後的牆壁之上，似乎凹凹凸凸的另有圖樣。他輕輕揭起圖像，果見壁上刻著許多陰陽線條，湊近一看，見壁上刻了無數人形，有的打坐，有的騰躍，姿勢千奇百怪。這些人形大都是圍在一個個圓圈之中，圈旁多半注著一些天干地支和數目字。

虛竹一眼便認了出來，這些圖形與靈鷲宮石室壁上所刻的圖形大同小異，只看得幾幅，心下便想：「這似乎是李秋水李師叔的武功。」跟著便即恍然：「李師叔是西夏的皇太妃，在宮中刻有這些圖形，那是絲毫不奇。」想到圖形在壁，李秋水卻已逝世，不禁黯然。他知這是逍遙派武功的上乘秘訣，倘若內力修爲不到，看得著了迷，重則走火入魔，輕則昏迷不醒。那日梅蘭竹菊四姝，便因觀看石壁圖形而摔倒受傷。他怕段譽受損，忙道：「三弟，這種圖形看不得。」段譽道：「爲甚麼？」虛竹低聲道：「這是極高深的武學，倘若習之不得其法，有損無益。」

段譽本對武功毫無興趣，但就算興趣極濃，他也必先看王語嫣的肖像而不看武功秘譜，當即放回圖畫，又去觀看那幅「湖畔舞劍圖」。他對王語嫣的身形容貌，再細微之處也早瞧得清清楚楚，牢記在心，再細看那圖時，便辨出畫中人和王語嫣之間的差異來。畫中人身形較爲豐滿，眉目間略帶英爽之氣，不似王語嫣那麼溫文婉孌，年紀顯然也比王語嫣大了三四歲。

包不同兀自在胡說八道，對段譽和虛竹的一舉一動、一言一行卻毫不放過，聽虛竹說壁上圖形乃高深武學，當即嗤之以鼻，說道：「甚麼高深武學？小和尚又來騙人。」揭開圖畫，凝目便去看那圖形。段譽斜身側目，企起了足跟，仍瞧著那圖中美女。

那宮女曉蕾道：「包先生，這些圖形看不得的。公主殿下說過，功夫倘若不到，觀之有損無益。」包不同道：「功夫若是到了呢？那便有益無損了，是不是？我的功夫是已經到了的。」他本不過逞強好勝，倒也並無偷窺武學秘奧之心，不料只看了一個圓圈中人像的姿式，便覺千變萬化，捉摸不定，忍不住伸手抬足，跟著圖形學了起來。

片刻之間，便有旁人注意到了他的怪狀，跟著也發見壁上有圖。只聽得這邊有人說道：「咦，這裏有圖形。」那邊廂也有人說道：「這裏也有圖形。」各人紛紛揭開壁上字畫，觀看刻在壁上的人形圖像，只瞧得一會，便都手舞足蹈起來。

虛竹暗暗心驚，忙奔到蕭峯身邊，說道：「大哥，這些圖形是看不得的，再看下去，只怕人人要受重傷，倘若有人顛狂，更要大亂。」

蕭峯心中一凜，大喝：「大家別看壁上的圖形，咱們身在險地，快快聚攏商議。」他一喝之下，便有幾人回過頭來，聚到他身畔，可是壁上圖形實在誘力太強，每人任意看到一個圖形，略一思索，便覺圖中姿式，實可解答自己長期來苦思不得的許多武學難題，但這姿式到底如何，卻又矇矇矓矓，捉摸不定，忍不住要凝神思索。蕭峯突然間見到這許多人宛如痴迷著魔，也不禁暗自惶懍。

忽聽得有人「啊」的一聲呼叫，轉了幾個圈子，撲地摔倒。又有一人喉間發出低聲，撲向石壁亂抓亂爬，似是要將壁上的圖形挖將下來。蕭峯一凝思間，已有計較，伸手出去，一把抓住一張椅子之背，喀的一聲，拗下了一截，在雙掌間運氣搓磨，揑成了數十塊碎片，當即揚手擲出。但聽得嗤嗤嗤之聲不絕，每一下聲響過去，室中油燈或蠟燭上便熄了一頭火光，數十下聲響過後，燈火盡熄，書房中一團漆黑。

黑暗之中，唯聞各人呼呼喘聲，有人低呼：「好險，好險！」有人卻叫：「快點燈燭，我可沒看清呢！」

蕭峯朗聲道：「衆位請在原地就坐，不可隨意走動，以免誤蹈屋中機關。壁上圖形惑人心神，更不可伸手去摸，自陷禍害。」他說這話之前，本有人正在伸手撫摸石壁上的圖形線刻，一聽之下，才縮手不摸，強自收懾心神。

蕭峯低聲道：「得罪莫怪！快請開了石門，放大夥兒出去。」原來他在射熄燈燭之前，一個箭步竄出，已抓住了那宮女曉蕾的右腕。曉蕾一驚之下，左手反掌便打。蕭峯順手將她左手一併握住。曉蕾又驚又羞，一動也不敢動，這時聽蕭峯這麼說，便道：「你……你別抓住我手。」蕭峯放開她手腕，雖在黑暗之中，料想聽聲辨形，也不怕她有甚麼花樣。

曉蕾道：「我對包先生說過，這些圖形是看不得的，功夫倘若不到，觀之有損無益。他卻偏偏要看！」

包不同坐在地下，但覺頭痛甚劇，心神恍惚，胸間說不出的難過，似欲嘔吐，勉強提起精神，說道：「你叫我看，我就不看；你不叫我看，我偏偏要看。」

蕭峯尋思：「這宮女果曾勸人不可觀看壁上的圖形，倒不似有意加害。但西夏公主邀我們到這裏，到底是甚麼用意？」便在這時，忽然聞到一陣極幽雅、極清淡的香氣。蕭峯吃了一驚，忙伸手按住鼻子，想起當年丐幫幫衆爲西夏一品堂人物以「悲酥清風」迷倒之事，內息略一運轉，幸喜並無窒礙。

只聽得另一個宮女聲音鶯鶯嚦嚦的說道：「公主殿下駕到！」衆人聽得公主到來，都又驚又喜，只可惜黑暗之中，見不到公主的面貌。

只聽那宮女嬌媚的聲音說道：「公主殿下有諭：書房壁上刻有武學圖形，別派人士不宜觀看，是以用字畫懸在壁上，以加遮掩，不料還是有人見到了。公主殿下說道：請各位千萬不可晃亮火摺，不可以火石打火，否則恐有凶險，諸多不便。公主殿下有些言語要向諸位佳客言明，黑暗之中，頗爲失敬，還請各位原諒。」

只聽得軋軋聲響，石門打開。那宮女又道：「各位倘若不願在此多留，可請先行退出，回到外邊凝香殿用茶休息，一路有人指引，不致迷失路途。」

衆人聽得公主已經到來，如何還肯退出？再聽那宮女聲調平和，絕無惡意，又已打開屋門，任人自由進出，驚懼之心當即大減，竟無一人離去。

隔了一會，那宮女道：「各位遠來，公主殿下至感盛情。敝國招待不周，尚請諒鑒。公主謹將平時淸賞的書法繪畫，每位各贈一件，聊酬雅意，這些都是名家眞蹟，請各位哂納。各位離去之時，便自行在壁上摘去罷。」

這些江湖豪客聽說公主有禮物相贈，卻只是些字畫，不由得納悶。有些多見世面之人，知道這些字畫拿到中原，均可賣得重價，勝於黃金珠寶，倒也暗暗欣喜。只段譽一人最是開心，決意揀取那幅「湖畔舞劍圖」，俾與王語嫣並肩賞玩。

宗贊王子聽來聽去，都是那宮女代公主發言，好生焦躁，大聲道：「公主殿下，既然這裏不便點火，咱們換個地方見面可好？這裏黑朦朦的，你瞧不見我，我也瞧不見你。」

那宮女道：「衆位要見公主殿下，卻也不難。」

黑暗之中，百餘人齊聲叫了出來：「我們要見公主，我們要見公主！」另有不少人七張八嘴的叫嚷：「快掌燈罷，我們決不看壁上的圖形便是。」「只須公主身側點幾盞燈，也就夠了，我們只看到公主，看不到圖形。」「對，對！請公主殿下現身！」擾攘了好一會兒，聲音才漸漸靜下來。

那宮女緩緩說道：「公主殿下請衆位來到西夏，原是要會見佳客。公主現有三個問題，敬請各位挨次回答。若是合了公主心意，自當請見。」

衆人登時都興奮起來。有的道：「原來是出題目考試。」有的道：「俺只會使槍舞刀，要俺回答甚麼詩書題目，這可難倒俺了！問的是武功招數嗎？」

那宮女道：「公主要問的問題，都已告知婢子。現下請那一位先生過來答題？」

眾人爭先恐後的擁進，都道：「讓我來！我先答，我先答！」那宮女嘻嘻一笑，說道：「眾位不必相爭。先回答的反而吃虧。」眾人一想都覺有理，越遲上去，越可多聽旁人的對答，便可從旁人的應對和公主的可否之中，加以揣摩。這一來，便沒人上去了。

忽聽得一人說道：「大家一擁而上，我便墮後；大家怕做先鋒吃虧，那我就身先士卒。在下包不同，有妻有兒，只盼一睹公主芳容，別無他意！」

那宮女道：「包先生倒也爽直得緊。公主殿下有三個問題請教。第一問：包先生一生之中，在甚麼地方最是快樂逍遙？」

包不同想了一會，說道：「是在一家瓷器店中。我小時候在這店中做學徒，老闆欺侮虐待，日日打罵。有一日我狂性大發，將瓷器店中的碗碟茶壺、花瓶人像，一古腦兒打得乒乒乓乓、稀巴粉碎。生平最痛快的便是此事。宮女姑娘，我答得中式麼？」

那宮女道：「是否中式，婢子不知，由公主殿下決定。第二問：包先生生平最愛之人，叫甚麼名字？」包不同毫不思索，說道：「叫包不靚。」

那宮女道：「第三問是：包先生最愛的這個人相貌如何？」包不同道：「此人年方六歲，眼睛一大一小，鼻孔朝天，耳朵招風，包某有何吩咐，此人決計不聽，叫她哭必笑，叫她笑必哭，哭起來兩個時辰不停，乃是我的寶貝女兒包不靚。」

那宮女噗哧一笑。眾豪客也都哈哈大笑。那宮女道：「包先生的千金小姐聰明伶俐，有趣得緊，女大十八變，大了後一定挺美的。」包不同聽她稱讚自己女兒，很是高興，還敬一句：「有你姑娘一半美貌，一半才情，我就滿意之極了！」那宮女笑道：「不敢當，包先生請在這邊休息。第二位請過來。」

段譽急於出去和王語嫣相聚，公主見與不見，毫不要緊，當即上前，黑暗中仍深深一揖，說道：「在下大理段譽，謹向公主殿下致意問安。在下僻居南疆，今日得來上國觀光，多蒙厚待，實感盛情。」

那宮女道：「原來是大理國鎭南王世子，王子不須多謙，勞步遠來，實深簡慢，蝸居之地，不足以接貴客，還請多多擔待。」段譽道：「姊姊你太客氣了，公主今日若無閒暇，改日賜見，那也無妨。」

那宮女道：「王子既然到此，也請回答三問。第一問，王子一生之中，在何處最是快樂逍遙？」段譽脫口而出：「在一口枯井的爛泥之中。」衆人忍不住失笑。除了慕容復一人之外，誰也不知他爲甚麼在枯井的爛泥之中最爲快活逍遙。有人低聲譏諷：「難道是隻烏龜，在爛泥中最快活？」

那宮女抿嘴低笑，又問：「王子生平最愛之人，叫甚麼名字？」

段譽正要回答，突然覺得左邊衣袖、右邊衣襟，同時有人拉扯。巴天石在他左耳畔低聲道：「說是鎭南王。」朱丹臣在他右耳邊低聲道：「說是鎭南王妃。」兩人聽到段譽回答第一個問題大爲失禮，只怕他第二答也如此貽笑於人。此來是向公主求婚，如果他說生平最愛之人是王語嫣或是木婉清，又或是另外一位姑娘，公主豈有答允下嫁之理？一個說道：該當最愛父親，忠君孝父，那是朝中三公的想法。一個說道：須說最愛母親，孺慕慈母，那是文學之士的念頭。

段譽聽那宮女問到自己最愛之人的姓名，本來衝口而出，便欲說王語嫣的名字，但巴朱二人這麼一提，段譽登時想起，自己是大理國鎮南王世子，來到西夏，一言一動實繫本國觀瞻，自己丟臉不要緊，卻不能失了大理國的體面，便道：「我最愛的自然是爹爹、媽媽。」他口中一說到「爹爹、媽媽」四字，胸中自然而然的起了愛慕父母之意，覺得對父母之愛和王語嫣之愛並不相同，難分孰深孰淺，說自己在這世上最愛父母，決非虛話。

那宮女又問：「令尊、令堂的相貌如何？是否與王子頗爲相似？」段譽道：「我爹爹四方臉蛋，濃眉大眼，形貌甚是威武，其實他的性子倒很和善……」說到這裏，心中突然一凜：「原來我相貌只像我娘，不像爹爹。這一節我以前倒沒想到過。」

那宮女聽他說了一半，不再說下去，心想他母親是王妃之尊，他自不願當衆述說母親的相貌，便道：「多謝王子，請王子這邊休息。」

宗贊聽那宮女對段譽言辭間十分客氣，相待頗爲親厚，心中醋意登生，暗想：「你是王子，我也是王子。吐蕃國比你大理強大得多。莫非是你一張小白臉佔了便宜麼？」不再等待，踏步上前，說道：「吐蕃國王子宗贊，請公主會面。」

那宮女道：「王子光降，敝國上下齊感榮寵。敝國公主也有三事相詢。」

宗贊甚是爽快，笑道：「公主那三個問題，我早聽見了，也不用你一個個的來問，我一併回答了罷。我一生之中，最快樂逍遙的地方，乃是日後做了駙馬，與公主結爲夫妻的洞房之中。我平生最愛的人兒，乃是銀川公主，她自然姓李，閨名我此刻當然不知，將來成爲夫妻，她定會說與我知曉。至於公主的相貌，當然像神仙一般，天上少有，地下無雙。哈哈，你說我答得對不對？」

衆人之中，倒有一大半和宗贊王子存著同樣心思，要如此回答這三個問題，聽得他說了出來，不由得都暗暗懊悔：「我該當搶先一步如此回答才是，現下若再這般說法，倒似學他的樣一般。」

蕭峯聽那宮女一個個的問來，衆人對答時有的竭力諂諛，討好公主，有的則自高身價，大吹大擂，甚覺無聊，若不是要將此事看個水落石出，早就先行離去了。

正納悶間，忽聽得慕容復的聲音說道：「在下姑蘇燕子塢慕容復，久仰公主芳名，特來拜會。」

那宮女道：「原來是『以彼之道，還施彼身』的姑蘇慕容公子，婢子雖在深宮之中，亦聞公子大名。」慕容復心中一喜：「這宮女知道我的名字，當然公主也知道了，說不定她們曾談起過我。」說道：「不敢，賤名有辱清聽。」那宮女又道：「我們西夏雖僻處邊陲，卻也多聞『北喬峯、南慕容』的英名。聽說北喬峯喬大俠已改姓蕭，在大遼位居高官，不知此事是否屬實？」慕容復道：「正是！」他早見到蕭峯同赴青鳳閣來，卻不加點破。

那宮女問道：「公子與蕭大俠齊名，想必和他相熟。不知這位蕭大俠人品如何？武功與公子相比，誰高誰下？」

慕容復一聽之下，登時面紅耳赤。他與蕭峯在少林寺前相鬥，給蕭峯一把抓起，重重摔在地下，武功大爲不如，乃人所共見，在衆人之前若加否認，不免爲天下豪傑恥笑。但要他直認不如蕭峯，卻又不願，忍不住怫然道：「姑娘所詢，可是公主要問的三個問題麼？」

那宮女忙道：「不是。公子莫怪。婢子這幾年聽人說起蕭大俠的英名，仰慕已久，不禁多問了幾句。」

慕容復道：「蕭君此刻便在姑娘身畔，姑娘有興，不妨自行問他便是。」此言一出，廳中登時一陣大譁。蕭峯威名遠播，武林人士聽了無不震動。

那宮女顯然心中激動，說話聲音也顫了，道：「原來蕭大俠居然也降尊屈貴，來到敝邦，我們事先未曾知情，簡慢之極，蕭大俠當眞要寬洪大量，原宥則個。」

蕭峯「哼」了一聲，並不回答。

慕容復聽那宮女的語氣，對蕭峯的敬重著實在自己之上，不禁暗驚：「蕭峯那廝也未娶妻，此人官居大遼南院大王，掌握兵權，豈是我一介白丁之可比？他武功又如此了得，我決計不能和他相爭。這……這……這便如何是好？」

那宮女道：「待婢子先問慕容公子，蕭大俠還請稍候，得罪，得罪。」接連說了許多抱歉的言語，才向慕容復問道：「請問公子：公子生平在甚麼地方最爲快樂逍遙？」

這問題慕容復曾聽她問過四五十人，但問到自己之時，突然間張口結舌，答不上來。他一生營營役役，不斷爲興復燕國而奔走，可說從未有過甚麼快樂之時。別人瞧他年少英俊，武功高強，名滿天下，江湖上衆所敬畏，自必志得意滿，但他內心，實在從來沒眞正快樂過。他呆了一呆，說道：「要我覺得眞正快樂，那是將來，不是過去。」

那宮女還道慕容復與宗贊王子等人是一般的說法，要等招爲駙馬，與公主成親，那才眞正的喜樂，卻不知慕容復所說的快樂，卻是將來身登大寶，成爲大燕的中興之主。她微微一笑，又問：「公子生平最愛之人叫甚麼名字？」慕容復一怔，沉吟片刻，嘆道：「倒也有人愛我，我卻沒最愛之人。」那宮女道：「如此說來，這第三問也不用了。」慕容復道：「我盼得見公主之後，能回答姊姊第二、第三個問題。」

那宮女道：「請慕容公子這邊休息。蕭大俠，你來到敝國，客從主便，婢子也要以這三個問題冒犯虎威，尚祈海涵，婢子這裏先謝罪了。」但她連說幾遍，竟無人答應。

虛竹道：「我大哥已經走啦，姑娘莫怪。」那宮女一驚，道：「蕭大俠走了？」虛竹道：「正是。」

蕭峯聽西夏公主命那宮女向衆人逐一詢問三個相同的問題，料想其中雖有深意，但顯無加害衆人之心，尋思這三個問題問到自己之時，該當如何回答？念及阿朱，胸口一痛，傷心欲絕，雅不願在旁人之前洩露自己心情，當即轉身出了石堂。其時堂門早開，他出去時腳步輕盈，旁人大都並未知覺。

那宮女道：「卻不知蕭大俠因何退去？是怪我們此舉無禮麼？」虛竹道：「我大哥並非小氣之人，決不會因此見怪。嗯，他定是酒癮發作，到外面喝酒去了。」那宮女笑道：「正是。素聞蕭大俠豪飲，酒量天下無雙，我們這裏沒備酒，難留嘉賓，實在太過慢客。這位先生見到蕭大俠時，還請轉告敝邦公主殿下的歉意。」這宮女能說會道，言語得體，比之在外廂款客的那個怕羞宮女曉蕾口齒伶俐百倍。虛竹道：「我見到大哥時，跟他說便了。」

那宮女道：「請問先生尊姓大名？」虛竹道：「我麼……我麼……我道號虛竹子。我是……出……出……那個……決不是來求親的，不過陪著我三弟來而已。」

那宮女問道：「先生平生在甚麼地方最爲快樂？」

虛竹輕嘆一聲，說道：「在一個黑暗的冰窖之中。」

忽聽得一個女子聲音「啊」的一聲低呼，跟著嗆啷一聲響，一隻瓷杯掉到地下，打得粉碎。

那宮女又問：「先生生平最愛之人，叫甚麼名字？」

虛竹道：「唉！我……我不知道那位姑娘叫甚麼名字。」

衆人哈哈大笑，均想此人是個大傻瓜，不知對方姓名，便傾心相愛。

那宮女道：「不知那位姑娘的姓名，也不是奇事。當年孝子董永見到天上仙女下凡，並不知她的姓名底細，就愛上了她。虛竹子先生，這位姑娘的容貌定然美麗非凡了？」

虛竹道：「她容貌如何，我也從來沒見過。」

霎時之間，石室中笑聲雷動，都覺實爲天下奇聞，也有人以爲虛竹是故意說笑。

衆人鬨笑聲中，忽聽得一個女子聲音低低問道：「你……你可是『夢郎』麼？」虛竹大吃一驚，顫聲道：「你……你……你可是『夢姑』麼？這可想死我了。」不由自主的向前跨了幾步，只聞到一陣馨香，一隻溫軟柔滑的手掌已握住了他手，一個熟悉的聲音在他耳邊悄聲道：「夢郎，我便因找你不到，這才請父皇普散榜文，邀你到來。」虛竹更加驚訝，道：「你……你便是……」那少女道：「咱們到裏面說話去，夢郎，我日日夜夜，就盼有此時此刻……」一面細聲低語，一面握著他手，悄沒聲的穿過帷幕，踏著厚厚的地毯，走向內堂。

石室內衆人兀自喧笑不止。

那宮女仍挨次將這三個問題向衆人一個個問將過去，直到盡數問完，這才說道：「請各位到外邊凝香殿喝茶休息，壁上書畫，便當送出來請各位揀取。公主殿下如要跟那一位相見，自當遣人前來邀請。」登時有許多人鼓躁起來：「我們要見公主！」「即刻就要見！」「把我們差來差去，那不是消遣人麼？」

那宮女說道：「各位還是到外邊休息的好，又何必惹得公主殿下不快？」最後一句話其效如神，衆人來到興州，爲的就是要做駙馬，倘若不聽公主吩咐，她勢必不肯召見，見都見不到，還有甚麼駙馬不駙馬的？只怕要做駙牛、駙羊也難。當下衆人便即安靜，魚貫走出石室。室外明晃晃火把照路，衆人循舊路回到先前飲茶的凝香殿中。

段譽和王語嫣重會，說起公主所問的三個問題。王語嫣聽他說生平覺得最快樂之地是在枯井的爛泥之中，不禁吃吃而笑，暈紅雙頰，低聲道：「我也一樣。」

衆人喝茶閒談，紛紛議論，猜測適才這許多人的對答，不知那一個的話最合公主心意。過了一會，內監捧出書畫卷軸來，請各人自擇一件。這些人心中七上八下，只是記著公主是否會召見自己，那有心思揀甚麼書畫。段譽輕輕易易的便取得了那幅「湖畔舞劍圖」，誰也不來跟他爭奪。

他和王語嫣並肩觀賞，王語嫣嘆道：「圖中這人，倒有幾分像我媽媽。」想起和母親分別日久，甚是牽掛。

段譽驀地想起虛竹身邊也有一幅相似的圖畫，想請他取出作一比較，但遊目四顧，殿中竟不見虛竹的人影。他叫道：「二哥，二哥！」也不聽見人答應。段譽心道：「他和大哥一起走了！還是有甚凶險？」正感躭心，忽然一名宮女走到他的身邊，說道：「虛竹先生有張書箋交給段王子。」說著雙手捧上一張摺疊好的泥金詩箋。

段譽接過，便聞到一陣淡淡幽香，打了開來，只見箋上寫道：「我很好，好極了，說不出的快活。要你空跑一趟，眞對你不起，對段老伯又失信了，不過沒有法子。字付三弟。」下面署著「二哥」二字。段譽情知這位和尚二哥讀書不多，文理頗不通順，但這封信卻實在沒頭沒腦，不知所云，拿在手裏怔怔思索。

宗贊王子遠遠望見那宮女拿了一張書箋交給段譽，認定是公主邀他相見，不由得醋意大發，心道：「好啊，果然是給你這小白臉佔了便宜，咱們可不能這麼便算。」喝道：「咱家須容不得你！」一個箭步，便向段譽撲了過來，左手將書箋一把搶過，右手重重一拳，打向段譽胸口。

段譽正在思索虛竹信中所言是何意思，宗贊王子這一拳打到，全沒想到閃避，而以他武功，宗贊這一拳來得快如電閃，便想避也避不了。砰的一聲，正中前胸，段譽體內充盈鼓盪的內息立時反彈，但聽得呼的一聲，跟著幾下「噼啪、嗆啷、哎喲！」宗贊王子直飛出數步之外，摔上一張茶几，几上茶壺、茶杯打得片片粉碎。

宗贊「哎喲」一聲叫過，來不及站起，便去看那書箋，大聲唸道：「我很好，好極了，說不出的快活！」

衆人明明見他給段譽彈出，重重摔了一交，怎麼說「我很好，好極了，說不出的快活」，無不大爲詫異。

王語嫣忙到段譽身邊，問道：「他打痛了你麼？」段譽笑道：「不礙事。二哥給我一通書柬，這王子定是誤會了，只道是公主召我去相會。」

吐蕃衆武士見主公給人打倒，有的搶過去相扶，有的氣勢洶洶，便來向段譽挑釁。段譽道：「這裏是非之地，多留無益，咱們回去罷。」巴天石忙道：「公子既然來了，何必急在一時？」朱丹臣也道：「西夏國皇宮內院，還怕吐蕃人動粗不成？說不定公主便會邀見，此刻走了，豈不禮數有虧？」兩人不斷勸說，要段譽暫且留下。

果然一品堂中有人出來，喝令吐蕃衆武士不得無禮。宗贊王子爬將起來，見那書箋不是公主召段譽去相見，心中氣也平了。

正擾攘間，木婉清忽然向段譽招招手，左手舉起一張紙揚了揚。段譽點點頭，過去接了過來。

宗贊又見段譽展開那信箋來看，臉上神色不定，心道：「這封信定是公主見召了。」大聲喝道：「第一次你瞞過了我，第二次還想再瞞麼？」雙足一登，又撲將過去，挾手一把將那信箋搶過。

這一次他學了乖，不敢再伸拳打段譽胸膛，搶到信箋，右足一抬，便踢中段譽的小腹，那臍下丹田是煉氣之士內息的根源，內勁不用運轉，反應立生，當眞是有多快便多快，但聽得呼的一聲，又是「噼啪、嗆啷、哎喲」一陣響，宗贊身子倒飛出去，越過數十人的頭頂，撞翻了七八張茶几，這才摔倒。

這王子皮粗肉厚，段譽又非故意運氣傷他，摔得雖然狼狽，卻未受內傷。他身子一著地，便舉起搶來的信箋，大聲讀了出來：「有厲害人物要殺我的爸爸，也就是要殺你的爸爸，快快去救。」

衆人一聽，更加摸不著頭腦，怎麼宗贊王子說「我的爸爸，也就是你的爸爸」？難道吐番、大理兩國王子，乃一父所生？

段譽和巴天石、朱丹臣等卻心下了然，這字條是木婉清所寫，所謂「我的爸爸，也就是你的爸爸」，自是指段正淳而言，都圍在木婉清身邊，齊聲探問。

木婉清道：「你們進去不久，梅劍和蘭劍兩位姊姊便進宮來，有事要向虛竹先生稟報。虛竹子一直不出來，她們便跟我說了，說道接得訊息，有好幾個厲害人物設下陷阱，蓄意加害爹爹。這些陷阱已知布在蜀南一帶，正是爹爹回去大理的必經之地。她們靈鷲宮已派了玄天、朱天兩部，前去追趕爹爹，要他當心，同時派人西來報訊。」

段譽急道：「梅劍、蘭劍兩位姊姊呢？我怎沒瞧見？」木婉清道：「你眼中只有王姑娘一人，那裏還瞧得見別人？梅劍、蘭劍兩位姊姊本是要跟你說的，招呼你幾次，也不知你故意不睬呢，還是真的沒瞧見。」段譽臉上一紅，道：「我……我確實沒瞧見。」木婉清又冷冷的道：「她們急於去找虛竹二哥，不等你了。我向你招手，叫你過來說話，你又不睬，我只好寫了這張紙條，想遞給你。」

段譽心下歉然，知自己心無旁鶩，眼中所見，只王語嫣的一喜一愁，耳中所聞，只王語嫣的一語一笑，便天塌下來，也當不理，木婉清遠遠的示意招呼，自然視而不見。若不是宗贊王子撲上來猛擊一拳，只怕仍不會抬起頭來見到木婉清招手，便向巴天石、朱丹臣道：「咱們連夜上道，去追趕爹爹。」巴朱二人道：「正是！」

各人均想鎮南王既有危難，那自是比甚麼都要緊，段譽做不做得成西夏駙馬，只好置之度外，一行人立即起身出宮。

段譽等趕回賓館與鍾靈會齊，留了口訊給蕭峯、虛竹，收拾了行李，逕即動身。巴天石則去向西夏國禮部尚書告辭，說道鎭南王途中身染急病，世子須得趕去侍奉，不及向皇上叩辭。父親有病，做兒子星夜前往侍候湯藥，乃天經地義，那禮部尚書讚嘆一陣，說甚麼「王子孝心格天，段王爺定占勿藥」等語。巴天石探問公主擇婿結果，不得要領。匆匆出興州城南門，施展輕功趕上段譽等人之時，離興州已三十餘里了。

外面一陣風捲進，嗡嗡聲中，成千成萬隻蜜蜂衝進屋來，羣蜂一進屋，便分向各人刺去。

四七　爲誰開　茶花滿路

段譽等一行人馬不停蹄，在道非止一日，自興州而至皋蘭、秦州，東向漢中，經廣元、劍閣而至蜀北。一路上迭接靈鷲宮玄天、朱天兩部羣女的傳書，說道鎮南王正向南行。有一個訊息說，鎮南王攜同女眷二人，兩位夫人在梓潼狠鬥了一場，似乎不分勝負。段譽料知這兩位夫人一個是木婉清的母親秦紅棉，另一個則是阿紫的母親阮星竹；論武功是秦紅棉較高，論智計則阮星竹佔了上風，有爹爹調和其間，諒來不致有甚大事發生。果然隔不了兩天，又有訊息傳來，兩位夫人已言歸於好，和鎮南王在一家酒樓中同席飲酒。玄天部已向鎮南王示警，告知他有厲害的對頭要在前途加害。

旅途之中，段譽和巴天石、朱丹臣等商議了幾次，都覺鎮南王的對頭除四大惡人之首的段延慶外，更無別人。段延慶武功奇高，大理國除了保定帝本人及天龍寺高僧外，無人能敵，如他追上了鎭南王，確實大有可慮。唯有加緊趕路，與鎭南王會齊，衆人合力，才可和段延慶一鬥。」巴天石道：「咱們一見到段延慶，立即一擁而上，給他來個倚多爲勝。決不能再蹈小鏡湖畔的覆轍，讓他和王爺單打獨鬥。」朱丹臣道：「正是。咱們這裏有段世子、木姑娘、鍾姑娘、王姑娘、你我二人，再加上王爺和二位夫人，以及華司徒、范司馬、古二哥他們這些人，又有靈鷲宮的姑娘們相助。人多勢衆，就算殺不了段延慶，總不能讓他欺侮了咱們。」段譽點頭道：「正是這個主意。」

衆人將到綿州時，只聽得前面馬蹄聲響，兩騎並馳而來。馬上兩個女子翻身下馬，叫道：「靈鷲宮屬下玄天部參見大理段公子。」段譽忙即下馬，叫道：「兩位辛苦了，可見到了家父麼？」右首那中年婦人說道：「啓稟公子，鎭南王接到我們示警後，已改道東行，說要兜個大圈子再回大理，以免遇上了對頭。」

段譽登時便放了心，喜道：「如此甚好。爹爹金玉之體，何必去跟兇徒廝拚？毒蟲惡獸，避之則吉，卻也不是怕了他。兩位可知對頭是誰？這訊息最初從何處得知？」那婦人道：「最初是菊劍姑娘聽到另一位姑娘說的。那位姑娘名字叫阿碧……」段譽接口道：「啊，是阿碧姑娘，我認得她。」

那婦人道：「這就是了。菊劍姑娘說，阿碧姑娘和她年紀差不多，相貌美麗，很討人喜歡，就是一口江南口音，說話不大聽得懂。阿碧姑娘跟我們主人的師姪康廣陵先生有些淵源，說起來跟我們靈鷲宮是一家人。菊劍姑娘說起主人陪公子到西夏招親，阿碧姑娘便要趕去西夏，和慕容公子相會，又說很想見段公子。她說在途中聽到訊息，有個極厲害的人物要跟鎮南王爺爲難。她說段公子待她很好，要我們設法傳報訊息。」

段譽想起在姑蘇初遇阿碧時的情景，其後蒙她盪舟送去無錫，情意深至，在湖中認了她作義妹，別來時時思念，這次又是她傳訊，心下感激，問道：「這位阿碧姑娘，這時在那裏？」那中年婦人道：「屬下不知。段公子，聽梅劍姑娘的口氣，要和段王爺爲難的那個對頭著實厲害。因此梅劍姑娘不等主人下令，便令玄天、朱天兩部出動，公子還須小心才好。」

段譽道：「多謝大嫂費心盡力，大嫂貴姓，日後在下見到二哥，也好提及。」那婦人甚喜，笑道：「我們玄天、朱天兩部大夥兒一般辦事，公子不須提及賤名。公子爺有此好心，小婦人多謝了！」說著和另一個女子斂衽行禮，和旁人略一招呼，上馬而去。

段譽問巴天石道：「巴叔叔，你以爲如何？」巴天石道：「王爺既已繞道東行，咱們便逕自南下，想來在成都一帶，或可遇上王爺。」段譽點頭道：「甚是。」

一行人南下過了綿州，來到成都。錦官城繁華富庶，甲於西南。段譽等在城中閒逛了幾日，不見段正淳到來。各人均想：「鎮南王有兩位夫人相伴，一路上遊山玩水，大享溫柔艷福，自然是緩緩行而遲遲歸。回到大理，便沒這麼逍遙快樂了。」

一行人再向南行，衆人每行一步便近大理一步，心中也寬了一分。一路上繁花似錦，段譽與王語嫣按轡徐行，生怕木婉清、鍾靈著惱，也不敢太冷落了這兩個妹子。木婉清途中已告知鍾靈，說鍾靈亦是段正淳所生，二女改口以姊妹相稱，雖見段譽和王語嫣言笑晏晏，神態親密，卻也無可奈何，亦只黯然惆悵而已。

這日傍晚，將到楊柳塲時，天色陡變，黃豆大的雨滴猛洒下來。衆人忙催馬疾行，要找地方避雨。轉過一排柳樹，但見小河邊白牆黑瓦，聳立著七八間屋宇，衆人大喜，拍馬奔近。只見屋簷下站著個老漢，背負雙手，正在觀看天邊越來越濃的烏雲。

朱丹臣翻身下馬，上前拱手說道：「老丈請了，在下一行途中遇雨，求在寶莊暫避，還請行個方便。」那老漢道：「好說，好說，卻又有誰帶著屋子出來趕路的？列位官人、姑娘請進。」朱丹臣聽他語音清亮，不是川南土音，雙目炯炯有神，不禁心中一凜，拱手道：「如此多謝了。」

衆人進得門內，朱丹臣指著段譽道：「這位是敝上余公子，剛到成都探親回來。這位是石老哥，在下姓陳。不敢請問老丈貴姓。」那老漢嘿嘿一笑，道：「老朽姓賈。余公子、石大哥、陳大哥、幾位姑娘，請到內堂喝杯清茶，瞧這雨勢，只怕還有得下呢。」段譽等聽朱丹臣報了假姓，便知事有蹊蹺，當下各人都留下了心。

賈老者引著衆人來到一間廂房之中。見牆壁上掛著幾幅字畫，陳設頗爲雅潔，不類鄉人之居，朱丹臣和巴天石相視以目，更加留神。段譽見所掛字畫均係出於俗手，不加多看。那賈老者道：「我去命人沖茶。」朱丹臣道：「不敢麻煩老丈。」賈老者笑道：「只怕怠慢了貴人。」說著轉身出去，掩上了門。

房門一掩上，門後便露出一幅畫來，畫的是幾株極大的山茶花，一株銀紅，嬌艷欲滴，一株全白，幹已半枯，蒼勁可喜。

段譽一見，登時心生喜悅，但見畫旁題了一行字道：「大理茶花最甲海內，種類七十有一，大於牡丹，一望若火（ ）雲（ ），爍日蒸（ ）。」其中空了幾個字。

這一行字，錄自《滇中茶花記》，段譽本就熟記於胸，茶花種類明明七十有二，題詞卻寫「七十有一」，一瞥眼，見桌上陳列著文房四寶，忍不住提筆蘸墨，在那「一」字上添了一橫，改爲「二」字，又在火字下加一「齊」字，雲字下加一「錦」字，蒸字下加一「霞」字。加字後便變成了：「大理茶花最甲海內，種類七十有二，大於牡丹，一望若火齊雲錦，爍日蒸霞。」原來題的字是圓潤秀拔的褚遂良體，段譽也依這字體書寫，竟了無增改痕跡。

鍾靈拍手笑道：「你這麼一填，一幅畫就完完全全，更無虧缺了。」

段譽放下筆不久，賈老者推門進來，又順手掩上了門，見到畫中缺字已然補上，當即滿臉堆笑，笑道：「貴客，貴客，小老兒這可失敬了。這幅畫是我一個老朋友畫的，他記心不好，題字時忘了幾個字，說要回家查書，下次來時補上。唉，不料他回家之後，一病不起，從此不能再補。想不到余公子博古通今，給老朽與我亡友完了一件心願，擺酒，快擺酒！」一路叫嚷著出去。

過不多時，賈老者換了件嶄新的繭綢長袍，來請段譽等到廳上飲酒。窗外大雨如傾，滿地千百條小溪流東西衝瀉，一時確也難以行走，衆人見賈老者意誠，推辭不得，便同到廳上，席上鮮魚、臘肉、鷄鴨、蔬菜，擺了十餘碗。段譽等道謝入座。

賈老者斟酒入杯，笑道：「鄉下土釀，請對付著喝幾杯。小老兒本是江南人，年輕時也學過一點兒粗淺武功，和人爭鬥，失手殺了兩個仇家，在故鄉容身不易，這才逃來四川。唉，一住數十年，卻總記著家鄉，小老兒本鄉的酒比這大麴醇些，可沒這麼厲害。」一面說，一面給衆人斟酒。

各人聽他述說身世，雖不盡信，但聽他自稱身有武功，卻也大釋心中疑竇，又見他給各人斟酒後，說道：「先乾爲敬！」一口將杯中的酒喝乾了，更是放心，便盡情吃喝起來。巴天石和朱丹臣飲酒既少，吃菜時也等賈老者先行下箸，這才夾菜。

酒飯罷，眼見大雨不止，賈老者又誠懇留客，段譽等當晚便在莊中借宿。

臨睡之時，巴天石悄悄跟木婉清道：「木姑娘，今晚警醒著些兒，我瞧這地方總是有些兒邪門。」木婉清點了點頭，當晚和衣躺在床上，袖中扣了毒箭，耳聽著窗外淅淅瀝瀝的雨聲，半睡半醒的直到天明，竟毫無異狀。

盥洗罷，見大雨已止，眾人當即向賈老者告別。朱丹臣要送些銀錢小費，打賞僕役，賈老者說甚麼也不肯收。他直送出門外數十丈，禮數恭謹。

眾人行遠之後，都嘖嘖稱奇。巴天石道：「這賈老者到底是甚麼來歷，實在古怪，這次我可猜不透啦。」朱丹臣道：「巴兄，我猜這賈老兒本來不懷善意，待見公子塡好了畫中的缺字，突然間神態有變。公子，你想這幅畫和幾行題字，卻有甚麼干係？」段譽搖頭道：「這兩株山茶嗎，那也平常得緊。一株粉侯，一株雪塔，雖說是名種，卻也不是甚麼罕見之物。」眾人猜不出來，也就不再理會。

鍾靈笑道：「最好一路之上，多遇到幾幅缺了字畫的圖畫，咱們段公子一一塡將起來，大筆一揮，便騙得兩餐酒飯，一晚住宿，卻不花半文錢。」眾人都笑了起來。

說也奇怪，鍾靈說的是一句玩笑言語，不料旅途之中，當眞接二連三的出現了圖畫。圖中所繪的必是山茶花，有的題詞有缺，有的寫錯了字，更有的畫上有枝無花，或有花無葉。段譽一見到，便提筆添上。一添之下，圖畫的主人總是出來殷勤接待，美酒美食，又不肯收受分文。

巴天石和朱丹臣幾次三番設辭套問，對方的回答千篇一律，說道原來的畫師未曾畫得周全，或題字有缺，多蒙貴客補足，好生感激。段譽和鍾靈是少年心性，只覺好玩，但盼缺筆的字畫越多越好。王語嫣見段譽開心，她也隨著歡喜。木婉清向來天不怕、地不怕，對方好意也罷、歹意也罷，她都不放在心上。只巴天石和朱丹臣卻越來越擔憂，見對方布置如此周密，其中定有重大圖謀，偏生全然瞧不出半點端倪。

巴朱二人每當對方殷勤相待之時，必定細心查察，看酒飯之中是否下了毒。有些慢性毒藥極難發覺，往往連服十餘次這才毒發。巴天石見多識廣，對方若是下毒，須瞞不過他的眼去，然始終見酒飯一無異狀，且主人總是先飲先食，以示無他。

漸行漸南，天時也漸溫暖，一路上山深林密，長草叢生，與北國西夏相較，景象大不相同。這日傍晚，將近草海，一眼望出去無窮無盡都是青青野草，左首是一座大森林，眼看數十里內並無人居。

巴天石道：「公子，此處地勢險惡，咱們乘早找個地方住宿才好。」段譽點頭道：「是啊，今日是走不出這大片草地了，只不知甚麼地方可以借宿。」朱丹臣道：「草海中毒蚊、毒蟲甚多，又多瘴氣。眼下桃花瘴剛過，榴花瘴初起，兩股瘴氣混在一起，毒性更烈。如找不到宿地，便在樹枝高處安身較好，瘴氣侵襲不到，毒蟲毒蚊也少。」

一行人折而向左，往樹林中走去。王語嫣聽朱丹臣把瘴氣說得這般厲害，問他桃花瘴、榴花瘴是甚麼東西。朱丹臣道：「瘴氣是山野沼澤間的毒氣毒霧，三月桃花瘴、五月榴花瘴、八月桂花瘴、十月芙蓉瘴。其實瘴氣都是一般，時節不同，便按月令時花，給它取個名字。三五月間天候漸熱，毒蟲毒蚊萌生，爲害最大，恰好是這時候。這一帶濕氣甚重，草海中野草腐爛堆積，瘴氣必猛。」王語嫣道：「嗯，那麼有茶花瘴沒有？」段譽、巴天石等都笑了起來。朱丹臣道：「我們大理人最喜茶花，可不將茶花和那討厭的瘴氣連在一起。」

說話之間已進了林子。馬蹄踏入爛泥，一陷一拔，行走不便。巴天石道：「我瞧不必再進去啦，今晚就學鳥兒，在高樹上作巢安身，等明日太陽出來，瘴氣漸清，再行趕路。」王語嫣問道：「太陽出來後，瘴氣便不怎樣厲害了？」巴天石道：「正是。」

鍾靈突然指著東北角，失聲驚道：「啊喲，不好啦，那邊有瘴氣升起來了，那是甚麼瘴氣？」各人順著她手指瞧去，果見有股雲氣，嫋嫋在林間升起。

巴天石道：「姑娘，這是燒飯瘴。」鍾靈躭心道：「甚麼燒飯瘴？厲害不厲害？」巴天石微笑道：「這不是瘴氣，是人家燒飯的炊煙。」果見那青煙中夾有黑氣，又有些白霧，乃是炊煙。衆人都笑了起來，精神爲之一振，都說：「咱們找燒飯瘴去。」鍾靈給各人笑得不好意思，脹紅了臉。王語嫣安慰她道：「靈妹，幸好得你見到了這燒飯……燒飯的炊煙，免了大家在樹頂露宿。」

一行人朝著炊煙走去，來到近處，見林中搭著七八間木屋，屋旁堆滿了木材，當是伐木工人的住所。朱丹臣上前大聲道：「木場的大哥，行道之人，想在貴處借宿一晚，成不成？」過了半晌，屋內並無應聲，朱丹臣又說了一遍，仍無人答應。但屋頂煙囪中的炊煙卻仍不斷冒出，屋中定然有人。

朱丹臣從懷中摸出可作兵刃的鐵骨扇，拿在手中，輕輕推開了門，走進屋去。只見屋內一個人影也無，卻聽到必剝必剝的木柴著火之聲。朱丹臣走向後堂，進入廚房，見灶下有個老婦正在燒火。朱丹臣問道：「老婆婆，這裏還有旁人麼？」那老婦茫然而視，似乎聽而不聞。朱丹臣道：「便只你一個在這裏麼？」那老婦指指自己耳朵，又指指嘴巴，啊啊啊的叫了幾聲，表示是個聾子，又是啞巴。

朱丹臣回到堂中，段譽、木婉清等已在其餘幾間屋中查看一遍，七八間木屋之中，除了那老婦外更無旁人。每間木屋都有板床，床上卻無被褥，看來這時候伐木工人並未開工。巴天石奔到木屋之外繞了兩圈，察見並無異狀。

朱丹臣道：「這老婆婆又聾又啞，沒法跟她說話。王姑娘最有耐心，還是請你跟她打個交道罷。」王語嫣笑著點頭，道：「好，我去試試。」她走進廚房，跟那婆婆指手劃腳，取了一錠銀子給她，那婆婆居然明白了他們是來借宿。眾人待那婆婆煮好飯後，向她討了些米作飯，木屋中無酒無肉，大夥兒吃些乾菜，就著白米飯，也就抵過了肚飢。

巴天石道：「咱們就都在這間屋中睡，別分散了。」當下男的睡東邊屋，女的睡在西邊。那老婆婆在中間房桌上點了盞油燈。

各人剛睡下，忽聽得中間房嗒嗒幾聲，有人用火刀火石打火，但打來打去打不著。巴天石開門出去，見桌上油燈已熄，黑暗中但聽得嗒嗒聲響，那老婆婆不停打火。巴天石取出懷中火刀火石，嗒的一聲，便打著了火，湊過去點了燈盞。那老婆婆微露笑容，向他打個手勢，要借火刀火石，指指廚房，示意要去點火。巴天石交了給她，入房安睡。

過不多時，卻聽得中間房嗒嗒之聲又起，段譽等閉眼剛要入睡，給打火聲吵得睜大眼來，見壁縫中沒火光透過來，原來那油燈又熄了。朱丹臣笑道：「這老婆婆可老得背了。」本待不去理她，但嗒嗒之聲始終不絕，似乎倘若一晚打不著火，她便要打一晚似的。朱丹臣不耐煩起來，走到中間房中，黑暗裏矇矇矓矓的見那老婆婆手臂一起一落，嗒嗒嗒的打火。朱丹臣取出自己的火刀火石，嗒的一聲打著火，點亮了油燈。那老婆婆笑了笑，打手勢向他借火刀火石，要到廚房中使用。朱丹臣借了給她，自行入房。

豈知過不多時，中間房的嗒嗒聲音又響了起來。巴天石和朱丹臣都大爲光火，罵道：「這老婆子不知在搞甚麼鬼！」可是嗒嗒嗒、嗒嗒嗒的聲音始終不停。巴天石跳了出去，搶過她的火刀火石來打，嗒嗒嗒幾下，竟一點火星也無，摸上去也不是自己的打火之具，大聲問道：「我的火刀、火石呢？」這句話一出口，隨即啞然失笑：「我怎麼向一個聾啞的老婆子發脾氣？」

這時木婉清也出來了，取出火刀火石，道：「巴叔叔，你要打火麼？」巴天石道：「這老婆婆眞古怪，一盞燈點了又熄，熄了又點，直搞了半夜。」接過火刀火石，嗒的一聲，打出火來，點著了燈盞。那老婆婆似甚滿意，笑了一笑，瞧著燈盞的火花。巴天石向木婉清道：「姑娘，路上累了，早些安歇罷。」便即回入房中。

豈知過不到一盞茶時分，那嗒嗒嗒、嗒嗒嗒的打火之聲又響了起來。巴天石和朱丹臣同時從床上躍起，都想搶將出去，突然之間，兩人同時醒覺：「世上豈有這等古怪的老太婆？其中定有詭計。」

兩人輕輕一握手，悄悄出房，分從左右掩到那老太婆身旁，正要一撲而上，突然鼻中聞到一陣淡淡的香氣，原來在燈盞旁打火的卻是木婉清。兩人即時收勢，巴天石道：「姑娘，是你？」木婉清道：「是啊，我覺得這地方有點兒不對勁，想點燈瞧瞧。」

巴天石道：「我來打火。」豈知嗒嗒嗒、嗒嗒嗒幾聲，半點火星也打不出來。巴天石一驚，叫道：「這火石不對，給那老婆子掉過了。」朱丹臣道：「快去找那老婆子，別給她走了。」木婉清奔向廚房，巴朱二人追出木屋，但便在這頃刻之間，那老婆子已不知去向。巴天石道：「別追遠了，保護公子要緊。」

兩人回進木屋，段譽、王語嫣、鍾靈也都已聞聲而起。

巴天石道：「誰有火刀火石？先點著了燈再說。」只聽兩個人不約而同的說道：

「我的火刀火石給那老婆婆借去了。」卻是王語嫣和鍾靈。巴天石和朱丹臣暗暗叫苦：「咱們步步提防，想不到還是在這裏中了敵人詭計。」段譽從懷裏取出火刀火石，嗒嗒的打了幾下，卻那裏打得著火？朱丹臣道：「公子，那老婆子曾向你借來用過？」段譽道：「是，那是在吃飯之前。她打了之後便即還我。」朱丹臣道：「火石給掉過了。」

一時之間，各人默不作聲，黑暗間但聽得夏蟲唧唧。這一晚正當月盡夜，星月無光。六人聚在屋中，只朦朦朧朧的看到旁人的影子，心中隱隱都感到周遭情景甚是凶險。自從段譽在畫中塡字、賈老者殷勤相待以來，六人就如給人蒙上了眼，身不由主的走入一個茫無所知的境地，明知敵人必在暗中有所算計，但使甚麼陰險毒計，卻半點端倪也瞧不出來。各人均想：「敵人如一擁而出，動拳出刀，倒也痛快，卻這般鬼鬼祟祟，令人不知所措。」

木婉清道：「那老婆婆取了咱們的火石去，用意是叫咱們不能點燈，他們便可在黑暗中鬧鬼。」鍾靈突然尖聲驚叫，說道：「我最怕他們在黑暗裏放蜈蚣、毒蟻來咬我！」巴天石心中一凜，說道：「黑暗中若有細小毒物來襲，倒防不勝防。」段譽道：「咱們還是出去，躲在樹上。」朱丹臣道：「只怕樹上已先放了毒物。」鍾靈又「啊」的一聲，捉住了木婉清的手臂。巴天石道：「姑娘別怕，咱們點起火來再說。」鍾靈道：「沒了火石，怎麼點火？」巴天石道：「敵人是何用意，現下難知。但他們既要咱們沒火，咱們偏偏生起火來，想來總是不錯。」

他說著轉身走入廚房，取過兩塊木柴，出來交給朱丹臣，道：「朱兄弟，把木材弄成木屑，越細越好。」朱丹臣一聽，當即會意，道：「不錯，咱們豈能束手待攻？」從懷中取出匕首，將木屑一片片的削下。段譽、木婉清、王語嫣、鍾靈一起動手，各取匕首小刀，把木屑切的切，斬的斬，輾的輾，弄成極細的木屑。段譽嘆道：「可惜我沒天龍寺枯榮師祖的神功，否則內力到處，木屑立時起火，便是那鳩摩智，也有這等本事。」其實這時他體內所積蓄的內力，已遠在枯榮大師和鳩摩智之上，只不會運用而已。

幾人不停手的將木粒輾成細粉，心中都惴惴不安，誰也不說話，只留神傾聽外邊動靜，均想：「這老婆婆騙了咱們的火石去，決不會停留多久，只怕即時就會發動。」

巴天石摸到木屑已有飯碗般大一堆，撥成一堆，拿幾張火媒紙放在其中，將自己單刀執在左手，借過鍾靈的單刀，右手執住了，雙手一合，錚的一響，雙刀刀背相碰，火星四濺，火花濺到木屑之中，便燒了起來，只可惜一燒即滅，未能燒著紙媒，衆人嘆息聲中，巴天石雙刀連碰，錚錚之聲不絕，撞到十餘下時，紙媒終於燒了起來。

段譽等大聲歡呼，將紙媒拿去點著了油燈。朱丹臣怕一盞燈給風吹熄，將廚房和兩邊廂房中的油燈都取了出來點著了。火燄微弱，照得各人臉色綠沉沉地，煙氣甚重，聞著很不舒服。但好不容易點著了火，各人精神一振，似是打了個勝仗。

木屋甚是簡陋，門縫中不斷有風吹進。六人你看看我，我看看你，手中各按兵刃，側耳傾聽。但聽得清風動樹，蟲聲應和，此外更無異狀。

巴天石見良久並無動靜，在木屋各處仔細查察，見幾條柱子上都包了草席，外面用草繩綁住了，依稀記得初進木屋時並非如此，當即扯斷草繩，草席跌落。段譽見兩條柱子上彫刻著一副對聯，上聯是：「春溝水動茶花（　）」，下聯是：「夏谷（　）生荔枝紅」。每一句聯語中都缺了一字。轉過身來，見朱丹臣已扯下另外兩條柱上所包的草席，露出柱上刻著的一副對聯：「青裙玉（　）如相識，九（　）茶花滿路開。」

段譽道：「我一路填字到此，是福是禍，那也不去說他。他們在柱上包了草席，顯是不想讓我見到對聯，咱們總之是反其道而行，且看對方有何計較。」當即伸手出去，但聽得嗤嗤聲響，已在對聯的「花」字下寫了個「白」字，在「谷」字下寫了個「雲」字，變成「春溝水動茶花白，夏谷雲生荔枝紅」一副完全的對聯。他內力深厚，指力到處，木屑紛紛而落。鍾靈拍手笑道：「早知如此，你用手指在木頭上劃幾劃，就有了木屑，卻不用咱們忙了這一陣子了啦。」

只見他又在那邊填上了缺字，口中低吟：「青裙玉面如相識，九月茶花滿路開。」一面搖頭擺腦的吟詩，一面斜眼瞧著王語嫣。王語嫣俏臉生霞，將頭轉了開去。

鍾靈道：「這些木材是甚麼樹上來的，可香得緊！」各人嗅了幾下，都覺從段譽手指劃破的刻痕之中，透出極馥郁的花香，似桂花不是桂花，似玫瑰不是玫瑰。段譽也道：「好香！」只覺那香氣越來越濃，聞後心意舒服，精神一爽。

朱丹臣倏地變色，說道：「不對，這香氣只怕有毒，大家塞住鼻孔。」眾人給他一言提醒，忙或取手帕，或以衣袖，按住了口鼻，但這時早已將香氣吸入了不少，如是毒氣，該當頭暈目眩，心頭煩惡，然而全無不舒服的感覺。

過了半晌，各人氣息不暢，忍不住張口呼吸，卻仍全無異狀。各人慢慢放開了按住口鼻的手，紛紛議論，絲毫猜不透敵人的用意。

又過好一會，忽然間聽到一陣嗡嗡聲音。木婉清一驚，叫道：「啊喲！毒發了，我耳朵中有怪聲。」鍾靈道：「我也有。」巴天石卻道：「這不是耳中怪聲，好像是有一大羣蜜蜂飛來。」果然嗡嗡之聲越來越響，似有千千萬萬蜜蜂從四面八方飛來。

蜜蜂本來並不可怕，但如此巨大的聲響卻從來沒聽到過，也不知是不是蜜蜂。霎時間各人都呆住了，不知如何才好。但聽嗡嗡之聲漸響漸近，就像是無數妖魔鬼怪嘯聲大作、飛舞前來噬人一般。鍾靈抓住木婉清的手臂，王語嫣緊緊握住段譽的手。各人心中怦怦大跳，雖早知暗中必有敵人隱伏，但萬料不到敵人來攻之前，竟會發出如此可怖的嘯聲。

突然間啪的一聲，一件細小的東西撞上了木屋外的板壁，跟著啪啪啪的響聲不絕，不知有多少東西撞將上來。木婉清和鍾靈齊聲叫道：「是蜜蜂！」巴天石搶過去關窗，忽聽得屋外馬匹長聲悲嘶，狂叫亂跳。鍾靈叫道：「蜜蜂刺馬！」朱丹臣道：「我去割斷韁繩！」撕下長袍衣襟，裹在頭上，左手剛拉開板門，外面一陣風捲進，嗡嗡聲中，成千成萬隻蜜蜂衝進屋來。鍾靈和王語嫣齊聲尖叫。

巴天石將朱丹臣拉進屋中，膝蓋一頂，撞上了板門，但滿屋已都是蜜蜂。羣蜂一進屋，便分向各人刺去，一刹那間，每個人頭上、手上、臉上，都給蜜蜂刺了七八下、十來下不等。朱丹臣張開摺扇亂撥。巴天石撕下衣襟，猛力撲打。段譽、木婉清、王語嫣、鍾靈四人也都忍痛撲打。

巴天石、朱丹臣、段譽、木婉清四人出手之際，都運足了功力，過不多時，屋內蜜蜂只賸下二三十隻，但說也奇怪，這些蜜蜂竟如是飛蛾撲火一般，仍奮不顯身的向各人亂撲亂刺，又過半晌，各人才將屋內蜜蜂盡數打死。鍾靈和王語嫣都痛得眼淚汪汪。耳聽得啪啪之聲密如驟雨，不知有幾千萬頭蜜蜂在向木屋衝擊。各人都駭然變色，一時也不及理會身上疼痛，忙撕下衣襟、衣袖，將木屋的各處空隙塞好。

六人身上、臉上都是紅一塊，腫一塊，模樣狼狽之極。段譽道：「幸好這裏有木屋可以容身，若在曠野之地，這千千萬萬野蜂齊來叮人，只有死給他們看了。」木婉清道：「這些野蜂是敵人驅來的，他們豈能就此罷休？難道不會打破木屋？」鍾靈驚呼一聲，道：「姊姊，你……你說他們會打破這木屋？」

木婉清尚未回答，頭頂砰的一聲巨響，一塊大石落在屋頂。屋頂椽子格格的響了幾下，幸好沒破。但格格之聲方過，兩塊大石穿破屋頂，落了下來。屋中油燈熄滅。

段譽忙將王語嫣按低，伏在自己懷裏，右手攬過木婉清，左手攬過鍾靈，護住兩人頭臉。但聽得嗡嗡之聲震耳欲聾，各人均知再行撲打也是枉然，只有將衣襟翻起，蓋住了臉孔。霎時間手上、腳上、臂上、腿上千針攢刺，過得一會，六人於驚呼聲中先後暈倒，人事不知。

段譽食過莽牯朱蛤，本來百毒不侵，但這蜜蜂係人飼養，尾針上除蜂毒外尚有麻藥，給幾百頭蜜蜂刺過之後，還是給麻倒了。過了良久，他終究內力遠為深厚，六人中首先醒來。一恢復知覺，便即伸手去攬王語嫣、木婉清和鍾靈，但手臂固然動彈不得，同時也察覺三女已不在懷中。他睜開眼來，漆黑一團。原來雙手雙腳已給牢牢縛住，眼睛也給用黑布蒙住，口中給塞了個大麻核，呼吸都甚不便，更別提說話了，只覺周身肌膚上有無數小點疼痛異常，自是為蜜蜂刺過之處，又察覺是坐在地下，到底身在何處，距暈去已有多少時候，卻全然不知。

正茫然無措之際，忽聽得一個女子厲聲說道：「我花了這麼多心思，要捉拿大理姓段的老狗，你怎麼捉了這隻小狗來？」段譽只覺這聲音好熟，一時卻記不起是誰。

一個蒼老的婦人聲音說道：「婢子一切遵依小姐吩咐辦事，沒出半點差池。」那女子道：「哼，我瞧這中間定有古怪。那老狗從西夏南下，沿大路經四川而來，爲甚麼突然折而向東？咱們在途中安排的那些藥酒，卻都教這小狗吃了。」

段譽心知她所說的「老狗」，是指自己父親段正淳，所謂「小狗」，那也不必客氣，便是段譽區區在下了。這女子和老婦說話之聲，似是隔了一層板壁，當是在鄰室之中。

那老婦道：「段王爺這次來到中原，逗留時日已經不少，中途折而向東……」那女子怒道：「你還叫他段王爺？」那老婦道：「是，從前……小姐要我叫他段公子，他現下年紀大了……」那女子喝道：「不許你再說。」那老婦道：「是。」那女子輕輕嘆了口氣，黯然道：「他……他現下年紀大了……」聲音中不勝淒楚惆悵之情。

段譽登時大爲寬心，尋思：「我道是誰？原來又是爹爹的一位舊相好。她來找爹爹的晦氣，只不過是爭風喝醋。是了，她安排下毒蜂之計，本來是想擒拿爹爹的，卻教我誤打誤撞的鬧了個以子代父。但這位阿姨是誰呢？我一定聽過她說話的。」

只聽那女子又道：「咱們在各處客店、山莊中所懸字畫的缺字缺筆，你說這小狗全都塡對了？我可不信，怎麼那老狗唸熟的字句，小狗也都記熟在胸？當眞便有這麼巧？」那老婦道：「老子唸熟的詩句，兒子記在心裏，也沒甚麼希奇。」那女子怒道：「刀白鳳這賤婢是個蠻夷女子，她會生這樣聰明的兒子？我說甚麼也不信。」

段譽聽她辱及自己母親，不禁大怒，忍不住便要出聲指斥，但口唇一動，便碰到了嘴裏的痲核，卻那裏發得出聲音？

只聽那老婦勸道：「小姐，事情過去這麼久了，你何必還老是放在心上？何況對不起你的是段公子，又不是他兒子？你……你……還是饒了這年輕人罷。咱們『醉人蜂』給他吃了這麼大苦頭，也夠他受的了。」那女子尖聲道：「要我饒了這姓段的小子？哼哼，我把他千刀萬剮之後，才饒了他。」

段譽心想：「爹爹得罪了你，又不是我得罪你，爲甚麼你這般恨我？那些蜜蜂原來叫作『醉人蜂』，不知她從何處找得這許多蜜蜂，只追著我們叮？這女子到底是誰？她不是鍾夫人，兩人的口音全然不同。」

忽聽得一個男子的聲音叫道：「舅媽，甥兒叩見。」

段譽大吃一驚，但心中一個疑團立時解開，說話的男子是慕容復。他稱之爲舅媽，自然是蘇州曼陀山莊的王夫人，便是王語嫣的母親，自己的未來岳母了。霎時之間，段譽心中便如十五隻吊桶打水，七上八下，亂成一團，當時曼陀山莊中的情景，一幕幕的湧上心頭：

茶花又名曼陀羅花，天下以大理所產最爲著名。蘇州茶花並不甚佳，曼陀山莊種了不少茶花，不但名種甚少，而且種植不得其法，全無可觀。但她這莊子爲何偏偏取名爲

「曼陀山莊」？莊中除山茶之外，不種別的花卉，又是甚麼緣故？

曼陀山莊的規矩，凡有男子擅自進莊，便須砍去雙足。那王夫人更道：「只要是大理人，或者是姓段的，撞到了我便得活埋。」那個無量劍的姓唐弟子給王夫人擒住了，他不是大理人，只因家鄉離大理不過四百餘里，便也將之活埋。

那王夫人捉到了一個少年公子，命他回去即刻殺了家中結髮妻子，把外面私下結識的姑娘娶來爲妻。那公子不允，王夫人就要殺他，非要他答允不可。

段譽記得當時王夫人吩咐手下婢女：「你押送他回蘇州城裏，親眼瞧著他殺了自己妻子，跟苗姑娘拜堂成親，這才回來。」那公子求道：「拙荆和你無怨無仇，你又不識得苗姑娘，何以如此幫她，逼我殺妻另娶？」那時王夫人答道：「你已有了妻子，就不該再去糾纏別家閨女，既然花言巧語將人家騙上了，那就非得娶她爲妻不可。」據她言道，單是婢女小翠一人，便曾辦過七起同樣的案子。

段譽是大理人，姓段，只因懂得種植茶花，王夫人才不將他處死，反而在雲錦樓設宴款待。可是段譽和她談論山茶的品種之時，提及有一種茶花，白瓣而有一條紅絲，叫做「抓破美人臉」。當時他道：「白瓣茶花而紅絲甚多，那便不是『抓破美人臉』了，那叫做『倚欄嬌』。夫人請想，凡是美人，自當嫻靜溫雅，臉上偶爾抓破一條血絲，那還不妨，倘若滿臉都抓破了，這美人老是跟人打架，總不免橫蠻了一點兒。」這句話大觸王夫人之怒，罵他：「你聽了誰的言語，揑造了這等鬼話，前來辱我？誰說一個女子學會了武功，就會不美？嫻靜溫雅，又有甚麼好了？」由此而將他攆下席去，險些就此殺了他。

這種種事件，當時只覺這位夫人行事大乖人情，惟有「豈有此理」四字，更無別般言詞可以形容。但既知鄰室這女子便是王夫人，一切便盡皆恍然：「原來她也是爹爹的舊情人，無怪她對山茶愛若性命，而對大理姓段的又恨之入骨。王夫人喜愛茶花，定是當年爹爹與她定情之時，與茶花有甚關連。她一捉到大理人或姓段之人便要將之活埋，當然爲了爹爹姓段，是大理人，將她遺棄，她懷恨在心，遷怒於其他大理人和姓段之人。她逼迫在外結識私情的男子殺妻另娶，是流露了她心中隱伏的願望，盼望爹爹殺了我娘，娶她爲妻。自己說一個女子老是與人打架，便爲不美，令她登時大怒，想必當年她曾與爹爹爲了私情之事，打過一架，至於爹爹當時儘量忍讓，那也是理所當然。」

段譽想明白了許多懷疑之事，但心中全無如釋重負之感，反而越來越如有塊大石壓在胸口。總覺王語嫣的母親與自己父親昔年曾有私情，此事十分不妥，內心深處，突然感到極大的恐懼，但又不敢清清楚楚的去想這件最可怕之事，只是說不出的煩躁惶恐。

只聽得王夫人道：「是復官啊，好得很啊，你快做大燕國皇帝了，這就要登基了罷？」語氣之中，大具譏嘲之意。

慕容復卻莊言以對：「這是祖宗的遺志，甥兒無能，奔波江湖，至今仍沒半點頭緒，正要請舅母多加指點。」

王夫人冷笑道：「我有甚麼好指點？我王家是王家，你慕容家是慕容家，我們姓王的，跟你慕容家的皇帝夢有甚干係？我不許你上曼陀山莊，不許語嫣跟你相見，就是為了怕跟你慕容家牽扯不清。語嫣呢，你帶她到那裏去啦？」

「語嫣呢」這三個字，像雷震一般撞在段譽耳裏，他的心一直在掛念著這件事。當毒蜂來襲時，王語嫣是在他懷抱之中，此刻卻到了何處？聽王夫人語氣，似乎真的不知。

原來王夫人以醉人蜂施毒，所針對的只段正淳一人，只盼將他擒入手中，那時要他如何順從歸依，自然一憑己意。她派在草海辦事的那老婆婆，正是當年曾見過段正淳、自己年輕時服侍過她的女僕。與段正淳分手後，便將那女僕派往太湖的東山別墅之中，嚴令不許回曼陀山莊來，以免洩露了她與段正淳的私情。那女僕一直住在東山別墅，從未見過王語嫣之面，王語嫣自也不識得她。段譽等人為毒蜂螫中昏迷之後，奉命辦事之人只道王夫人所欲擒拿者乃是段譽，於是將他單獨監禁，而王語嫣、巴天石等另行監在一處，王夫人一直未見，這才問起。

只聽慕容復道：「表妹到了那裏，我怎知道？她一直和大理段公子在一起，說不定兩個人已拜了天地，成了夫妻啦！」王夫人顫聲道：「你……你放甚麼屁！」砰的一聲，在桌上重重擊了一下，怒道：「你怎麼不照顧她？讓她一個年輕姑娘在江湖上胡亂行走？你竟不念半點表兄妹的情份？」

慕容復道：「舅母又爲甚麼生這麼大的氣？你怕我娶了表妹，怕她成了慕容家的媳婦，跟著我發皇帝夢。現下好啦，她嫁了大理段公子，將來堂堂正正的做大理國皇后，豈不是天大美事？」

王夫人又伸掌在桌上砰的一拍，喝道：「胡說！甚麼天大美事？萬萬不許！」

段譽在隔室本已憂心忡忡，聽到「萬萬不許」四個字，心中更連珠價叫苦：「苦也，苦也！我和語嫣終究好事多磨，她母親竟說『萬萬不許』！」

卻聽得窗外有人說道：「非也，非也，王姑娘和段公子乃天生一對，地成一雙，夫人說萬萬不許，那可錯了。」王夫人怒道：「包不同，誰叫你沒規矩的跟我頂嘴？你不聽話，我即刻叫人殺了你女兒。」包不同原是個天不怕、地不怕之人，可是一聽到王夫人厲聲斥責，竟即噤若寒蟬，再也不敢多說一句。

段譽心中只道：「包三哥，包三叔，包三爺，包三太爺，求求你快跟夫人頂撞下去。她的話全沒道理，只有你是英雄好漢，敢和她據理力爭。」那知窗外鴉雀無聲，包不同再也不作聲了。原來一則是包不同也眞怕王夫人去殺他女兒包不靚，二來因包不同一直跟隨慕容氏，是他家忠心耿耿的部屬，王夫人是慕容家至親長輩，說來也是他的主人，眞的發起脾氣來，他倒也不敢抹了這上下之分。

王夫人聽包不同住了口，怒氣稍降，問慕容復：「復官，你來找我，又安了甚麼心眼兒啦？要來算計我甚麼東西？又想來揀幾本書吧？」

慕容復笑道：「舅母，甥兒是你至親，心中惦記著你，難道來瞧瞧你也不成麼？怎麼一定來算計你甚麼東西？」

王夫人道：「嘿嘿，你倒還眞有良心，惦記著舅媽。要是你早惦著我些，舅媽也不會落得今日這般淒涼了。」慕容復笑道：「舅媽有甚麼不痛快的事，儘管對甥兒說，甥兒包你稱心如意。」王夫人道：「呸，呸，呸！幾年不見，卻在那裏學了這許多油腔滑調！」慕容復道：「怎麼油腔滑調啦？別人的心事，我還眞難猜，可是舅媽心中所想的事，甥兒猜不到十成，也猜得到九成。要舅媽稱心如意，不是甥兒誇口，倒還眞有七八分把握。」王夫人道：「那你倒猜猜看，倘若胡說八道，瞧我不老大耳括子打你。」

慕容復拖長了聲音，吟道：「青裙玉面如相識，九月茶花滿路開！」

王夫人吃了一驚，顫聲道：「你……你怎知道？你到過了草海的木屋？」慕容復道：「舅媽不用問我怎麼知道，只須跟甥兒說，想不想見見這個人？」王夫人道：「見……見那一個人？」語音立時便軟了下來，顯然頗有求懇之意，與先前威嚴冷峻的語調大不相同。慕容復道：「甥兒所說的那個人，便是舅媽心中所想的那個人。春溝水動茶花白，夏谷雲生荔枝紅！」

王夫人顫聲道：「你說我怎麼能見得到他？」慕容復道：「舅媽花了不少心血，要擒拿此人，不料還是棋差一著，給他躲了過去。甥兒心想，見到他雖然不難，卻也沒甚麼用處。終須將他擒住，要他服服貼貼的聽舅媽吩咐，才是道理。舅媽要他東，他不敢西；舅媽要他畫眉毛，他不敢給你搽胭脂。」最後兩句話已大有輕薄之意，但王夫人心情激盪，絲毫不以為忤，嘆了口氣，道：「我這圈套策劃得如此周密，還是給他躲過了。我可再也想不出更好的法子來啦。」

慕容復道：「甥兒卻知道此人的所在，舅媽如信得過我，將那圈套的詳情跟甥兒說說，說不定我有點兒計較。」

王夫人道：「咱們說甚麼總是一家人，有甚麼信不過的？這一次我所使的，是個『醉人蜂』之計。我在曼陀山莊養了幾百窩蜜蜂，莊上除了茶花之外，更無別種花卉。山莊遠離陸地，島上的蜜蜂也不會飛到別處去採蜜。」慕容復道：「是了，這些醉人蜂除了茶花之外，不喜其他花卉的香氣。」王夫人道：「調養這窩蜜蜂，可費了我十幾年心血。我在蜂兒所食的蜂蜜之中，逐步加入麻藥，再加入另一種藥物，這醉人蜂刺了人之後，便會將人麻倒，令人四五日不省人事。」

段譽心下一驚：「難道我已暈倒了四五日？」

慕容復道：「舅媽的神機妙算，當眞是人所難及，卻又如何令蜜蜂去刺人？」

王夫人道：「這須得在那人的食物之中，加入一種藥物。這藥物並無毒性，無色無臭，卻略帶苦味，因此不能一次給人大量服食。你想這人自己固是鬼靈精，他手下的奴才又多聰明才智之輩，要用迷藥、毒藥甚麼對付他，就萬萬辦不到。因此我定下計較，派人沿路供他酒飯，暗中摻入這些藥物。」

段譽登時省悟：「原來一路上這許多字畫均有缺筆缺字，是王夫人引我爹爹去塡寫的，他塡得不錯，王夫人埋伏下的人便知他是大理段王爺，將摻入藥物的酒飯送上來。」

王夫人道：「不料陰錯陽差，那個人去了別處，這人的兒子卻闖了來。這小鬼頭將老子的詩詞歌賦都熟記在心，當然也是個風流好色、放蕩無行的浪子了。這小鬼一路上將字畫中的缺筆都塡對了，大吃大喝，替他老子把摻藥的酒飯吃了個飽，到了草海的木屋之中。木屋裏燈盞的燈油，都是預先放了藥料的，在木柱之中我又藏了藥料，待那小鬼弄破柱子，幾種藥料的香氣一摻合，便引得醉人蜂進去了。唉，我的策劃一點兒也沒錯，來的人卻錯了。這小鬼壞了我大事！哼，我不將他斬成十七八塊，難洩我心頭之恨。」

段譽聽她語氣如此怨毒，不禁怵然生懼，又想：「她的圈套部署得也當眞周密，竟在柱中暗藏藥粉，引得我去塡寫對聯中的缺字，刺破柱子，藥粉便散了出來。唉，段譽啊段譽！你一步步踏入人家的圈套，居然瞧不出半點端倪，當眞胡塗透頂。」但轉念又想：「我一路上塡寫字畫中的缺筆缺字，王夫人的爪牙便將我當作了爹爹，全副精神貫注在我身上，爹爹竟因此脫險。我代爹爹擔當大禍，讓爹爹脫卻災難，又有甚麼可怨的？那正是求之不得。」言念及此，頗覺坦然，但不禁又想：「王夫人擒住了我，要將我斬成十七八塊，倘若擒住的是我爹爹，反會千依百順的侍候他。我父子二人的遭際，可大大不同了。」

只聽得王夫人恨恨連聲，說道：「我要你裝成個聾啞老婦，主持大局，你又不是不認得那人，到頭來居然鬧出這大笑話來。」

那老婦辯道：「小姐，婢子早向你稟告過了。我見來人中並無段公子在內，便將他們火刀火石都騙了來，好讓他們點不著油燈，婢子又用草席將柱子上的對聯都遮住了，使得不致引醉人蜂進屋。誰知這些人硬要自討苦吃，終於還是升著了火，見到了對聯。」

王夫人哼了一聲，說道：「總而言之，是你不中用。」

段譽心道：「這老婆婆騙去我們的火刀火石，用草席包住柱子，原來倒是爲了我們好，眞正料想不到。」

慕容復道：「舅媽，這些醉人蜂刺過人後，便不能再用了麼？」王夫人道：「蜂子刺過人之後，過不多久便死。可是我養的蜂子成千成萬，少了幾百隻又有甚麼干係？」

慕容復拍手道：「那就行啊。先拿了小的，再拿老的，又有何妨？甥兒心想，倘若將那小子身上的衣冠佩玉，或是兵刃用物甚麼的，拿去給舅媽那個……那……那個人瞧瞧，要引他到那草海的木屋之中，只怕倒也不難。」

王夫人「啊」的一聲，站起身來，說道：「好甥兒，畢竟你年輕人腦子靈。舅媽一個計策沒成功，心下懊喪不已，就沒去想下一步棋子。對對，他父子情深，知道兒子落入我手裏，定會趕來相救，那時又再使醉人蜂之計，也還不遲。」

慕容復笑道：「到了那時候，就算沒蜜蜂兒，只怕也不打緊。舅媽在酒中放上些迷藥，要他喝上三杯，還怕他推三阻四？其實，只要他見到了舅媽的花容月貌，又用得著甚麼醉人蜂、甚麼迷暈藥？他一見之下，那裏還有不大醉大暈的？」

王夫人呸的一聲，罵道：「渾小子，跟舅媽沒上沒下的胡說！」但想到和段正淳相見、勸他喝酒的情景，不由得眉花眼笑，心魂皆酥，甜膩膩的道：「對，不錯！咱們便是這個主意。」

慕容復道：「舅媽，你外甥出的這個主意還不錯罷？」王夫人笑道：「倘若這件事不出岔子，舅媽自然忘不了你的好處。咱們第一步，須得查明白這沒良心的現下到了那裏。」慕容復道：「甥兒倒也聽到了些風聲，不過這件事中間，卻還有個老大難處。」王夫人皺眉道：「有甚麼難處？你便愛吞吞吐吐的賣關子。」慕容復道：「這個人刻下讓人擒住了，性命已在旦夕之間。」

嗆啷一聲，王夫人衣袖帶動茶碗，掉在地下摔得粉碎。

段譽也大吃一驚，若不是口中給塞了麻核，已叫出聲來。

王夫人顫聲道：「是……是給誰擒住了？你怎不早說？咱們好歹想個法兒去救他出來。」慕容復搖頭道：「舅媽，對頭的武功極強，甥兒萬萬不是他對手。咱們只可智取，不能力敵。」王夫人聽他語氣，似乎並非當眞時機緊迫，凶險萬分，又稍寬心，連問：「怎樣智取？又怎生智取法？」

慕容復道：「舅媽的醉人蜂之計，還可以再使一次。只須換幾條木柱，將柱上的字刻過幾個，比如說，刻上『大理國當今天子保定帝段正明』的字樣，那人一見之下，必定心中大怒，伸指將『保定帝段正明』的字樣抹去，藥氣便又從柱中散出來了。」

王夫人道：「你說擒住他的，是那個和段正明爭大理國皇位、叫甚麼段延慶的？」慕容復道：「正是！」

王夫人驚道：「他……他……他落入了段延慶之手，定然凶多吉少。說不定……說不定這時候已經將他……將他處死了。」

慕容復道：「舅媽不須過慮，這其中有個重大關節，你還沒想到。」王夫人道：「甚麼重大關節？」慕容復道：「現下大理國的皇帝是段正明。你那位段公子早就封為皇太弟，大理國臣民衆所周知。段正明輕徭薄賦，勤政愛民，百姓都說他是聖明天子，鎮南王民望也挺不錯，這皇位是極難動搖的。段延慶要殺他固只一舉手之勞，但一刀下去，大理勢必大亂，這大理國皇帝的寶座，段延慶卻未必能坐得上去。」

王夫人道：「這倒也有點道理，你卻又怎麼知道？」慕容復道：「有些是甥兒聽來的，有些是推想出來的。」王夫人道：「你一生一世便在想做皇帝，這中間的關節，自然揣摩得淸淸楚楚了。」

慕容復道：「舅媽過獎了。甥兒料想這段延慶擒了鎮南王，決不會立即殺他，定要設法讓他先登基爲帝，然後再禪位給他段延慶。這樣便名正言順，大理國羣臣軍民，就無異言。」王夫人問道：「怎樣名正言順？」慕容復道：「段延慶的父親原是大理國皇帝，只因奸臣篡位，段延慶在混亂中不知去向，段正明才做上了皇帝。段延慶是貨眞價實的『延慶太子』，在大理國人人都知。鎮南王登基爲帝，他又沒後嗣，將段延慶立爲皇儲，可說順理成章，名正言順。」

王夫人奇道：「他……他……他明明有個兒子，怎麼說沒有後嗣？」慕容復笑道：「舅媽說過的話，自己轉眼便忘了，你不是說要將這姓段的小子斬成十七八塊麼？世上總不會有個十七八塊的皇太子罷？」王夫人喜道：「對，對！這是刀白鳳那賤婢生的野雜種，留在世上，敎我想起了便生氣。」

段譽只想：「今番當眞是凶多吉少了。語嫣又不知道到了何處？否則王夫人瞧在女兒面上，說不定能饒我一命。」

王夫人道：「既然他眼下沒性命之憂，我就放心了。我可不許他去做甚麼大理國的勞什子皇帝。我要他隨我去曼陀山莊。」慕容復道：「鎮南王禪位之後，當然要跟舅媽去曼陀山莊。有個花容月貌的舅媽在蘇州，他當然巴巴的趕了來，攔也攔不了，阻也阻不住！那時候便要他留在大理，他固然沒趣，段延慶也必容他不得，豈肯留下這禍胎？不過鎮南王嘛，這皇帝的寶座總是要坐一坐的，十天也罷，半月也好，總得先過一過橋，再抽了他的板。否則段延慶也不答允。」

王夫人道：「呸！他答不答允，關我甚麼事？咱們拿住了段延慶，救出段公子後，先把段延慶一刀砍了，又去管他甚麼答允不答允？」

慕容復嘆了口氣，道：「舅媽，你忘了一件事，咱們可還沒將段延慶拿住，這中間還差了這麼老大一截。」王夫人道：「他在那裏，你當然是知道的了。好甥兒，你的脾氣，舅媽難道還有不明白的？你幫我做成這件事，到底要甚麼酬謝？咱們先小人後君子，你爽爽快快的先說出來罷。」慕容復道：「咱們是親骨肉，甥兒給舅媽出點力氣，那裏還能計甚麼酬謝？甥兒是盡力而爲，甚麼酬謝都不要。」

王夫人道：「你現下不說，事後再提，那時我若不答允，你可別來抱怨。」

慕容復笑道：「甥兒說過不要酬謝，便是不要酬謝。那時候如果你心中歡喜，賞我幾萬兩黃金，或者瑯嬛玉洞中的幾部武學秘典，也就成了。」

王夫人哼了一聲，說道：「你要黃金使費，只管向我來取，我又怎會不給？你要看瑯嬛玉洞中的武經秘要，那更妙之極矣，我只愁你不務正業，不求上進。眞不知你這小子心中到底打的是甚麼主意？好罷！咱們怎生去擒段延慶，怎生救人，你的主意怎樣？」

慕容復道：「第一步，是要段延慶帶了鎭南王到草海木屋中去，是不是？」王夫人道：「是啊，你有甚麼法子，能將段延慶引到草海木屋中去？」慕容復道：「這件事很容易。段延慶想做大理國皇帝，必須辦妥兩件事。第一，擒住段正淳，逼他答允禪位；第二，殺了段譽，要段正淳『不孝有三，無後爲大』。段延慶第一件事已辦妥了，已擒住了段正淳。段譽那小子可還活在世上。咱們拿段譽的隨身物事去給段正淳瞧瞧，段正淳當然想救兒子，段延慶便帶著他來了。所以啊，舅媽擒住這段小子，半點也沒擒錯了，那是應有之著，叫做不裝香餌，釣不著金鰲。」

王夫人笑道：「你說這段小子是香餌？」慕容復笑道：「我瞧他有一半兒香，有一半兒臭。」王夫人道：「卻是如何？」慕容復道：「鎭南王生的一半，是香的。鎭南王妃那賤人生的一半，定是臭的。」

王夫人哈哈大笑，說道：「你這小子油嘴滑舌，便會討舅媽的歡喜。」

慕容復笑道：「甥兒索性快馬加鞭，早一日辦成此事，好讓舅媽早一日歡喜。舅媽，你把那小子叫出來罷。」王夫人道：「他給醉人蜂刺了後，至少再過三日，方能醒轉。這小子便在隔壁，要不然咱們這麼大聲說話，都教他給聽去了。我還有一件事問你。這……這鎮南王雖沒良心，卻算得是條硬漢，段延慶怎能逼得他答允禪位？莫非加以酷刑，已讓他……讓他吃了不少苦頭罷？」說到這裏，語氣中充滿了關切之情。

慕容復嘆了口氣，說道：「舅媽，這件事嘛，你也就不必問了，甥兒說了，你聽了只有生氣。」王夫人急道：「快說，快說，賣甚麼關子？」慕容復嘆道：「我說大理姓段的沒良心，這話確是不錯的。舅媽這般世上少有的容貌，文武雙全，便打著燈籠找遍了天下，卻又那裏找得著第二個？這姓段的前世不知修了甚麼福，居然得到舅媽垂青，那就該當專心不二的侍候你啦，豈知……唉，天下便有這等不知好歹的胡塗蟲，有福不會享，不愛月裏嫦娥，卻去愛在爛泥裏打滾的老母豬……」

王夫人怒道：「你說他……他……這沒良心的，又和旁的女子混在一起啦？是誰？是誰？」慕容復道：「這等低三下四的賤女子，便跟舅媽提鞋兒也不配，左右不過是張三的老婆，李四的閨女，舅媽沒的失了身分，犯不著爲這等女子生氣。」

王夫人大怒，將桌拍得砰砰大響，大聲道：「快說！這小子，他丟下了我，回大理去做他的王爺，我並不怪他。他家中有妻子，我也不怪他，誰叫我識得他之時，他已是有婦之夫呢？可是他……可是他……你說他又跟別的女人在一起，那是誰？那是誰？」

段譽在鄰室聽得她如此大發雷霆，不由得膽戰心驚，心想：「語嫣多麼溫柔和順，她媽媽卻怎地這般厲害？爹爹能跟她相好，倒也不易。」轉念又想：「爹爹那些舊情人個個脾氣古怪。秦阿姨叫女兒來殺我媽媽。阮阿姨生下這樣一個阿紫妹妹，她自己的脾氣多半也好不了。甘阿姨明明嫁了鍾萬仇，卻又跟我爹爹藕斷絲連的。丐幫馬副幫主的老婆聽說更加乖乖不得了。就說我媽媽罷，她不肯和爹爹同住，卻要到城外道觀中去出家做道姑，連皇伯父、皇伯母苦勸也無用。唉，怎地我連媽媽也編派上了？」

慕容復道：「舅媽，你又何必生這麼大的氣？你歇一歇，甥兒慢慢說給你聽。」

王夫人道：「你不說我也猜得到了，段延慶捉住了這姓段的一個賤女人，逼他答允做了皇帝後禪位，若不答允，便要爲難這賤女人，是不是？這姓段的臭脾氣，我還有不明白的？別人硬逼他答允甚麼，便鋼刀架在脖子上，他也寧死不屈，可是一關連到他心愛的女人啊，他就甚麼都答允，連自己性命也不要了。哼，這賤女人模樣兒生得怎樣？這狐媚子，不知用甚麼手段將他迷上了。快說，這賤女人是誰？」

慕容復道：「舅媽，我說便說了，你別生氣，賤女人可不止一個。」王夫人又驚又怒，砰的一聲，在桌上重重拍了一下，道：「甚麼？難道有兩個？」慕容復嘆了口氣，悠悠的道：「也不止兩個！」王夫人驚怒愈甚，大聲道：「甚麼？他在旅途之中，仍這般拈花惹草，一個尙且不足，還攜帶了兩個、三個？」

慕容復搖搖頭，道：「眼下一共有四個女人陪伴著他。舅媽，你又何必生氣？日後他做了皇帝，三宮六院要多少有多少。就算大理是小國，不能和大宋、大遼相比，後宮佳麗沒三千，三百總是有的。」

王夫人罵道：「呸，呸！我因此就不許他做皇帝。你說，那四個賤女人是誰？」

段譽也覺奇怪，他只知秦紅棉、阮星竹兩人陪著父親，怎地又多了兩個女子出來？

只聽慕容復道：「一個姓秦，一個姓阮……」王夫人道：「哼，秦紅棉和阮星竹，這兩隻狐狸精又跟他纏在一起了。」慕容復道：「還有一個卻是有夫之婦，我聽得他們叫她做鍾夫人，好像是出來尋找女兒的。這位鍾夫人倒規規矩矩的，對鎮南王始終不假絲毫辭色，鎮南王對她也以禮相待，不過老是眉花眼笑的叫她：『寶寶，寶寶！』叫得好不親熱。」王夫人怒道：「是甘寶寶這賤人，甚麼『以禮相待』？假撇清，做戲罷啦，要是真的規規矩矩，該當離得遠遠的才是，怎麼又混在一塊兒？第四個賤女人是誰？」

慕容復道：「這第四個卻不是賤女人，她是鎮南王的元配正室，鎮南王妃。」

段譽和王夫人都大吃一驚。段譽心道：「怎麼媽媽也來了？」王夫人「啊」的一聲，顯然大出意料之外。

慕容復笑道：「舅媽覺得奇怪麼？其實你再想一想，一點也不奇怪了。鎮南王離大理後兩三年不歸，中原艷女如花，既有你舅媽這般美人兒，更有秦紅棉、阮星竹、甘寶寶那些狐狸精，鎮南王妃豈能放得了心？」王夫人「呸」了一聲，道：「你拿我去跟那些狐狸精相提並論！這四個女人，現下仍跟他在一起？」

慕容復笑道：「舅媽放心，雙鳳驛邊紅沙灘上一場惡鬥，鎮南王全軍覆沒，給段延慶一網打盡，男男女女，都教他給點中了穴道，盡數擒獲。段延慶只顧對付鎮南王一行，卻沒留神到我躲在一旁，瞧了個清清楚楚。甥兒快馬加鞭，趕在他們頭裏一百餘里。舅媽，事不宜遲，咱們一面去布置醉人蜂和迷藥，一面派人去引段延慶……」

這「慶」字剛說出口，突然遠處有個極尖銳、極難聽的聲音傳了過來：「我早就來啦，引我倒已不必，醉人蜂和迷藥卻須好好布置才是。」

林間草叢，白霧瀰漫，這白衣女子長髮披肩，有如足不沾地般行來，神清骨秀，便像觀音菩薩一般端麗難言。

四八　王孫落魄　怎生消得　楊枝玉露

這聲音少說也在十餘丈外，但傳入王夫人和慕容復的耳鼓，卻如近在咫尺。兩人臉色陡變，只聽得屋外風波惡、包不同齊聲呼喝，向聲音來處衝去。慕容復閃到門口。月光下青影晃動，跟著一條灰影、一條黃影從旁搶了過去，正是鄧百川和公冶乾分從左右夾擊。

段延慶左杖拄地，右杖橫掠而出，分點鄧百川和公冶乾二人，嗤嗤嗤幾聲，霎時間遞出了七下殺手。鄧百川勉力對付，公冶乾支持不住，倒退了兩步。包不同和風波惡二人回身殺轉。段延慶以一敵四，仍然游刃有餘，大佔上風。

慕容復抽出腰間長劍，冷森森幻起一團青光，向段延慶刺去。段延慶受五人圍攻，慕容復更是一流高手，但他杖影飄飄，出招仍凌厲之極。

當年王夫人和段正淳熱戀之際，花前水邊，除山盟海誓之外，不免也談及武功，段正淳曾將一陽指、段氏劍法等等武功一一試演。此刻王夫人見段延慶所使招數宛如段郎當年，怎不傷心？她想段郎爲此人所擒，多半便在附近，何不乘機去救出段郎？她正要向屋外山後尋去，陡然間聽得風波惡一聲大叫。

只見風波惡已臥倒在地，段延慶右手鋼杖在他身外一尺處劃來劃去，卻不擊他要害。慕容復、鄧百川等兵刃遞向段延慶，均給他鋼杖撥開。這情勢甚是明顯，段延慶如要取風波惡性命，簡直易如反掌，只暫且手下留情而已。

慕容復倏地向後跳開，叫道：「且住！」鄧百川、公冶乾、包不同三人同時躍開。慕容復道：「段先生，多謝你手下容情。你我本來並無仇怨，自今而後，姑蘇慕容氏對你甘拜下風。」

風波惡叫道：「姓風的學藝不精，一條命打甚麼緊？公子爺，你千萬不可爲了姓風的而認輸。」段延慶喉間咕咕一笑，說道：「姓風的倒是條好漢子！」撤開鋼杖。

風波惡一個「鯉魚打挺」，呼的一聲躍起，單刀向段延慶頭頂猛劈，叫道：「吃我一刀！」段延慶鋼杖上舉，往他單刀上一黏。風波惡只覺一股極大的力道震向手掌，單刀登時脫手，跟著腰間一痛，已爲對方攔腰挑起，挑出十餘丈外。段延慶右手微斜，內力自鋼杖傳上單刀，只聽得叮叮噹噹一陣響聲過去，單刀已給震成十餘截，相互撞擊，四散飛開。慕容復、鄧百川、王夫人等分別縱高伏底閃避，均各駭然。

慕容復拱手道：「段先生神功蓋世，佩服，佩服。咱們就此化敵爲友如何？」段延慶道：「適才你說要布置醉人蜂來害我，此刻比拚不敵，卻又要出甚麼主意了？」

慕容復道：「你我二人倘能攜手共謀，實有大大好處。延慶太子，你是大理國嫡系儲君，皇帝寶座給人家奪了去，怎地不想法子去搶回來？」段延慶怪目斜睨，陰惻惻的道：「這跟你有甚干係？」慕容復道：「你要奪回大理國皇座，非得我相助不可。」段延慶一聲冷笑，說道：「我不信你肯助我。只怕你恨不得一劍將我殺了。」

慕容復道：「我要助你做大理國皇帝，乃是爲自己打算。第一，我恨死段譽那小子。他在少室山逼得我險些自刎，令慕容氏在武林中幾無立足之地。我定要制段譽那小子的死命，助你奪得皇位，以洩我惡氣。第二，你做了大理國皇帝後，我有大事求你賜助。」

段延慶明知慕容復機警多智，對己不懷好意，但聽他說得如此坦率，倒也信了七八成。當日段譽在少室山上以六脈神劍逼得慕容復狼狽不堪，段延慶親眼目睹。他憶及此事，心下登時異常不安。他雖將段正淳擒住，但自忖決非段譽六脈神劍的對手，倘若狹路相逢，動起手來，非喪命於段譽的無形劍氣之下不可，唯一對付之策，只是以段正淳夫婦的性命作爲要脅，再設法制服段譽，可是也無多大把握，於是問道：「閣下並非段譽對手，卻以何法制他？」

慕容復臉上微微一紅，說道：「不能力敵，便當智取。總而言之，段譽那小子由在下擒到，交給閣下處置便是。」段延慶大喜，只怕慕容復大言炎炎，別輕易上了他當，說道：「你說能擒到段譽，豈不知空想無益、空言無憑？」

慕容復微微一笑，說道：「這位王夫人，是在下的舅母，段譽這小子已爲我舅母所擒。她正想用這小子來和閣下換一個人，咱們所以要引閣下到來，其意便在於此。」

這時王夫人遊目四顧，正在尋找段正淳的所在，聽到慕容復的說話，便即回過身來。段延慶喉腹之間嘰嘰咕咕的說道：「不知夫人要換那一個人？」

王夫人臉上微微一紅，她心中日思夜想、念茲在茲的便是段正淳一人，可是她以孀居之身，公然向旁人吐露心意，究屬不便，一時難以對答。

慕容復道：「段譽這小子的父親段正淳，當年得罪了我舅母，委實仇深似海。我舅母要閣下答允一句話，待閣下受禪大理國皇位之後，須將段正淳交與我舅母，那時是殺是剮、油煎火焚，一憑我舅母處置。」

段延慶哈哈一笑，心道：「他禪位之後，我原要將他處死，你代我動手，那再好也沒有了。」但覺此事來得太過容易，只恐其中有詐，又使腹語問道：「慕容公子，你說待我登基之後，有大事求我相助，卻不知是否在下力所能及，請你言明在先，以免在下日後無法辦到，成爲無信的小人。」

慕容復道：「段殿下既出此言，在下便一萬個信得過你了。咱們既要做成這件大交易，在下心中之事，自也不能瞞你。姑蘇慕容氏乃當年大燕皇裔，我慕容氏列祖列宗遺訓，務以興復大燕爲業。在下力量單薄，難成大事。等殿下正位爲大理國君之後，慕容復要向大理國主借兵一萬、糧餉稱足，以爲興復大燕之用。」

慕容復是大燕皇裔一事，當慕容博在少室山上阻止慕容復自刎之時，段延慶冷眼旁觀，已猜中了十之七八，再聽慕容復居然將這麼一個大秘密向自己吐露，足見其意甚誠，尋思：「他要興復燕國，勢必同時與大宋、大遼爲敵。我大理小國寡民，自保尚嫌不足，如何可向大國啓釁？何況我初爲國君，人心未附，更不可擅興戰禍。也罷，此刻我假意答允，到那時將他除去便是，豈不知量小非君子，無毒不丈夫？」便道：「大理國小民貧，一萬兵員倉卒難以畢集，五千之數，可供足下驅使。但願大功告成，大燕、大理永爲兄弟婚姻之國。」

慕容復深深下拜，垂涕說道：「慕容復若得恢復祖宗基業，世世代代爲大理屏藩，決不敢忘了陛下的大恩大德。」

段延慶聽他居然改口稱自己爲「陛下」，不禁大喜，又聽他說到後來，語帶嗚咽，實是感極而泣，忙伸手扶起，說道：「公子不須多禮。不知段譽那小子卻在何處？」

慕容復尚未回答，王夫人搶上兩步，問道：「段正淳那廝，卻又在何處？」慕容復道：「陛下，請你帶同隨從，到我舅母寓所暫歇。段譽已然縛定，當即獻上。」

段延慶喜道：「如此甚好。」突然之間，一陣尖嘯聲從他腹中發出。

王夫人一驚，只聽得遠處蹄聲隱隱，車聲隆隆，幾輛騾車向這邊馳來。過不多時，便見四人乘馬，押著三輛大車自大道上奔至。王夫人身形急晃，便即搶上，只道段正淳必在車中，掠過兩匹馬，忙伸手去揭第一輛大車的車帷。

突然之間，眼前多了一個闊嘴細眼、大耳禿頂的人頭。那人頭斷聲喝道：「幹甚麼？」王夫人大吃一驚，縱身躍開，這才看清，這醜臉人手拿鞭子，卻是趕車的車夫。

段延慶道：「三弟，這位是王夫人，咱們同到她莊上歇足。車中那些客人，也都帶了進去罷！」那車夫正是南海鱷神。

大車的車帷揭開，顫巍巍的走下一人。

王夫人見這人容色憔悴，穿著一件滿是皺紋的綢袍，正是她無日不思的段郎。她胸口一酸，眼淚奪眶而出，搶上前去，叫道：「段……段……你……你好！」

段正淳聽到聲音，心下已是大驚，回過頭來見到王夫人，更臉色大變。他在各處欠下不少風流孽債，衆債主之中，以王夫人最爲難纏。秦紅棉、阮星竹等人不過要他陪伴在側，便已心滿意足，馬夫人康敏是有夫之婦，手段雖狠，終究不敢明來，這王夫人丈夫已死，便死皮賴活、出拳動刀，定要逼他去殺了元配刀白鳳，再娶她爲妻。這件事段正淳如何能允？鬧得不可開交之時，只好來個不告而別，溜之大吉，萬沒想到自己正當處境最爲窘迫之際，偏又遇上了她。

段正淳雖用情不專，但對每一個情人卻也都眞誠相待，一凜之下，立時便爲王夫人著想，叫道：「阿蘿，快走！這青袍老者是個大惡人，別落在他手中。」身子微側，擋在王夫人與段延慶之間，連聲催促：「快走，快走！」其實他早給段延慶點了重穴，舉步也已艱難之極，那裏還有甚麼力量來保護王夫人？

這聲「阿蘿」一叫，而關懷愛護之情確又出於至誠，王夫人滿腔怨憤，霎時之間化爲萬縷柔情，只是在段延慶與甥兒跟前，無論如何不能流露，冷哼一聲，說道：「泥菩薩過江，自身難保。他是大惡人，難道你是大好人麼？」轉面向段延慶道：「殿下，請！」

段延慶素知段正淳的性子，此刻見到他的舉動神色，顯是對王夫人有愛無恨，而王夫人對他即使有所怨懟，也多半是情多於仇，尋思：「這二人之間關係大非尋常，可別上了他們的當。」他藝高人膽大，卻也絲毫不懼，凜然走進屋中。

那是王夫人特地爲了擒拿段正淳而購置的一座莊子，建構不小，進莊門後是一座大院子，種滿了茶花，月光下花影婆娑，甚爲雅潔。段正淳見了茶花布置的情狀，宛然便是當年和王夫人在姑蘇雙宿雙飛的曼陀山莊一模一樣，胸口一酸，低聲道：「原來……原來是你的住所。」王夫人冷笑道：「你認出來了麼？」段正淳低聲道：「認出來了。

我恨不得當年便和你雙雙終老於姑蘇曼陀山莊……」

南海鱷神和雲中鶴將後面二輛大車中的俘虜也都引了進來。一輛車中是刀白鳳、鍾夫人甘寶寶、秦紅棉、阮星竹四個女子，另一輛車中是華赫艮、范驊、傅思歸三人和崔百泉、過彥之二人。九人也都給段延慶點了重穴。

原來段正淳派遣巴天石和朱丹臣護送段譽赴西夏求親，不久便接到保定帝御使送來的諭旨，命他剋日回歸大理，登基接位，保定帝自己要赴天龍寺出家。大理國皇室崇信佛法，歷代君主到晚年避位爲僧者甚衆，段正淳奉到諭旨之時雖心中傷感，卻不以爲奇，當即攜同秦紅棉、阮星竹緩緩南歸，想將二女在大理城中秘密安置，不讓王妃刀白鳳知曉。豈知刀白鳳和甘寶寶竟先後趕到。跟著得到靈鷲宮諸女傳警，說道有厲害對頭沿路布置陷阱，請段正淳加意提防。段正淳和范驊等一商議，均想所謂「厲害對頭」，必是段延慶無疑，此人當眞難鬥，避之則吉，當即改道向東。他那知這訊息是阿碧自王夫人的使婢幽草處得來，阿碧只知其一，不知其二，陷阱確然是有，王夫人卻無加害段正淳之意。

段正淳這一改道，王夫人所預伏的種種布置，便都應在段譽身上，而段正淳反撞在段延慶手中。鳳凰驛邊紅沙灘一戰，段正淳全軍覆沒，古篤誠給南海鱷神打入江中，屍骨無存，其餘各人都給段延慶點了穴道，擒之南來。

慕容復命鄧百川等四人在屋外守望，自己儼然以主人自居，呼婢喝僕，款待客人。

王夫人目不轉瞬的打量刀白鳳、甘寶寶、秦紅棉、阮星竹等四個女子，只覺每人各有各的嫵媚，各有各的俏麗，雖不自慚形穢，但若以「狐狸精」、「賤女人」相稱，心中也覺不妥，一股「我見猶憐，何況老奴」之意，不禁油然而生。

段譽在隔室聽到父親和母親同時到來，卻又俱落大對頭之手，不由得又喜歡，又擔憂。只聽段延慶道：「王夫人，待我大事一了，這段正淳自當交於你手，任憑處置便是。段譽那小子卻又在何處？」

王夫人擊掌三下，兩名侍婢走到門口，躬身候命。王夫人道：「帶那段小子來！」

段延慶坐在椅上，左手搭在段正淳右肩。他對段譽的六脈神劍大是忌憚，既怕王夫人和慕容復使詭，要段譽出來對付他，又怕就算王夫人和慕容復確具誠意，但段譽如此武功，只須脫困而出，那就不可復制，是以他手按段正淳之肩，叫段譽爲了顧念父親，不敢猖獗。

只聽得腳步聲響，四名侍婢横抬著段譽身子，走進堂來。他手腳都以牛筋綑綁，口塞麻核，眼蒙黑布，只露面容，旁人瞧來，也不知他是死是活。

鎮南王妃刀白鳳失聲叫道：「譽兒！」便要撲將過去搶奪。王夫人伸手在她肩頭一推，喝道：「給我好好坐著！」刀白鳳受點重穴後，力氣全失，給她一推之下，立即跌回椅中，沒法動彈。

王夫人道：「這小子是給我使蒙藥蒙住的，他還沒死，知覺卻沒恢復。延慶太子，你不妨驗明正身，可沒拿錯人罷？」段延慶點了點頭，道：「沒錯。」王夫人只知她這羣醉人蜂毒刺上的藥力厲害，卻不知段譽服食莽牯朱蛤後，一時昏迷，不多時便即回復知覺，只是身處縲絏，和神智昏迷的情狀亦無多大分別。

段正淳苦笑道：「阿蘿，你拿住了我譽兒幹甚麼？他又沒得罪你。」王夫人哼了一聲不答，她不願在人前流露對段正淳的依戀之情，卻也不忍惡言相報。

慕容復生怕王夫人舊情重熾，壞了他大事，便道：「怎麼沒得罪我舅母？他……他勾引我表妹語嫣，玷污了她清白，舅母，這小子死有餘辜，也不用等他醒轉……」一番話未說完，段正淳和王夫人同聲驚呼：「甚麼？他……他和……」

段正淳臉色慘白，轉向王夫人，低聲問道：「是個女孩，叫做語嫣？」

王夫人脾氣暴躁，此番忍耐了這麼久，已是生平從所未有，這時實在無法再忍，哇的一聲哭了出來，叫道：「都是你這沒良心的薄倖漢子，害了我不算，還害了你的親生女兒。語嫣，語嫣……她……她可是你的親骨肉。」轉過身來，伸足便向段譽身上亂踢，罵道：「你這禽獸不如的色鬼，喪盡天良的浪子，連自己親妹子也不放過，我……

我恨不得將你這禽獸千刀萬剮，斬成肉醬。」

她這麼又踢又叫，堂上眾人無不駭異。刀白鳳、秦紅棉、甘寶寶、阮星竹四個女子深知段正淳的性子，立時了然，知他和王夫人結下私情，生了個女兒叫做甚麼「語嫣」的，那知段譽卻和她有了私情。秦紅棉立時想到自己女兒木婉清，甘寶寶想到了自己女兒鍾靈，都是又尷尬，又羞慚。其餘段延慶、慕容復等稍一思索，也都心下雪亮。

秦紅棉叫道：「你這賤婢！那日我和我女兒到蘇州來殺你，卻給你這狐狸精躲過了，儘派些蝦兵蟹將來跟我們糾纏。只恨當日沒殺了你，你又來踢人幹甚麼？」

王夫人全不理睬，只亂踢段譽。

南海鱷神眼見地下躺著的正是師父，當下伸手在王夫人肩頭一推，喝道：「喂，他是我師父。你踢我師父，等如是踢我。你罵我師父是禽獸，豈不是我也成了禽獸？你這潑婦，我喀喇一聲，扭斷了你雪白粉嫩的脖子。」

段延慶道：「岳老三，不得對王夫人無禮！這姓段的小子是無恥之徒，花言巧語，騙得你叫他師父，今日正好將他除去，免得你在江湖上沒臉面見人。」

南海鱷神道：「他是我師父，的確貨真價實，又不是騙我的，怎可傷他？」說著便伸手去解段譽的綑縛。段延慶道：「老三，你聽我說，快取鱷嘴剪出來，將這小子的頭剪去了。」南海鱷神連連搖頭，說道：「不成！老大，今日岳老三可不聽你的話了，我非救師父不可。」說著用力一扯，登時將綁縛段譽的牛筋扯斷了一根。

段延慶大吃一驚，心想段譽倘若脫縛，他這六脈神劍使將出來，又有誰能抵擋得住，別說大事不成，自己且有性命之憂，情急之下，呼的一杖刺出，直指南海鱷神的後背，內力到處，鋼杖貫胸而出。

南海鱷神只覺後背和前胸一陣劇痛，一根鋼杖已從胸口突了出來。他一時愕然難明，回過頭來瞧著段延慶，眼光中滿是疑問之色，不懂何以老大竟會向自己忽施殺手。段延慶一來生性兇悍，既爲「四大惡人」之首，自然出手毒辣，他自號「惡貫滿盈」，也不嫌這外號不吉，自知平生惡事多爲，日後「惡貫滿盈」，也是應有之義；二來對段譽的六脈神劍忌憚異常，深恐南海鱷神解脫了他束縛，那就敵他不過，是以雖無殺南海鱷神之心，還是一杖刺中了他要害。段延慶見到他眼色，心頭霎時間閃過一陣悔意，一陣歉仄，但這自咎之情一晃即泯，右手回抖，將鋼杖從他身中抽出，喝道：「老四，拉他出去葬了。這是不聽老大之言的榜樣。」

南海鱷神大叫一聲，倒在地下，胸背兩處傷口中鮮血泉湧，一雙眼珠睜得圓圓地，死不瞑目。雲中鶴抓住他屍身，拖了出去。他與南海鱷神素來不睦，南海鱷神曾幾次三番阻他行事，只因武功不及，被迫忍讓，這時見南海鱷神爲老大所殺，心下大快。

衆人均知南海鱷神是段延慶的死黨，一言不合，便即取了他性命，兇殘狠辣，當眞世所罕見，「天下第一大惡人」之名確非虛傳。眼看到這般情狀，無不惴惴。

段譽覺到南海鱷神傷口中的熱血流在自己臉上、頸中，想起做了他這麼多時的師父，從來沒給過他甚麼好處，他卻數次來相救自己，今日更爲己喪命，心下傷痛。

段延慶冷笑道：「順我者昌，逆我者亡！」提起鋼杖，便向段譽胸口戳落。

忽聽得一個女子的聲音說道：「天龍寺外，菩提樹下，化子邋遢，觀音長髮！」

段延慶聽到「天龍寺外」四字時，鋼杖凝在半空不動，待聽完這四句話，那鋼杖竟不住顫動，慢慢縮了回來。他一回頭，與刀白鳳的目光相對，只見她眼色中似有千言萬語欲待吐露。段延慶心頭大震，顫聲道：「觀……觀世音菩薩……」

刀白鳳點了點頭，低聲道：「你……你可知這孩子是誰？」

段延慶腦子中一陣暈眩，瞧出來一片模糊，似乎回到了二十多年前的月圓之夜。

往事依稀

那一天他終於從東海趕回大理，來到天龍寺外。

途中段延慶在湖廣道上遇到強仇圍攻，雖盡殲諸敵，自己卻也身受重傷，雙腿折斷，面目毀損，喉頭給敵人橫砍一刀，聲音也幾乎發不出了。他簡直已不像一個人，全身污穢惡臭，傷口中都是蛆蟲，幾十隻蒼蠅圍著他嗡嗡亂飛。

但他是大理國的皇太子。當年父皇爲奸臣所弒，他在混亂中逃出大理，終於學成了武功回來。當今大理國的國君段正明是他堂兄，可是眞正的皇帝應當是他而不是段正明。他知段正明寬仁愛民，頗得人心，通國文武百官、士卒百姓，人人擁戴，誰也不會再記得前朝皇太子。如他貿然在大理現身，勢必有性命之憂，誰都會討好當今皇帝，立時便會將他殺了。他本來武藝高強，足爲萬人之敵，可是這時候身受重傷，連一個尋常的兵士也敵不過。

他掙扎著一路行來，來到天龍寺外，唯一指望是請枯榮大師主持公道。

枯榮大師是他父親的親兄弟，是他親叔父，是保定帝段正明的堂叔父。枯榮大師乃有道高僧，天龍寺多年來是大理國段氏皇朝的屛障，歷代皇帝避位爲僧時的退隱之所。他不敢在大理城現身，便先去求見枯榮大師。可是天龍寺的知客僧說，枯榮大師正在坐枯禪，已入定五天，再隔十天半月，也不知是否出定；就算出定之後，也決不見外人。他問段延慶有甚麼事，可以留言下來，或者由他去稟明方丈。對待這樣一個人不像人、鬼不像鬼的臭叫化，知客僧這麼說話，已可算得十分客氣了。

但段延慶怎敢吐露自己身分？他用手肘撐地，爬到寺旁的一株菩提樹下，等候枯榮大師出定，心中只想：「這和尚說枯榮大師就算出定之後，也決不見外人。我在大理多逗留一刻，便多一分危險，只要有人認出了我……我是不是該當立刻逃走？」他全身高燒，各處創傷疼痛痳癢，難忍難熬，心想：「我受此折磨苦楚，這日子又怎過得下去？

我不如就此死了，就此自盡了罷。」

他只想站起身來，在菩提樹上撞死了，但全身乏力，又飢又渴，躺在地下說甚麼也不願動，沒了活下去的勇氣，也沒求死的能耐。

當月亮升到中天的時候，他忽然看見一個白衣女子從迷霧中冉冉走近……林間草叢，白霧瀰漫，這白衣女子長髮披肩，有如足不沾地般行來。她的臉背著月光，五官朦朦朧朧的瞧不清楚，但神清骨秀，段延慶於她的清麗秀美仍驚詫無已。他只覺得這女子像觀音菩薩一般的端麗難言，身周似煙似霧，好似籠罩在一團神光之中，心想：「定是菩薩下凡，來搭救我這落難的皇帝。聖天子有百靈呵護。觀世音菩薩救苦救難，你保祐我重登皇位，我一定給你塑像立廟，世世供奉。」

那女人緩緩走近，轉過身去。段延慶見到了她的側面，臉上白得沒半分血色。忽然聽得她輕輕的、喃喃的說起話來：「我這麼全心全意的待你，你……卻全不把我放在心上。你有了一個女人，又有一個女人，把我們跪在菩薩面前立下的盟誓全都拋到了腦後。我原諒了你一次又一次，我可不能再原諒你了。你對我不起，我也要對你不起。你背著我去找別人，我也要去找別人。你們漢人男子不將我們擺夷女子當人，欺負我，待我如狗如羊、如豬如牛，我……我一定要報復，我們擺夷女子也不將你們漢人男子當人！」

她的話說得很輕，全是自言自語，但語氣之中，卻充滿了深深的忿怒怨恨。

段延慶心中登時涼了下來：「她不是觀世音菩薩。原來只是個擺夷女子，受了漢人的欺負。」擺夷是大理國的最大種族（按：唐宋時稱「白蠻」，該族自稱「白子」、「白尼」，民國後改稱「民家」，現已改成「白族」，大理現為「雲南省大理白族自治州」），族中女子大都頗為美貌，皮膚白嫩，遠勝漢人，只是男子文弱，常受漢人的欺凌。眼見那女子漸漸走遠，段延慶突然又想：「不對，擺夷女子雖是出名的美貌，終究不會如這般神仙似的體態，何況她身上白衣便如冰綃，擺夷女子那裏有這等精雅的服飾，這定然是菩薩化身，我……我可千萬不能錯過。」

他此刻身處生死邊緣，只有菩薩現身打救，才能解脫他的困境，走投無路之際，不自禁便往這條路上想去，見菩薩漸漸走遠，他拚命爬動，想要叫喚：「菩薩救我！」可是咽喉間只能發出幾下嘶啞的聲音。

那白衣女子聽到菩提樹下有響聲發出，回過身來，見塵土中有一團人不像人、獸不像獸的東西在爬動，仔細看時，發覺是一個遍身血污、骯髒不堪的化子。她走近幾步，凝目瞧去，但見這化子臉上、身上、手上，到處都是傷口，每處傷口中都在流血，都有蛆蟲爬動，都在發出惡臭，尤其臉蛋正中的一條筆直刀疤，更是可怖。

那女子這時心下惱恨已達極點，只想設法尋死，既決意報復丈夫的負心薄倖，又自暴自棄的要極力作賤自己。她見到這化子的形狀如此可怖，初時吃了一驚，轉身便要逃開，但隨即心想：「我要找一個天下最醜陋、最污穢、最卑賤的男人來和他相好。你是王爺，是大將軍，我偏偏去和一個臭叫化相好。」

她一言不發，慢慢解去了身上羅衫，走到段延慶身前，投身在他懷裏，伸出像白山茶花花瓣般的手臂，摟住他脖子……

淡淡的微雲飄來，掩住了月亮，似乎是月亮招手叫微雲過來遮住它眼睛，它不願見到這樣詫異的情景：這樣一位高貴的夫人，竟會將她像白山茶花花瓣那樣雪白嬌艷的身子，去交給這樣一個滿身膿血的乞丐。

那白衣女子離去之後良久，段延慶兀自如在夢中，這是眞的還是假的？是自己神智胡塗了，還是眞的菩薩下凡？鼻中還能聞到她身上那淡淡的香氣，一側頭，見到了自己適才用指頭在泥地上劃的七個字：「你是觀世音菩薩」？

他寫了這七個字問她。那位女菩薩點了點頭。突然間，幾粒水珠落在字旁的塵土之中，是她的眼淚，還是觀音菩薩楊枝洒的甘露？段延慶聽人說過，觀世音菩薩曾化爲女身，普渡沉溺在慾海中的眾生，那是最慈悲的菩薩。「一定是觀世音菩薩的化身。觀音菩薩是來點化我，叫我不可灰心氣餒。我不是凡夫俗子，我是眞命天子。否則的話，那怎麼會？」

段延慶在求生不能、求死不得之際，突然得到這位長髮白衣觀音捨身相就，登時精神大振，深信天命攸歸，日後必登大寶，那麼眼前的危難自不致成爲大患。他信念一堅，只覺眼前一片光明。次日淸晨嚴寒，也不再問枯榮大師已否出定，跪在菩提樹下深深叩謝觀音菩薩的恩德，折下兩根菩提樹枝以作拐杖，挾在脅下，飄然而去。

他不敢在大理境內逗留，遠至南部蠻荒窮鄉僻壤之處，養好傷後，苦練家傳武功。最初五年習練以杖代足，再將「一陽指」功夫化在鋼杖之上，然後練成了腹語術；又練五年後，前赴兩湖，將所有仇敵一家家殺得鷄犬不留，手段之兇狠毒辣，委實駭人聽聞，因而博得了「天下第一大惡人」的名頭，自稱「惡貫滿盈」，擺明了以作惡爲業，不計後果。其後又將葉二娘、南海鱷神、雲中鶴三人收羅以爲羽翼。他曾數次潛回大理，圖謀復位，但每次都察覺段正明的根基牢不可拔，只得廢然而退。最近這一次與黃眉僧下棋比拚內力，眼見已操勝算，不料段譽這小子半途裏殺將出來，令他功敗垂成。

鳳凰驛邊紅沙灘上，段延慶追上段正淳一行，擒獲衆人，其時段夫人刀白鳳見到段延慶臉上垂直而下的長刀疤，便已認了他出來，當時寧可讓他處死，不說舊事。這時見他要殺自己兒子，迫不得已，吐露眞相，吟了那四句話出來：「天龍寺外，菩提樹下，化子邋遢，觀音長髮。」

這十六個字說來極輕，但在段延慶聽來，直如晴天霹靂一般。他更看到了段夫人臉上的神色，心中只是說：「難道……難道……她就是那位觀音菩薩……」

只見段夫人緩緩舉起手來，解開了髮髻，萬縷青絲披將下來，垂在肩頭，掛在臉前，正便是那晚天龍寺外、菩提樹下那位觀音菩薩的形相。段延慶更無懷疑：「我只當是菩薩，卻原來是鎭南王妃。」

其實當年他過得數日，傷勢略痊，發燒消退，神智清醒下來，便知那晚捨身相就的白衣女人是人，決不是菩薩，只不過他實不願這個幻想化爲泡影，不住的對自己說：「那是白衣觀音，那是白衣觀音！」

這時候他明白了眞相，心中立時生出一個絕大疑竇：「爲甚麼她要這樣？爲甚麼她看中了我這麼一個滿身膿血的邋遢化子？」他低頭尋思，忽然間，幾滴水珠落在地下塵土之中，就像那天晚上一樣，是淚水？還是楊枝甘露？

他抬起頭來，遇到了段夫人淚水盈盈的眼波，驀地裏他剛硬的心腸軟了，嘶啞著問道：「你要我饒了你兒子的命？」伸過杖去，解開了她身上被封的重穴。段夫人搖了搖頭，低聲道：「他……他頸中有一塊小金牌，刻著他的生辰八字。」段延慶大奇：「你不要我饒你兒子的命，卻叫我去看他甚麼勞什子的金牌，那是甚麼意思？」

自從他明白了當年「天龍寺外、菩提樹下」這回事的眞相之後，對段夫人自然而然生出一股敬畏感激之情，當即依言，俯身去看段譽的頭頸，見他頸中有條極細的金鍊，拉出金鍊，果見鍊端懸著一塊長方的小金牌，一面刻著「長命百歲」四字，翻將過來，見刻著一行小字：「壬子年十一月廿三日生」。

段延慶看到「壬子年」這三個字，心中一凜：「壬子年？我就在這一年的二月間遭人圍攻，身受重傷，來到天龍寺外。啊喲，他……他是十一月的生日，剛剛相距十個月，難道十月懷胎，他……他……他竟然便是我的兒子？」

他臉上受過幾處沉重刀傷，筋絡已斷，種種驚駭詫異之情，均無所現，但一瞬之間竟變得沒半分血色，心中說不出的激動，回頭去瞧段夫人時，只見她緩緩點了點頭，低聲說道：「冤孽，冤孽！」

段延慶一生從未有過男女之情，室家之樂，驀地裏竟知道世上有一個自己的親生兒子，喜悅滿懷，實難形容。只覺世上甚麼名利尊榮，帝王基業，都萬萬不及有個兒子的可貴，霎時間驚喜交集，心神激盪，只想大叫大跳一番，噹的一聲，手中鋼杖掉落。

跟著頭腦中一陣暈眩，左手無力，又是噹的一響，左手鋼杖也掉落在地，胸中有一個極響亮的聲音要叫了出來：「我有一個兒子！」一瞥眼見到段正淳，只見他臉現迷惘之色，顯然對他夫人這幾句話全然不解。

段延慶瞧瞧段正淳，又瞧瞧段譽，但見一個臉方，一個臉尖，相貌全然不像，而段譽俊秀的形貌，和自己年輕之時倒有八九分相似，心下更無半分懷疑，只覺說不出的驕傲：「你就算做了大理國皇帝而我做不成，那又有甚麼希罕？我有兒子，你卻沒有！」這時候腦海中又是一暈，眼前微微一黑，心想：「我實是歡喜得過了份。」

忽聽得咕咚一聲，一個人倒在門邊，正是雲中鶴。段延慶吃了一驚，暗叫：「不好！」左掌凌空一抓，欲運虛勁將鋼杖拿回手中，不料一抓之下，內力運發不出，地下的鋼杖絲毫不動。段延慶吃驚更甚，當下不動聲色，右掌又運勁一抓，鋼杖仍無動靜，一提氣時，內息也已提不上來，才知在不知不覺之中，已著了旁人道兒。

只聽得慕容復說道：「段殿下，那邊室中，還有一個你急欲一見之人，便請移駕過去一觀。」段延慶道：「那是誰？慕容公子不妨帶他出來。」慕容復道：「他沒法行走，還得請殿下移步。」

聽了這幾句話後，段延慶心下已然雪亮，暗中使了迷藥的自是慕容復無疑，他忌憚自己武功厲害，生怕藥力不足，不敢貿然破臉，要自己走動一下，且看勁力是否尚存，自忖進屋後時刻留神，既沒吃過他一口茶水，亦未聞到任何特異氣息，怎會中他毒計？尋思：「定是我聽了段夫人的話後，喜極忘形，沒再提防周遭的異動，以至給他做下了手腳。」淡淡的道：「慕容公子，我大理段氏不善用毒，你該當以『一陽指』對付我才是。」

慕容復微笑道：「在下這『悲酥清風』，當年乃取之西夏，只略加添補，使之少了一種刺目流淚的氣息。段殿下曾隸籍西夏一品堂麾下，在下以『悲酥清風』相饗，尚不失姑蘇慕容氏『以彼之道，還施彼身』的家風。」

段延慶暗暗吃驚，那一年西夏一品堂高手以「悲酥清風」迷倒丐幫幫眾無數，盡數將之擒去，後來西夏眾武士連同赫連鐵樹將軍、南海鱷神、雲中鶴等反中此毒，爲丐幫所擒，幸得自己奪到解藥，救出衆人。當時牆壁之上，確然題有「以彼之道，還施彼身」的字樣，書明施毒者是姑蘇慕容，慕容復手中自然有此毒藥，事隔多時，早已不放在心上。他心下自責忒也粗心大意，當下閉目不語，暗暗運息，想將毒氣逼出體外。

慕容復笑道：「要解這『悲酥清風』之毒，運功凝氣都是無用……」一句話未說完，王夫人喝道：「你怎麼把舅媽也毒倒了，快取解藥來！」慕容復道：「舅媽，甥兒得罪，少停自當首先給舅媽解毒。」王夫人怒道：「甚麼少停不少停的？快，快拿解藥來。」慕容復道：「眞對不住舅媽了，解藥不在甥兒身邊。」

段夫人刀白鳳遭點中的重穴原已解開，但不旋踵間又給「悲酥清風」迷倒。廳堂上諸人之中，只慕容復事先聞了解藥，段譽百毒不侵，這才沒中毒。

但段譽卻也正在大受煎熬，心中說不出的痛苦難當。他聽王夫人說道：「都是你這沒良心的薄倖漢子，害了我不算，還害了你的親生女兒。語嫣……語嫣……她……她……可是你的親生骨肉。」那時他胸口氣息一塞，險些便暈了過去。當他在鄰室聽到王夫人和慕容復說話，提到她和他父親之間私情時，內心便已隱隱不安，極怕王語嫣又和木婉清、鍾靈一般，竟又是自己妹子。待得王夫人親口當衆說出，那裏還容他有懷疑的餘地？刹那間只覺得天旋地轉，若不是手足被縛，口中塞物，便要亂衝亂撞，大叫大嚷。他心中悲苦，只覺一團氣息塞在胸間，無法運轉，手足冰冷，漸漸僵硬，心下大驚：「啊喲，這多半便是伯父所說的走火入魔，內功越深厚，來勢越兇險。我……我怎會走火入魔？」

只覺冰冷之氣，片刻間便及於手肘膝彎，段譽先是心中害怕，但隨即轉念：「語嫣既是我同父妹子，我這場相思，到頭來終究歸於泡影，我活在世上又有甚麼滋味？還不如走火入魔，隨即化身爲塵爲灰，無知無識，也免了終身無盡煩惱。」

段延慶連運三次內息，全無效應，反而胸口更增煩惡，當即不言不動，閉目而坐。

慕容復道：「段殿下，在下雖將你迷倒，卻絕無害你之意，只須殿下答允我一件事，在下不但雙手奉上解藥，還向殿下磕頭賠罪。」說得甚是謙恭。

段延慶冷冷一笑，說道：「姓段的活了這麼一大把的年紀，大風大浪經過無數，豈能在旁人挾制要脅之下，答允甚麼事。」

慕容復道：「在下如何敢對殿下挾制要脅？這裏衆人在此，都可作證，在下先向殿下賠罪，再恭恭敬敬的向殿下求懇一事。」說著雙膝一曲，便即跪倒，咚咚咚咚，向著段延慶磕了四個響頭，意態甚恭。

衆人見慕容復突然行此大禮，無不大爲詫異。他此刻控縱全局，人人的生死都操於他一人之手，就算他講江湖義氣，對段延慶這位前輩高手不失禮數，那麼深深一揖，也已足夠，卻又何以卑躬屈膝的向他磕頭。

段延慶也大惑不解，然見他這般恭敬，心中的氣惱也不由得消了幾分，說道：「常言道：禮下於人，必有所求。公子行此大禮，在下甚不敢當，卻不知公子有何吩咐。」言語之中，也客氣起來。

慕容復道：「在下的心願，殿下早已知曉。但想興復大燕，絕非一朝一夕之功。今日我先扶保殿下登了大理國的皇位。殿下並無子息，懇請殿下收我爲義子。我二人同心共濟，以成大事，豈不兩全其美？」

段延慶聽他說到「殿下並無子息」這六個字時，情不自禁的向段夫人瞧去，四目交投，剎那間交談了千言萬語。段延慶嘿嘿一笑，並不置答，心想：「這句話若在片刻之前說來，確是兩全其美。可是此刻我已知自己有子，怎能再將皇位傳之於你？」

只聽慕容復又道：「大宋江山，得自後周柴氏。當年周太祖郭威無後，以柴榮爲子。柴世宗雄才大略，整軍經武，爲後周大樹聲威。郭氏血食，多延年月，後世傳爲美談。事例不遠，願殿下垂鑒。」段延慶道：「你當眞要我將你收爲義子？」慕容復道：「正是。」

段延慶心道：「此刻我身中毒藥，唯有勉強答允，毒性一解，立時便將他殺了。」便淡淡的道：「如此你卻須改姓爲段了？你做了大理國的皇帝，興復燕國的念頭更須收起。慕容氏從此無後。你可都做得到麼？」他明知慕容復定然另有打算，只要他做了大理國君，數年間以親信遍布要津，大誅異己和段氏忠臣之後，便會復姓「慕容」，甚至將大理國的國號改爲「大燕」，亦不足爲奇。他以後周爲例，柴榮繼郭威爲帝之後，便即復姓柴氏，當眞殷鑒不遠。所以要連問他三件爲難之事，那是以進爲退，令他深信不疑，如答允得太過爽快，便顯得其意不誠、存心不良了。

慕容復沉吟片刻，躊躇道：「這個……」其實他早已想到日後做了大理皇帝的種種措施，與段延慶的猜測不遠，他也想到倘若答允得太過爽快，便顯得其意不誠、存心不良，沉吟了半晌，才道：「在下雖非忘本不孝之人，但成大事者不顧小節，既拜殿下爲父，自當忠於段氏，一心不二。」

段延慶哈哈大笑，說道：「妙極，妙極！老夫浪蕩江湖，無妻無子，不料竟於晚年得一佳兒，大慰平生。你這孩兒年少英俊，又精通家傳武功，我當眞老懷大暢。我一生最歡喜之事，無過於此。觀世音菩薩在上，弟子感激涕零，縱然粉身碎骨，亦不足以報答你白衣觀世音菩薩的恩德於萬一。」心中激動，兩行淚水從頰上流下，低下頭來，雙手合什，正好對著段夫人。

段夫人極緩極緩的點頭，目光始終瞧著躺在地下的兒子。

段延慶這幾句話，說的乃是他眞正的兒子段譽，除段夫人之外，誰也不明他的言外之意，都道他已答允慕容復收他爲義子，將來傳位於他，而他言辭中的眞摯誠懇，確是無人能有絲毫懷疑，「天下第一大惡人」居然能當衆流淚，那更是從所未聞。

慕容復喜道：「殿下是武林中的前輩英俠，自必一言九鼎，決無反悔。義父在上，孩兒磕頭。」雙膝一屈，又跪了下去。

忽聽得門外有人大聲說道：「非也，非也！此事萬萬不可！」門帷一掀，一人大踏步走進屋來，正是包不同。

慕容復當即站起，臉色微變，轉過頭來，厲聲道：「包三哥有何話說？」

包不同道：「公子爺是大燕國慕容氏堂堂皇裔，豈可改姓段氏？興復燕國的大業雖然艱難，但咱們鞠躬盡瘁，竭力以赴。能成大事固然最好，若不成功，終究是堂堂正正慕容氏的好漢子。公子爺要是拜這人不像人、鬼不像鬼的傢伙做義父，就算將來做得成皇帝，也不光采，何況一個姓慕容的要去當大理皇帝，當眞難上加難。」

慕容復聽他言語無禮，心下大怒，但包不同是他親信心腹，用人之際，不願直言斥責，淡淡的道：「包三哥，有許多事情，你一時未能明白，以後我自當慢慢分說。」

包不同搖頭道：「非也，非也！公子爺，包不同雖蠢，你的用意卻能猜到一二。你只不過想學韓信，暫忍一時胯下之辱，以備他日飛黃騰達。你是想今日改姓段氏，日後掌到大權，再復姓慕容，甚至於將大理國的國號改爲大燕；又或發兵征宋伐遼，恢復大燕的舊疆故土。公子爺，你用心雖善，可是這麼一來，卻成了不忠、不孝、不仁、不義之徒，不免於心有愧，爲舉世所不齒。我說這皇帝嘛，不做也罷。」

慕容復怒極，大聲道：「包三哥言重了，我又如何不忠、不孝、不仁、不義了？」包不同道：「你投靠大理，日後再行反叛，那是不忠；你拜段延慶爲父，孝於段氏，於慕容氏爲不孝，孝於慕容，於段氏爲不孝；你日後殘殺大理羣臣，是爲不仁，你……」

一句話尚未說完，突然間波的一聲響，他背心正中已重重中了一掌，慕容復冷冷的道：「我賣友求榮，是爲不義。」他這一掌使足陰柔內勁，打在包不同靈台、至陽兩處大穴之上，正是致命的掌力。包不同萬沒料到這個自己從小扶持長大的公子爺竟會忽施毒手，全沒防備，掌中要害，哇的一口鮮血噴出，倒地而死。

當包不同挺撞慕容復之時，鄧百川、公冶乾、風波惡三人站在門口傾聽，均覺包不同的言語雖略嫌過份，道理卻是甚正，忽見慕容復掌擊包不同，三人大吃一驚，一齊衝進。

風波惡抱住包不同身子，叫道：「三哥，三哥，你怎麼了？」見包不同兩行淸淚，從頰邊流將下來，探他鼻息，已停了呼吸，知他臨死之時，傷心已達極點。風波惡大聲道：「三哥，你雖沒了氣息，想必仍要問問公子爺：『爲甚麼下毒手殺我？』」說著轉過頭來，凝視慕容復，眼光中充滿了敵意。

鄧百川朗聲道：「公子爺，包三弟說話向喜頂撞別人，你從小便知。縱是他對公子爺言語無禮，失了上下之份，公子略加責備，也就是了，何以竟致傷他性命？」

其實慕容復所惱恨者，倒不是包不同對他言語無禮，而是恨他直言無忌，竟將自己心中圖謀說了出來。這麼一來，段延慶多半便不肯收自己爲義子，不肯傳位，就算立了自己爲皇太子，也必布置部署，令自己興復大燕的圖謀難以得逞，情急之下，不得不下毒手，否則那頂唾手可得的皇冠，又要隨風飛去了。他聽了風鄧二人的說話，心想：「今日之事，勢在兩難，只能得罪風鄧二人，不能令延慶太子心頭起疑。」便道：「包不同對我言語無禮，那有甚麼干係？他跟隨我多年，豈能爲了幾句頂撞之言，便即傷他性命？可是我一片至誠，拜段殿下爲父，他卻來挑撥離間我父子情誼，這如何容得？」

風波惡大聲道：「在公子爺心中，十餘年來跟著你出死入生的包不同，便萬萬及不上一個段延慶了？」慕容復道：「風四哥不必生氣。我改投大理段氏，原是全心全意，決無他念。包三哥以小人之心，歪曲我一番善意，我才不得不下重手。」公冶乾冷冷的道：「公子爺心意已決，再難挽回了？」慕容復道：「不錯！」

鄧百川、公冶乾、風波惡三人你瞧瞧我，我瞧瞧你，心念相通，一齊點了點頭。

鄧百川朗聲道：「公子爺，我兄弟四人雖非結義兄弟，卻誓同生死，情若骨肉，公子爺素來知道。」慕容復長眉一挑，森然道：「三位是要爲包三哥報仇麼？」鄧百川長嘆一聲，說道：「我們向來是慕容氏的家臣，如何敢冒犯公子爺？古人道：合則留，不合則去。我們三人不能再侍候公子了。君子絕交，不出惡聲，但願公子爺好自爲之。」

慕容復見三人便要離己而去，心想此後到得大理，再無一名心腹，行事大大不便，非挽留不可，便道：「鄧大哥、公冶二哥、風四哥，你們深知我的爲人，並不疑我將來會背叛段氏，我對你們三人實無絲毫芥蒂，又何必分手？當年家父待三位不薄，三位亦曾答允家父，盡心竭力輔我，這麼撒手一去，豈不是違背了三位昔日的諾言麼？」

鄧百川面色鐵青，說道：「公子不提老先生的名字，倒也罷了；提起老先生來，這等認他人爲父、改姓叛國的行徑，又如何對得起老先生？我們確曾向老先生立誓，此生決意盡心竭力，輔佐公子興復大燕、光大慕容氏之名，卻決不是輔佐公子去興旺大理、光大段氏的名頭。」這番話只說得慕容復臉上青一陣，白一陣，無言可答。

鄧百川、公冶乾、風波惡三人同時一揖到地，說道：「拜別公子！」風波惡將包不同的屍身抗在肩上。三人出門大步而去，再不回頭。

慕容復乾笑數聲，向段延慶道：「義父明鑒，這四人是孩兒家臣，隨我多年，但孩兒爲了忠於大理段氏，不惜親手殺其一人，逐其三人。孩兒孤身而入大理，足見忠心不貳，絕無異志。」段延慶點頭道：「好，好！甚妙。」

慕容復道：「孩兒這就替義父解毒。」伸手入懷，取了個小瓷瓶出來，正要遞將過去，心中一動：「我將他身上『悲酥清風』之毒一解，從此再也不能要脅於他了。今後只有多向他討好，不能跟他勾心鬥角。段譽這小子留在世上，後患無窮，須得先行殺了。」唰的一聲，長劍出鞘，說道：「義父，孩子第一件功勞，便是將段譽這小子先行殺了，以絕段正淳的後嗣，教他非將皇位傳於義父不可。」

段譽心想：「語嫣又變成了我的妹子，我早就不想活了，你一劍將我殺死，再好也沒有了。」一來只求速死，二來內息岔了，抗拒無力，只有引頸就戮。

段正淳等見慕容復提劍轉向段譽，盡皆失色。段夫人「啊」的一聲慘呼。

段延慶道：「孩兒，你孝心殊爲可嘉。但這小子太過可惡，多次得罪爲父。他伯父、父親奪我皇位，害得我全身殘廢，形體不完，爲父定要親手殺了這小賊，方洩我心頭之恨。」

慕容復道：「是。」轉身要將長劍遞給段延慶，說道：「啊喲，孩兒胡塗了，該當先爲義父解毒才是。」當即還劍入鞘，又取出那個小瓷瓶來，一瞥之下，卻見段延慶眼中微孕得意之色，似在向旁邊一人使眼色。慕容復順著他眼光瞧去，只見段夫人微微點頭，臉上流露出感激和喜悅神情。

慕容復一見，疑心登起，但他做夢也想不到段譽乃段延慶與段夫人所生，段延慶寧可捨卻自己性命，也決不肯讓旁人傷及他這寶貝兒子，至於皇位甚麼的，更是身外之物。慕容復首先想到的是：「莫非段延慶和段正淳暗中有甚勾結？他們究竟是大理段氏一家，又是堂兄弟，常言道疏不間親，段家兄弟怎能將我這素無瓜葛的外人放在心上？」跟著又想：「爲今之計，唯有爲段延慶立下幾件大功，以堅其信。」轉頭向段正淳道：「鎮南王，你回到大理之後，隔多久可接任皇位，做了皇帝之後，又隔多久再傳位於我義父？」

段正淳十分鄙薄其爲人，冷冷的道：「我皇兄內功深湛，精力充沛，少說也要再做三十年皇帝。他傳位給我之後，我總得好好的幹一下，爲民造福，少說也得做他三十年。六十年之後，我兒段譽也八十歲了，就算他只做二十年皇帝，也是在八十年之後……」

慕容復斥道：「胡說八道，那能等得這麼久？限你一個月內登基爲君，再過一個月，便禪位於延慶太子。」

段正淳於眼前情勢早十分明白，段延慶與慕容復想把自己當作踏上大理皇位的梯階，只有自己將皇位傳了給段延慶之後，他們才會殺害自己，此刻卻碰也不敢碰，若有敵人前來加害自己，他們還會竭力保護，但段譽卻危險之極。他哈哈一笑，說道：「我的皇位只能傳給我兒段譽，要我提早傳位，倒也不妨，但要傳給旁人，卻萬萬不能。」

慕容復怒道：「好罷，我先將段譽這小子一劍殺了，你傳位給他的鬼魂罷！」說著嗆的一聲，又抽出了長劍。

段正淳大笑道：「你當我段正淳是甚麼人？你殺了我兒子，難道我還甘心受你擺布？你要殺儘管殺，不妨將我們一夥人一起都殺了。」

慕容復躊躇難決，此刻要殺段譽，原只舉手之勞，但怕段正淳為了殺子之恨，當眞豁出了性命不要，那時連段延慶的皇帝也做不成了。段延慶做不成皇帝，自己當然更與大理國的皇位沾不上半點邊。他手提長劍，劍鋒上青光幽幽，只映得他雪白的臉龐泛出一片慘綠之色，側頭向段延慶望去，要聽他示下。

段延慶道：「這人性子倔強，若他就此自盡，咱們的大計便歸泡影。好罷，段譽這小子暫且不殺，既在咱們父子的掌中，便不怕他飛上天去。你先給我解藥再說。」

慕容復道：「是！」但思：「延慶太子適才向段夫人使這眼色，到底是甚麼用意？這疑團不解，便不該輕易給他解毒。但再拖延，定惹他大大生氣，那便如何是好？」

恰好這時王夫人叫了起來：「慕容復，你說第一個給舅媽解毒，怎麼新拜了個爹爹，便一心一意的去討好這醜八怪？可莫怪我把好聽的話罵出來，他人不像人……」

慕容復一聽，正中下懷，向段延慶陪笑道：「義父，我舅母性子剛強，要是言語中得罪了你老人家，還請擔代一二。免得她又再出言不遜，孩兒這就先給舅母解毒，然後立即給義父化解。」說著便將瓷瓶遞到王夫人鼻端。

王夫人只聞到一股惡臭，沖鼻欲嘔，正欲喝罵，卻覺四肢勁力漸復，眼光不住在段正淳、段夫人、以及秦阮甘三女臉上轉來轉去，突然間醋意不可抑制，大聲道：「復官，快把這四個賤女人都給我殺了。」

慕容復心念一動：「舅母曾說，段正淳性子剛強，但對他心愛的女子，卻瞧得比自己性命還重。」提劍走到阮星竹身前，轉頭向段正淳道：「鎮南王，我舅母叫我殺了她，你意下如何？」

段正淳萬分焦急，卻委實無計可施，只得向王夫人道：「阿蘿，以後你要我如何，我便如何，一切聽你吩咐便了。你叫人殺了我的女人，難道我以後還有好心對你？」

王夫人雖醋心甚重，但想段正淳的話倒也不錯，過去十多年來於他的負心薄倖，恨之入骨，以致見到了大理人或姓段之人都要殺之而後快，但此刻一見到了他面，重溫舊夢之心便與時俱增，說道：「好甥兒，且慢動手，待我想一想再說。」

慕容復道：「鎮南王，只須你答允傳位於延慶太子，你所有的王妃側妃，我一概爲你保全，決不讓人傷她們一根寒毛。」段正淳嘿嘿冷笑，不予理睬。

慕容復尋思：「此人風流之名，天下知聞，顯是個不愛江山愛美人之徒。要他答允傳位，也只有從他的女人身上著手。」提起長劍，劍尖指著阮星竹胸口，說道：「鎮南王，只消你點頭答允，我立時為大夥兒解開迷藥，在下設宴賠罪，化敵為友，豈非大大美事？若你當眞不允，我這一劍只好刺下去了。」

段正淳向阮星竹望去，見她那雙本來嫵媚靈動的妙目中流露出恐懼之色，甚是憐惜，心想：「大理皇位，又怎及得上竹妹要緊？但這奸賊為了討好延慶太子，立時便會將我譽兒殺了。」情人雖愛到了心裏，畢竟兒子為親。他不忍再看，側過頭去。

慕容復叫道：「我數一、二、三，你再不點頭，莫怪我手下無情。」拖長了聲音叫道：「一——二——」段正淳回頭，向阮星竹望去，臉上萬般柔情，卻眞無可奈何。慕容復叫道：「三——，鎮南王，你當眞不答允？」段正淳心中，只想著當年和阮星竹初會時的旖旎情景，突聽「啊」的一聲慘呼，慕容復的劍尖已刺入了她胸中。

王夫人見段正淳臉上肌肉扭動，似是身受劇痛，顯然這一劍比刺入他自己的身體還更痛楚，叫道：「快，快救活她，我又沒叫你眞的殺她，只不過要嚇嚇這沒良心的傢伙罷了。」

慕容復搖搖頭，心想：「反正已結深仇，多殺少殺，又有甚麼分別？」劍尖指住秦紅棉胸口，喝道：「鎭南王，枉爲江湖上說你多情多義，你卻不肯說一句話來救你情人！一、二、三！」這「三」字一出口，稍一停留，便將秦紅棉殺了。

這時甘寶寶已嚇得面無人色，但強自鎭定，朗聲道：「你要殺便殺，可不能要脅鎭南王甚麼。我是鍾萬仇的妻子，跟鎭南王又有甚麼干係？沒的玷辱了我萬劫谷鍾家的名聲。」慕容復冷笑一聲，說道：「誰不知段正淳兼收並蓄，是閨女也好，孀婦也好，有夫之婦也好，一般的來者不拒。」幾聲喝問，又將甘寶寶殺了。

王夫人心中暗暗叫苦，她平素雖殺人不眨眼，但見慕容復在頃刻之間，連殺段正淳的三個情人，不由得一顆心突突亂跳，那裏還敢和段正淳的目光相觸。

卻聽得段正淳柔聲道：「阿蘿，你跟我相好一場，還是不明白我。這許多女人之中，我只愛你一個，我雖拈花惹草，都只逢場作戲，那些女子又怎眞的在我心上？你外甥殺我三個相好，毫不要緊，他不來傷你，我便放心了。」他說得十分溫柔，但王夫人聽在耳裏，卻害怕無比，知道段正淳恨極了自己，要引得慕容復來殺她，叫道：「好外甥，你可莫信他的話。」

慕容復將信將疑，長劍劍尖自然而然的指向王夫人胸口，劍尖上鮮血一滴滴的落上她衣襟下擺。

王夫人素知這外甥心狠手辣，爲了遂其登基爲君的大願，那裏顧得甚麼舅母不舅母？只要段正淳繼續故意顯得對自己十分愛惜，那麼慕容復定然會以自己的性命相脅，不禁顫聲道：「段郎，段郎！難道你眞的恨我入骨，想害死我嗎？」

段正淳見到她目中懼色、臉上戚容，想到昔年和她一番的恩情，登時心腸軟了，破口罵道：「你這賊虔婆，豬油蒙了心，卻去喝那陳年舊醋，害得我三個心愛的女人都死於非命，我手足若得了自由，非將你千刀萬剮不可。慕容復，快一劍刺過去啊，爲甚麼不將這臭婆娘殺了？」他知罵得越厲害，慕容復越不會殺他舅母。

王夫人心中明白，段正淳先前假意對自己傾心相愛，是要引慕容復來殺自己，爲阮星竹、秦紅棉、甘寶寶三人報仇，現下改口斥罵，已原諒了自己。可是她十餘年來對段正淳朝思暮想，突然與情郎重會，心神早已大亂，眼見三個女子屍橫就地，一柄血淋淋的長劍對著自己胸口，突然間腦中一片茫然。但聽得段正淳破口斥罵，甚麼「賊虔婆」、「臭婆娘」都罵了出來，怎比得往日的山盟海誓，輕憐密愛？忍不住珠淚滾滾而下，說道：「段郎，你從前對我說過甚麼話，莫非都忘記了？你怎麼半點也不將我放在心上？段郎，我可仍一片痴心對你。咱倆分別了這許多年，好容易盼得重見，你……你怎麼一句好話也不對我說？我給你生的女兒語嫣美貌無比，你見過她沒有？你喜歡不喜歡她？」

段正淳暗暗心驚：「阿蘿這可有點神智不淸啦，我若露了半句重念舊情的言語，你還有性命麼？」厲聲喝道：「你害死了我三個心愛的女子，我恨你入骨。十幾年前，咱們早就已一刀兩段，現下我更要重重踢你幾腳，方消心頭之氣。」

王夫人泣道：「段郎，段郎！」突然前撲，往身前的劍尖撞去。

慕容復一時拿不定主意，想將長劍撤回，又不想撤，微一遲疑間，長劍已刺入王夫人胸膛。慕容復急忙縮手拔劍，鮮血從王夫人胸口直噴出來。

王夫人顫聲道：「段郎，你眞的這般恨我麼？」

段正淳見這劍正中胸口，她再難活命，忍不住兩道眼淚流下面頰，哽咽道：「阿蘿，我這般罵你，是爲了想救你性命。今日重會，我眞是說不出的歡喜。我怎會恨你？我對你的心意，永如當年送你一朵曼陀羅花之日。」

王夫人嘴角邊露出微笑，低聲道：「那就好了，我原……原知在你心中，永遠有我這個人，永遠撇不下我。我也是一樣，永遠撇不下你……你曾答允我，咱倆將來要到大理無量山，去我媽媽住過的石洞，你和我從此在洞裏白頭偕老，再也不出來。你還記得嗎？」段正淳道：「我自然記得，咱們明兒就去，去瞧你媽媽的玉像。」王夫人滿臉喜色，低聲道：「那……那眞好……那塊石壁上，有一把寶劍的影子，紅紅綠綠的，眞好看，你瞧，你瞧，你見到了嗎……」聲音漸說漸低，頭一側，就此寂然不動。

慕容復冷冷的道：「鎭南王，你心愛的女子，一個個都爲你而死，難道最後連你的原配王妃，你也要害死麼？」說著將劍尖慢慢指向段夫人胸口。

段譽躺在地下，耳聽阮星竹、秦紅棉、甘寶寶、王夫人一個個命喪慕容復劍底，王夫人說到無量山石洞、玉像、石壁劍影甚麼的，雖聽在耳裏，全沒餘暇去細想，只聽慕容復又以母親的性命威脅父親，教他如何不心急如焚？大叫：「不可傷我媽媽！不可傷我媽媽！」但口中塞了麻核，半點聲音也發不出來，只得用力掙扎，但全身內息壅塞，連分毫位置也沒法移動。

只聽得慕容復厲聲道：「鎮南王，我再數一、二、三，你如仍不允將皇位傳給延慶太子，你的王妃可就給你害死了。」段譽大叫：「休得傷我媽媽！」隱隱又聽得段延慶道：「且慢動手，此事得從長計議。」慕容復道：「義父，此事干係重大，鎮南王如不允傳位於你，咱們全盤大計，盡數落空。一——」

段正淳道：「你要我答允，須依我一件事。」慕容復道：「答允便答允，不答允便不答允，我可不中你緩兵之計，二——，怎麼樣？」段正淳長嘆一聲，說道：「我一生作孽多端，大夥兒死在一起，倒也是死得其所。」慕容復道：「那你是不答允了？三——」

慕容復這「三」字一出口，只見段正淳轉過了頭，不加理睬，正要挺劍向段夫人胸口刺去，只聽得段延慶喝道：「且慢！」

慕容復微一遲疑，轉頭向段延慶瞧去，突然見段譽從地下彈起，挺頭向自己小腹撞來。慕容復側身避開，驚詫交集：「這小子既受『醉人蜂』之刺，又受『悲酥清風』之毒，雙重迷毒之下，怎地會得跳起？」

原來段譽初時想到王語嫣又是自己的妹子，心中愁苦，內息岔了經脈，待得聽到慕容復要殺他母親，登時將王語嫣之事拋在一旁，也不去念及自己是否走火入魔，內息便自然而然歸入正道。凡人修習內功，乃心中存想，令內息循著經脈巡行，走火入魔之後，拚命想把入了歧路的內息拉回，心念所注，自不免始終是岔路上的經脈，越是焦急，內息在歧路中走得越遠。待得他心中所關注的只母親的安危，內息不受意念干擾，立時便循著人身原來的途徑運行。他聽到慕容復呼出「三」字，早忘了自身是在綑縛之中，內息自行，重歸正道，竟能急躍而起，循聲向慕容復撞去。段譽一撞不中，肩頭重重撞上桌緣，雙手使力一掙，綑縛在他手上的牛筋初時已遭南海鱷神扯斷一根，再經段譽力崩，盡數斷裂。

他雙手脫縛，只聽慕容復罵道：「好小子！」段譽情急之下，食指點出，使出六脈神劍的「商陽劍」向慕容復刺去。慕容復側身避開，還劍刺出。段譽眼上蓋了黑布，口中塞了麻核，說不出話倒也罷了，卻瞧不見慕容復身在何處，忙亂中也想不起伸手撕去眼上黑布，雙手亂揮亂舞，生恐慕容復迫近去危害母親。

慕容復心想：「此人脫縛，非同小可，須得乘他雙眼未能見物之前殺了。」一招

「大江東去」，長劍平平向段譽胸口刺去。

段譽雙手正自亂刺亂指，待聽得金刃破風之聲，急忙閃避，噗的一聲，長劍劍尖已刺入他肩頭。段譽吃痛，縱身躍起，他在枯井中又吸取了鳩摩智的深厚內力，輕輕一縱，便高達丈許，砰的一聲，腦袋重重在屋樑一撞。他身在半空，尋思：「我眼睛不能見物，只有他能殺我，我卻不能殺他，那便如何是好？他殺了我不打緊，我可不能相救媽媽和爹爹了。」雙腳力掙，啪的一聲響，綑在足踝上的牛筋也即斷絕。

段譽心中一喜：「妙極！那日在磨坊之中，他假扮西夏國的甚麼李將軍，我用『凌波微步』閃避，他就沒能殺到我。」左足一著地，便即斜跨半步，身子微側，已避過慕容復刺來的一劍，其間相去只是數寸。段延慶、段正淳、段王妃三人見青光閃閃的長劍劍鋒在他肚子外掠過，凶險無比，都嚇得呆了，又見他這閃避的身法巧妙之極，皆暗自讚幸。

慕容復一劍快似一劍，卻始終刺不到段譽身上，他既焦躁，又羞慚，見段譽始終不將眼上所蒙的黑布取下，不知段譽情急之下心中胡塗，還道他是有意賣弄，不將自己放在眼內，心想：「我連個包住了眼睛的人也打不過，還有甚麼顏面生於人世？」雙眼如要冒出火來，青光閃閃，長劍使得猶似一個大青球，在廳堂上滾來滾去，霎時間將段譽裹入劍圈，每一招都是致命殺著。

段延慶、段正淳、段夫人、范驊、華赫艮、崔百泉等人爲劍光所逼，只覺寒氣襲人，頭上臉上毛髮簌簌而落，衣袖衣襟也紛紛化爲碎片。

段譽在劍圈中左上右落、東歪西斜，卻如庭院閒步一般，慕容復鋒利的長劍竟連衣帶也沒削下他一片。他步履雖舒，心中卻十分焦急：「我只守不攻，眼睛又瞧不見，倘若他一劍向我媽媽爹爹刺去，那便如何是好？」

慕容復情知只段譽才是眞正心腹大患，倒不在乎是否能殺得了段夫人，百餘劍刺出，始終沒法傷到對方，心想：「這小子善於『暗器聽風』之術，聽聲閃避，我改使『柳絮劍法』，輕飄飄的全無聲響，諒來這小子便避不了。」陡地劍法忽變，挺劍緩緩刺出。殊不知段譽這「凌波微步」乃自己走自己的，渾不理會敵手如何出招，對方劍招聲帶隆隆風雷也好，悄沒聲息也好，於他全不相干。

以段延慶這般高明的見識，本可看破其中訣竅，但關心則亂，見慕容復劍招施緩，隱去了兵刃上的刺風之聲，大吃一驚，嘶啞著嗓子道：「孩兒，你快將段譽這小子殺了。倘若他將眼上的黑布拉去，只怕你我都要死在他手下。」

慕容復一怔，心道：「你好胡塗，這不是提醒他麼？」

果然一言驚醒夢中人，段譽一呆之下，隨即伸手扯開眼上黑布，突然間眼前一亮，耀眼生花，一柄冷森森的長劍刺向自己面門。他既不會武功，更乏應變之能，一驚之下，登時亂了腳步，嗤的一聲響，左腿中劍，摔倒在地。

慕容復大喜，挺劍刺落。段譽側臥於地，還了一劍「少澤劍」。慕容復忙後躍避開。段譽腿上雖鮮血泉湧，危急中六脈神劍卻使得氣勢縱橫，頃刻間慕容復左支右絀，狼狽萬狀。

當日在少室山上，慕容復便已不是段譽敵手，此時段譽得了鳩摩智的深厚內功，六脈神劍使將出來更加威力難當。數招之間，錚的一聲輕響，慕容復長劍脫手，那劍直飛上去，揷入屋樑。跟著波的一聲，慕容復肩頭爲劍氣所傷。他知道再逗留片刻，立將爲段譽所殺，大叫一聲，跳出窗子，飛奔而逃。

段譽扶著椅子站起，叫道：「媽，爹爹，沒受傷罷？」段夫人道：「快撕下衣襟，裹住傷口。」段譽道：「不要緊。」從王夫人屍體的手中取過小瓷瓶，先給父親與母親聞了，解開迷毒。又依父親指點，以內力解開父母身上所封的重穴。段夫人當即爲兒子包紮傷口。

段正淳縱身躍起，拔下了樑上長劍。這劍鋒上沾染著阮星竹、秦紅棉、甘寶寶、王夫人四個女子的鮮血，每一個都曾和他有過白頭之約，肌膚之親。段正淳雖秉性風流，用情不專，但當和每一個女子熱戀之際，卻也確是一片至誠，恨不得將自己的心掏出來、將肉割下來給了對方。眼看四個女子屍橫就地，王夫人的頭擱在秦紅棉腿上，甘寶寶的身子橫架於阮星竹小腹，四個女子生前個個曾為自己嘗盡相思之苦，心傷腸斷，歡少憂多，到頭來又為自己而死於非命。當阮星竹為慕容復所殺之時，段正淳已決心殉情，此刻更無他念，心想譽兒已長大成人，文武雙全，大理國不愁無英主明君，回頭向段夫人道：「夫人，我對不起你。在我心中，這些女子和你一樣，個個是我心肝寶貝，我愛她們是真，愛你也一樣真誠！」

段夫人叫道：「淳哥，你……你不可……」和身向他撲去。

段譽適才為了救母，一鼓氣的和慕容復相鬥，待得慕容復跳窗逃走，他驚魂略定，突然想起：「我剛才走火癱倒，怎地忽然好了？」一凜之下，全身又即癱軟，站不起身。

但聽得段夫人一聲慘呼，段正淳已將劍尖插入自己胸膛。段夫人忙拔出長劍，左手按住他傷口，哭道：「淳哥，淳哥，你便有一千個、一萬個女人，我也是一般愛你。我有時心中想不開，生你的氣，可是那是從前的事了，那也正是為了愛你……」但段正淳這一劍對準了自己心臟刺入，劍到氣絕，已聽不見她的話了。

段夫人回過長劍，待要刺入自己胸膛，只聽得段譽叫道：「媽，媽！」一來劍刃太長，二來她分了心，劍尖略偏，竟刺入了自己小腹。

段譽見父親母親同時挺劍自盡，只嚇得魂飛天外，兩條腿猶似灌滿了醋，又酸又痲，再也無力行走，雙手著地，爬將過去，叫道：「媽媽，爹爹，你……你們……」段夫人道：「孩兒，爹和媽都去了，你好好照料自己……」段譽哭道：「媽，媽，你不能死，不能死，爹爹呢？他怎麼了？」伸手摟住了母親頭頸，想要爲她拔劍，惟恐一拔之下反害她死得更快，卻又不敢。段夫人道：「你要學伯父，做……做個好皇帝……」

忽聽段延慶道：「快拿解藥給我聞，我來救你母親。」段譽大怒，喝道：「都是你這奸賊，捉了我爹爹來，害得他死於非命。我跟你有不共戴天之仇！」霍的站起，搶起地下一根鋼杖，便要向段延慶頭上劈落。段夫人尖聲叫道：「不可！」

段譽一怔，回頭道：「媽，這人是咱們大對頭，孩兒要爲你和爹爹報仇。」段夫人仍尖聲叫道：「不可！你……你不能犯這大罪！」段譽滿腹疑團，問道：「我……我不能……犯這大罪？」他咬一咬牙，喝道：「非殺了這奸賊不可。」又舉起了鋼杖。段夫人道：「你俯下頭來，我跟你說。」

段譽低頭將耳湊到她唇邊，只聽得母親輕輕說道：「孩兒，這個段延慶，才是你眞正的父親。你爹爹對不起我，我在惱怒之下，也做了一件對不起他的事。後來便生了你。你爹爹不知道，一直以爲你是他兒子，其實不是的。你爹爹並不是你眞的爹爹，這個人才是，你千萬不能傷他，否則……否則便犯了殺父大罪。我從來沒喜歡過這個人，但……但是不能累你犯罪，害你將來死了之後，墮入阿鼻地獄，到不得西方極樂世界。

我……我本來不想跟你說，以免壞了你爹爹名頭，可是沒法子，不得不說……」

在短短不到一個時辰之間，大出意料之外的事紛至沓來，正如霹靂般一個接著一個，只將段譽驚得目瞪口呆。他抱著母親身子，叫道：「媽，媽，這不是眞的，不是眞的！」

段延慶道：「快給我解藥，好救你媽。」段譽見母親吐氣越來越微弱，更無餘暇多想，拾起地下小瓷瓶，去給段延慶解毒。

段延慶勁力一復，立即拾起鋼杖，嗤嗤嗤嗤數響，點了段夫人傷口處四周的穴道。段夫人搖了搖頭，道：「你不能再碰我身子。」對段譽道：「孩兒，我還有話跟你說。」段譽又俯身過去。

段夫人輕聲道：「這個人和你爹爹雖是同姓同輩，卻算不得是甚麼兄弟。你爹爹的那些女兒，甚麼木姑娘哪、王姑娘哪、鍾姑娘哪，你愛那一個，便可娶那個……他們大宋或許不行，甚麼同姓不婚。咱們大理可不管這麼一套，只要不是親兄妹便是了。這許多姑娘，你便一起都娶了，那也好得很。你……你喜歡不喜歡？」

段譽淚水滾滾而下，那裏還想得喜歡或是不喜歡。

段夫人嘆了口氣，說道：「乖孩子，可惜我沒能親眼見到你身穿龍袍，坐在皇帝的寶座上，做一個乖乖的……乖乖的小皇帝，不過我知道，你一定會很乖的……」突然伸手在劍柄上力推，劍刃透體而過。

段譽大叫：「媽媽！」撲在她身上，但見母親緩緩閉上了眼睛，嘴角邊兀自帶著微笑。

段譽叫道：「媽媽……」突覺背上微微一麻，跟著腰間、腿上、肩膀幾處大穴都給人點中了。一個細細的聲音傳入耳中：「我是你的父親段延慶，為了顧全鎮南王的臉面，我此刻是以『傳音入密』之術與你說話。你母親的話，你都聽見了？」段夫人向兒子所說的最後兩段話，聲音雖輕，但其時段延慶身上迷毒已解，內勁恢復，已一一聽在耳中，知段夫人已向兒子洩露了他身世秘密。

段譽叫道：「我沒聽見，我沒聽見！我只要我自己的爹爹、媽媽。」他說我只要自己的「爹爹、媽媽」，其實便是承認已聽到了母親的話。

段延慶大怒，說道：「難道你不認我？」段譽叫道：「不認，不認！我不相信，我不相信！」段延慶低聲傳音：「此刻你性命在我手中，要殺你易如反掌。何況你確是我兒子，你不認生身之父，豈非大大不孝？」

段譽無言可答，明知母親的說話不假，但二十餘年來叫段正淳為爹爹，他對自己一直慈愛有加，怎忍去認一個毫不相干的人為父？何況父母之死，可說是為段延慶所害，要自己認仇為父，更萬萬不可。他咬牙道：「你要殺便殺，我永遠不會認你。」

段延慶又氣惱，又失望，心想：「我雖有兒子，但兒子不認我爲父，等如是沒有兒子。」霎時間兇性大發，提起鋼杖，便向段譽背上戳將下去，杖端剛要碰到他背心衣衫，不由得心中一軟，一聲長嘆，心道：「我吃了一輩子苦，在這世上更無親人，好容易有了個兒子，怎麼又忍心親手將他殺了？他認我也罷，不認我也罷，終究是我的兒子。」轉念又想：「段正淳已死，我也已沒法跟段正明再爭了。大理國的皇位，卻終於又回入我兒子手中。我雖不做皇帝，卻也如做皇帝一般，一番心願總算是得償了。」

段譽叫道：「你要殺我，怎麼不快快下手？」

段延慶拍開了他被封的穴道，仍以「傳音入密」之術說道：「我不殺我自己的兒子！你既不認我，大可用六脈神劍來殺我，爲段正淳和你母親報仇。」說著挺起了胸膛，靜候段譽下手。這時他心中又滿是自傷自憐之情，自從當年身受重傷，這心情便充滿胸臆，一直以多作惡行來加發洩，此刻但覺自己一生一無所成，索性死在自己兒子手下，倒也一了百了。

段譽伸左手拭了拭眼淚，心下一片茫然，以六脈神劍殺了這元兇巨惡，爲父母報仇罷？但母親言之鑿鑿，說這個人竟是自己的親生之父，卻又如何能夠下手？

段延慶等了半晌，見段譽舉起了手又放下，放下了又舉起，始終打不定主意，森然道：「男子漢大丈夫，要出手便出手，又有何懼？」

段譽一咬牙，縮回了手，說道：「媽媽不會騙我，我不殺你。」

段延慶大喜，哈哈大笑，知道兒子終於是認了自己爲父，不由得心花怒放，雙杖點地，飄然而去，對暈倒在地的雲中鶴竟不加一瞥。

段譽心中存著萬一之念，又去搭父親和母親的脈搏，探他二人的鼻息，終於知道確已沒回生之望，撲倒在地，放聲痛哭。

哭了良久，忽聽身後一個女子說道：「段公子節哀。我們救應來遲，罪該萬死。」段譽轉過身來，見門口站了七八個女子，爲首兩個一般的相貌，認得是虛竹手下靈鷲四女中的兩個，卻不知她們是梅蘭竹菊中的那兩姝。他臉上淚水縱橫，兀自嗚咽，哭道：「我爹爹、媽媽，都給人害死啦！」

靈鷲二女中到來的是竹劍、菊劍。竹劍說道：「段公子，我主人得悉公子的尊大人途中將有危難，命婢子率領人手，趕來赴援，不幸慢了一步。」菊劍道：「王語嫣姑娘等人給囚禁了，已然救出，安好無恙，請公子放心。」

忽聽得遠遠傳來一陣噓噓的哨子之聲，竹劍道：「梅姊和蘭姊也都來啦！」過不多時，馬蹄聲響，十餘人騎馬奔到屋前，當先二人正是梅劍、蘭劍。二女快步衝進屋來，見滿地都是屍骸，不住頓足，連叫：「啊喲，啊喲！」

梅劍向段譽行禮，說道：「我家主人多多拜上段公子，說道有一件事，當真萬分對不起公子，卻也無可奈何。我主人無信食言，愧見公子，只有請公子原諒。」

段譽也不知她說的是甚麼事，哽咽道：「咱們是金蘭兄弟，又分甚麼彼此？我爹爹、媽媽都死了，我還去管甚麼閒事？」

這時華赫艮、范驊、傅思歸、崔百泉、過彥之等聞了解藥，身上受點的穴道也已解開。華赫艮見雲中鶴兀自躺在地下，怒從心起，一刀砍下，「窮兇極惡」雲中鶴登時身首分離。華范等五人向段正淳夫婦的遺體下拜，大放悲聲。

次日清晨，華赫艮等分別出外採購棺木。到得午間，靈鷲宮朱天部諸女陪同王語嫣、巴天石、朱丹臣、木婉清、鍾靈等到來。他們中了醉人蜂的毒刺之後，昏昏沉沉，迄未如何清醒。段譽、華赫艮等將死者分別入殮。段譽撫屍大哭，傷痛難忍。

該處已是大理國國境，華赫艮向鄰近州縣傳下號令。州官、縣官聽得皇太弟鎮南王夫婦竟在自己轄境中「暴病身亡」，只嚇得目瞪口呆，險些暈去，心想至少「荒怠政務，侍奉不周」的罪名是逃不去的了，幸好華司徒倒也沒如何斥責，當下手忙腳亂的糾集人伕，運送鎮南王夫婦等人的靈柩。靈鷲諸女唯恐途中再有變卦，直將段譽送到大理國京城。巴天石等在途中方始清醒。

鎮南王薨於道路、世子扶靈歸國的訊息，早已傳入大理京城。鎮南王有功於國，善待百姓，甚得民心，衆官百姓迎出十餘里外，城內城外，悲聲不絕。段譽、華赫艮、范驊、巴天石等當即入宮，向皇上稟報鎮南王的死因。王語嫣、梅劍等一行人，由朱丹臣招待在賓館居住。

段譽來到宮中，見段正明兩眼已哭得紅腫，正待拜倒，段正明叫道：「孩子，怎……怎會如此？」張臂抱住了他。伯姪二人，摟在一起。

段譽毫不隱瞞，將途中經歷一一稟明，連段夫人的言語也無半句遺漏，說罷又拜，泣道：「倘若爹爹眞不是孩兒的生身之父，孩兒便是孽種，再也不能……不能在大理住了。」

段正明心驚之餘，連嘆：「冤孽，冤孽！」伸手扶起段譽，說道：「孩兒，此中緣由，世上唯你和段延慶二人得知，你原本不須向我稟明。但你竟然直言無隱，足見坦誠。我和你爹爹均無子嗣，別說你本就姓段，就算不是姓段，我也決意立你爲嗣。我這皇位，本來是延慶太子的，我竊居其位數十年，心中常自慚愧，上天如此安排，當眞再好也沒有。」說著伸手除下頭上黃緞便帽，頭上已剃光了頭髮。

段譽吃了一驚，叫道：「伯父，你……」段正明道：「那日在天龍寺抵禦鳩摩智，師父便已爲我剃度傳戒，此事你所親見。」段譽道：「是。」段正明說道：「我身入佛門，便當傳位於你父。只因其時你父身在中原，國不可一日無君，我才不得不秉承師父之命，暫攝帝位。你父不幸身亡於道路之間，今日我便傳位於你。」

段譽驚訝更甚，說道：「孩兒年輕識淺，如何能當大位？何況孩兒身世難明，孩兒……我……還是遁跡山林……」

段正明喝道：「你父、你母待你如何？」段譽嗚咽道：「親恩深重，如海似山。」

段正明道：「這就是了，你若想報答親恩，便當保全他們的令名。身世之事，從今再也休提。做皇帝嗎，你只須牢記三件事，第一是愛民，第二是納諫，第三是節欲。你天性仁厚，對百姓是不會暴虐的。任何大小臣工有甚麼勸告進諫，先想想他們說得有理無理，有理的便照做，說錯了的也不可怪罪。有人肯說話，便是好事。自己每當想要甚麼，不論是珍玩財物，還是美女宮室，均以置之度外為宜。將來年紀漸老之時，千萬不可自恃聰明，於國事妄作更張，除了保國自衛，決不可對鄰國擅動刀兵。」

其後這些日子中，大理國典禮重重，先要辦理保定帝避位為僧、赴天龍寺出家的大典，段譽率領羣臣和百姓恭送，到天龍寺參見枯榮大師及本因方丈。保定帝先已剃度，已定法名本塵，入寺歸班後，奉方丈之命，開壇說法。天龍寺羣僧在本因方丈率領之下，築壇興作法事，祈求大理國國祚長久、國泰民安、刀兵不興、四境清靖、民豐物阜。

段譽洒淚拜別伯父本塵大師，回歸大理京城，朝廷中隆重舉辦登基大典，段譽登位爲帝，年號「日新」，取「苟日新，日日新，又日新」之義，決心廢除民瘼，厲行革新，興利除弊。又應巴天石、朱丹臣等臣子建議，恭謚父親段正淳爲「中宗文安帝」、母親刀白鳳爲慈和文安皇后，訪到秦紅棉、阮星竹兩家家屬，皆有賜贈，甘寶寶家有丈夫，不便賜卹，暗中對鍾靈賜予金銀，命她分送其母的親屬。厚卹褚萬里、古篤誠兩名護衛，贈以將軍銜，蔭及子孫。善闡侯高昇泰其時已逝世，拜其子高泰明爲左丞相，司徒華赫艮爲三公之首，兼領右丞相。司馬范驊執掌兵權。文武百官，各居原位，皆晉升一級。派使臣前往大宋、遼國、吐番、西夏、回鶻、高麗、蒲甘諸國，告知老皇退位、新皇登基，各國均有回聘致賀。

段譽辦了登基大典等大事後，撥付府第，給王語嫣、木婉清、鍾靈居住，派出宮女分別至各府服事。梅蘭竹菊四姝率領靈鷲宮部屬向段譽辭別，段譽對四姝及靈鷲諸女贈以厚禮。

段譽連日忙於諸般政務，對王語嫣等三女之事暫且置之腦後，這些事一想起來便十分頭痛。然這些日子來，心中不住盤旋一個異常的難題：「二十年來，對我恩慈無比的爹爹原來不是我爹爹，我眞正的爹爹卻是那個『天下第一大惡人』。我不能因他形相醜怪、行爲兇殘、名聲奇劣，便不認他爲父。媽媽說：『你爹爹的那些女兒，甚麼木姑娘哪、王姑娘哪、鍾姑娘哪，你愛那一個，便可娶那一個。這許多姑娘，你便一起都娶了，那也好得很，你喜歡不喜歡？』本來，那自然喜歡得很，可是我不能貪得無厭，只娶一個王姑娘就夠了。可是要娶王姑娘，便得向衆承認，我不是爹爹的親生兒子，這豈不是既損了爹爹的聲名，又污了媽媽的清白名節。

「伯父問我：『你父、你母待你如何？』我答：『親恩深重，如海似山。』伯父言道：『這就是了，你想報答親恩，便當保全他們的令名。』我如公之於衆，只不過想娶王姑娘爲后，收木鍾二妹作嬪妃，爲了自己的情欲歡娛，卻不惜損毀父親、母親的聲譽名節，這等用心行事，直如禽獸一般。天下不孝之事，無過於此。原來只因我是『天下第一大惡人』之子，才會做出這等『天下第一大惡事』出來。」

過得月餘，保山忽然天花流行，漸漸蔓延至大理一帶，國中死人甚多。段譽一面設壇祈禱，祈求國泰民安，同時施藥救災，又對災民發放金錢糧米，俾減民困，但天花既生，當時難以救治。

這日他率同范驊、巴天石、朱丹臣等官員，往大理城民間視察災情，親自發放救災藥米。走到下關一家人家，在門外聽得屋內號哭聲甚爲慘痛，當即下轎入內。只見那戶人家門牆破爛，屋內斷垣殘瓦，甚爲貧困。走到廳上，聽得號哭聲悲戚，一問之下，原來這家的八歲兒子染疫身亡，孩子的父母和祖父母都極悲傷。只見一個中年婦人執住死童的手，嚎啕大哭，身上衣衫染滿了塵土。

段譽見這家人個個容色憔悴、瘦骨伶仃，一問之下，原來全家已有十來天沒吃飽飯。那死童更瘦得皮包骨頭，一隻手血色全無，雙目深陷，滿臉痘疤，肚腹腫脹，與其說是染疫身亡，還不如說是餓死了的。

段譽心中難過，自己錦衣玉食，每天吃的是山珍海味，想不到治下百姓竟至餓死。想到悽慘處忍不住流下淚來，提起手掌猛力擊打自己面頰。巴天石急忙勸阻，說道：「陛下，不可如此！」段譽流淚道：「這孩子是我害死的！我段譽狼心狗肺，對不起大理百姓！我喪心病狂，不配爲君！」說著又伸掌擊打自己。范驊忙抓住他手，勸道：「陛下請節哀。天災流行，是懲罰咱們當政不善，大理三公該首當其禍。」衆臣工跪了下來，深自譴責。

那家兩代夫婦見皇帝與衆大臣如此，一時嚇得不敢再哭，反來勸慰段譽。巴天石當即命下屬挑來三擔白米，以及臘魚、臘肉、生鷄、火腿、米粉等食物，再施了五十兩白銀，作爲辦理喪葬之用。

段譽回宮之後，立即召集丞相、三公，下旨宮內節衣縮膳，臣工裁減薪俸，全國普濟賑災，同時減傜省賦，寬減百姓負擔。幸虧過得半月，天時有變，天花災疫漸漸減弱，段譽心下稍寬，每日在大理城及所屬州縣巡視，若見有人衣食不周，便施周濟，總之要使得大理全境無人凍餓致死。心想自己得爲君主，乃是「天祿」，若不善待百姓，「天祿永終」，自己也不能爲君了。

這日朝中報災官上稟，各地更無新災，人心大安。段譽心下甚喜，但想到那餓死孩童的慘狀，仍不禁哀痛，囑咐百官務須將百姓痛苦放在心上。

退朝之後，段譽素衣小帽，微服來到王語嫣的住所。管事跪下迎進大廳，王語嫣出來相見。

段譽道：「嫣妹，這一向心情可好？這些日子來我忙於救災，沒來問候你，眞失禮了！」王語嫣幽幽的道：「你不怪我爹爹和媽媽？我一直在躭心，怕你爲此生氣。」段譽嘆了口氣，道：「你都知道了？你的爹爹，就是我的爹爹。長輩們當年的事，咱們做小輩的管不了。」

王語嫣怔怔的掉下淚來，哽咽道：「譽哥，你我有緣無份，我心裏對你好了，那知道……那知道到頭來仍是一場空……」

段譽道：「當日在曼陀山莊初見，我便是想跟你多說一句話，也是天大的福分，現今不但一百句，一千句話也說過了。嫣妹，你我雖無夫妻之份，卻是眞正的兄妹，那也好得很啊！」王語嫣道：「譽哥，你一直待我很好，我心裏十分感激。你能不能派一所尼姑庵給我？讓我削髮出家，懺悔己過，祈求我佛保佑大理風調雨順，在你治下國泰民安。」

她自從於王夫人備以擒拿段正淳的莊中，得知自己其實是段正淳之女、與段譽是同胞兄妹之後，便覺造化弄人，自己一生不幸，定是前生犯了重大罪行，業報深重，以致自幼痴戀表哥慕容復，他卻棄己如遺，甘心去求爲西夏駙馬；待得與段譽兩心相悅，不料變生不測，自己竟與他同爲一父所生。若說前生罪業太大，偏生自己生來貌美，天資聰慧，可見這一生未必就此萬劫不復。這些日來閒居無聊，多讀佛經，深信世上諸事都在於一個「緣」字，緣法到來，自然水到渠成，萬事不能強求。段譽與己乃是同胞手足，此事在自己出生之前，便已注定，自己萬萬扭不過老天安排。柔腸百轉之後，終於收拾起怨天恨地之心，心想段譽自來待己極好，自己也就以親兄妹的情份好好待他。

只聽段譽道：「嫣妹，你也不必削髮爲尼，你如果願意，便在大理清靜之地悠閒居住，一切供養，自然由你哥哥供給，不必躭心。既然命中注定你是我的妹子，我自然一生一世，都會以你是我妹子相待。不論你要甚麼，只須我力所能及，你儘管開口，我無有不允。」

段譽見她對兩人乃是兄妹之事既不傷心惋惜，亦無纏綿留戀，比之當年木婉淸得知是自己妹子之時的淒然欲絕情狀，渾不相同，心中忽有所感：「她畢竟對我並無多大情意，決不像婉妹那樣，一意要做我妻子。在那萬劫谷的石屋之中，雖說她是中了春藥

『陰陽和合散』之毒，但她對我情意纏綿，出自眞心，並非單是肉體上的春情蕩漾，她確是眞心愛我。後來再在西夏道上相遇，她知我已轉而愛上了王姑娘，雖微有妒意，卻不恨我，當我和語嫣在小溪邊卿卿我我之時，婉妹還冒險化裝爲男子，去西夏皇宮代我求親。就是鍾靈妹子，也干冒兇險，行走江湖，出來尋我，比語嫣對我好得多。語嫣一生苦戀表哥，只因慕容復當時一意想去做西夏駙馬，她在萬念俱灰、無可奈何之中，才對我宛轉相就。」

霎時之間，腦海中出現了王語嫣幾次三番對他冷漠相待的情景：包不同趕他出聽香水榭，他戀戀不捨的不肯走，王語嫣並無片語隻字挽留，連半個眼色也無，反而是阿碧情致殷殷的划船送他到無錫；此後西來同路，包不同數次惡言驅逐，不准他同行，王語嫣也從來沒絲毫好言居間；他幾次背負她脫險，她從不眞心致謝，惟得以重會表哥爲喜；最後在少林寺外，慕容復將他踹在地下，發掌要取他性命，王語嫣全無半分關懷。他父親和南海鱷神捨命來救，慕容復出指點中了段正淳胸口，王語嫣反而大聲喝采：「表哥，好一招『夜叉探海』……」

自他在曼陀山莊見到王語嫣，只因她容貌與無量山石洞中的玉像相似，心中立時便生出「她是神仙姊姊」的意念，多見一次，便多一次暗叫她「神仙姊姊」，以前向神仙姊姊所磕的一千個頭，每一個頭都似是朝王語嫣磕的。見到她時，當她是「神仙姊姊」，不見她而想看她時，心中將「神仙姊姊」冰肌玉貌的神仙體態、神清骨秀的天女形貌，都加在王語嫣身上。其實不但王語嫣並非當眞如此美艷若仙，即使玉像本身，也遠遠不及段譽心中自己所構成的意像，自知那便是佛家所謂的「心魔」。

一人若爲「心魔」所纏，所愛者其實已是自己心中所構成的「心魔」，而非外在的本人。「心魔」能任意變幻，越變越美，天上神仙無此美麗，人間玉女無此可愛，總之心中能想得到多好，就有多好！當年佛陀釋迦牟尼在菩提樹下苦修時，經中有云：魔王波旬曾遣三個魔女來引誘佛陀，千變萬化，妖媚百端，佛陀不爲所惑，魔女無功而退。所謂魔女，其實便是佛陀當時的「心魔」。內心「魔頭」不生，外界引誘便無所用。佛家、道家修行，重在剋制「心魔」，所謂「揮慧劍斬姹女」，主要便是此意，更高的修爲，是無思無念，「心魔」根本不生，就不用「斬去」或「消除」了。

段譽登基後，頭腦漸趨清醒，「心魔」之力便即減弱，又因父母雙雙逝世，得知了自己身世，爲王語嫣發痴著迷的心情也即大減。「心魔」既去，眼中望出來，便是王語嫣的本來面目，耳中聽進去，便是王語嫣的本來語音，不再如過去那樣，經「心魔」一番加強美化裝飾之後，人則美如天仙，語則淸若仙樂。

只聽王語嫣道：「譽哥，這可多謝了。這樣說來，你不怪我，也不怪我媽媽？」段譽道：「自然不怪！」王語嫣道：「我會記著你的心意。不過，我想回蘇州去，在大理住下去不自在。」

段譽心中一酸，知道她所說也甚在理。眞要留她在大理，時時相見，不免徒增惆悵。她要回蘇州，是不是想見表哥？「那也很好，嫣妹一生便想嫁給表哥。我下過決心，愛一個人，便要使她心中快樂，得償所願。嫣妹如能嫁得表哥，那是她一生的大願望。我如眞正愛她，便是要她心中幸福喜樂。」說道：「我派人去將曼陀山莊好好修一修，再派人護送你回去。」

王語嫣道：「曼陀山莊好端端地，又沒損壞，不必修了。」段譽道：「我從大理派幾位蒔花名匠過去，再帶上十八學士、風塵三俠等幾本名種茶花，種植於曼陀山莊，然後給你起幾間書房，再派人護送你回蘇州。一年之內，必定做到！」說著一拍胸膛。

王語嫣嫣然一笑，說道：「好哥哥，多謝你啦！」

耶律洪基連珠箭發，嗤嗤嗤嗤幾聲過去，射倒了六名漢人，羽箭貫胸，都釘死在地。

四九　敝屣榮華　浮雲生死　此身何懼

大理皇宮之中，段正明將帝位傳給姪兒段譽，誡以愛民、納諫、節欲三事，叮囑於國事不可妄作更張，不可擅動刀兵。就在這時候，數千里外北方大宋京城汴梁皇宮之中，崇慶殿後閣，太皇太后高氏病勢轉劇，正在叮囑孫子趙煦（按：後來歷史上稱爲哲宗）：「孩兒，祖宗創業艱難，天幸祖澤深厚，得有今日太平。但你爹爹秉政時舉國鼎沸，險些釀成巨變，至今百姓想來猶有餘悸，你道是甚麼緣故？」

趙煦道：「孩兒常聽奶奶說，父皇聽信王安石的話，更改舊法，以致害得民不聊生。」太皇太后乾枯的臉微微一動，嘆道：「王安石有學問，有才幹，本是好人，用心自然也是爲國爲民，可是……唉……可是你爹爹，一來性子急躁，只盼快快成功，殊不知天下事情往往欲速則不達，手忙腳亂，反而弄糟了。」她說到這裏，喘息半晌，接下去道：「二來……二來他聽不得一句逆耳之言，旁人只有歌功頌德，說他是聖明天子，他才歡喜，倘若說他舉措不當，勸諫幾句，他便要大發脾氣，罷官的罷官，放逐的放逐，這樣一來，還有誰敢向他直言進諫呢？」

趙煦道：「奶奶，只可惜父皇的遺志沒能完成，他的良法美意，都讓小人敗壞了。」

太皇太后吃了一驚，顫聲問道：「甚……甚麼良法美意？甚……甚麼小人？」

趙煦道：「父皇手創的青苗法、保馬法、保甲法等等，豈不都是富國強兵的良法？只恨司馬光、呂公著、蘇軾這些腐儒壞了大事。」

太皇太后臉上變色，撑持著要坐起身來，可是衰弱已極，要將身子抬起一二寸，也是難能，只不住咳嗽。趙煦道：「奶奶，你別氣惱，多歇著點兒，身子要緊。」他言語雖為勸慰，語調中卻殊無親厚關切之情。

太皇太后咳嗽了一陣，漸漸平靜下來，說道：「孩兒，你算是做了九年皇帝，可是這九年……這九年之中，眞正的皇帝卻是你奶奶，你甚麼事都要聽奶奶吩咐著辦，你……你心中一定異常氣惱，十分恨你奶奶，是不是？」

趙煦道：「奶奶替我做皇帝，那是疼我啊，生怕我累壞了。用人是奶奶用的，聖旨是奶奶下的，孩兒清閒得緊，那有甚麼不好？怎麼敢怪奶奶了？」

太皇太后嘆了口氣，輕輕的道：「你十足像你爹爹，自以為聰明能幹，總想做一番大事業出來，你心中一直在恨我，我……我難道不知道嗎？」

趙煦微微一笑，說道：「奶奶自然知道的了，宮裏御林軍指揮是奶奶的親信，內侍太監頭兒是奶奶的心腹，朝中文武大臣都是奶奶委派的，孩兒除了乖乖的聽奶奶吩咐之外，還敢隨便幹一件事，隨口說一句話嗎？」

太皇太后雙眼直視帳頂，道：「你天天在指望今日，只盼我一旦病重死去，你……你便可以大顯身手了。」趙煦道：「孩兒一切都是奶奶所賜，當年若不是奶奶一力主持，父皇崩駕之時，朝中大臣不立雍王、也立曹王了。奶奶的深恩，孩兒又如何敢忘記？只不過……只不過……」太皇太后道：「只不過怎樣？你想說甚麼，儘管說出來，又何必吞吞吐吐？」

趙煦道：「孩兒曾聽人說，奶奶所以要立孩兒，只不過貪圖孩兒年幼，奶奶自己可以親理朝政。」他大膽說了這幾句話，心中怦怦而跳，向殿門望了幾眼，見把守在門口的太監仍都是自己那些心腹，守衛嚴密，這才稍覺放心。

太皇太后緩緩點了點頭，道：「你的話不錯。我確是要自己來治理國家。這九年來，我管得怎樣？」

趙煦從懷中取出一捲紙來，說道：「奶奶，朝野文士歌功頌德的話，這九年中已不知說了多少，只怕奶奶也聽得膩煩了。今日北面有人來，說道遼國宰相有一封奏章進呈遼帝，提到奶奶的施政。這是敵國大臣之論，奶奶可要聽聽？」

太皇太后嘆道：「德被天下也好，謗滿天下也好，老……老身是活不過今晚了。我……我不知是不是還能看到明天早晨的日頭？遼國宰相……他……他怎麼說我？」

趙煦展開紙卷，說道：「那宰相在奏章中說太皇太后：『自垂簾以來，召用名臣，罷廢新法苛政，臨政九年，朝廷清明，華夏綏安。杜絕內降僥倖，裁抑外家私恩，文思院奉上之物，無問巨細，終身不取其一……』」他讀到這裏，頓了一頓，見太皇太后本已沒半點光采的眸子之中，又射出了幾絲興奮的光芒，接下去讀道：「……『人以爲女中堯舜！』」

太皇太后喃喃的道：「人以爲女中堯舜，人以爲女中堯舜！就算眞是堯舜罷，終於也難免一死。」突然之間，她那正在越來越模糊遲頓的腦中閃過一絲靈光，問道：「遼國的宰相爲甚麼提到我？孩兒，你……你可得小心在意，他們知道我快死了，想欺侮你。」

趙煦年輕的臉上登時露出了驕傲的神色，說道：「想欺侮我，哼，話是不錯，可也沒這麼容易。契丹人有細作在東京，知道奶奶病重，可是難道咱們就沒細作在上京？他們宰相的奏章，咱們還不是都抄了來？契丹君臣商量，說道等奶奶……奶奶千秋萬歲之後，倘若文武大臣一無更改，不行新法，保境安民，那就罷了。要是孩兒有甚麼……哼哼，有甚麼輕舉妄動……輕舉妄動，他們便也來輕舉妄動一番。」

太皇太后失聲道：「果眞如此，他們便要出兵南下？」

趙煦道：「不錯！」他轉過身來走到窗邊，只見北斗七星閃耀天空，他眼光順著斗杓，凝視北極星，喃喃說道：「我大宋兵精糧足，人丁衆多，何懼契丹？他便不南下，我倒要北上去跟他較量一番呢！」

太皇太后耳音不靈，問道：「你說甚麼？甚麼較量一番？」趙煦走到病榻之前，說道：「奶奶，咱們大宋人丁比遼國多上十倍，糧草多上三十倍，是不是？以十敵一，難道還打他們不過？」太皇太后顫聲道：「你說要和遼國開戰？當年眞宗皇帝如此英武，御駕親征，才結成澶淵之盟，你……你如何敢擅動刀兵？」

趙煦氣忿忿的道：「奶奶總是瞧不起孩兒，只當孩兒仍是乳臭未乾、甚麼事情也不懂的嬰兒。孩兒就算及不上太祖、太宗，卻未必及不上眞宗皇帝。」太皇太后低聲說道：「便是太宗皇帝，當年也是兵敗北國，重傷而歸，傷瘡難愈，終於因此崩駕。」趙煦道：「天下之事，豈能一概而論。當年咱們打不過契丹人，未必永遠打不過。」

太皇太后有滿腔言語要說，但覺精力一點一滴的離身而去，眼前一團團白霧晃來晃去，腦中茫茫然的一片，說話也是艱難之極，然而在她心底深處，有一個堅強而清晰的聲音在不斷響著：「兵凶戰危，生靈塗炭，可千萬不能輕舉妄動。」

過了一會，她深深吸口氣，緩緩的道：「孩兒，這九年來我大權一把抓，沒好好跟你分說剖析，那是奶奶錯了。我總以為自己還有許多年好活，等你年紀大些，再來開導你，你更容易領會明白，那知道……那知道……」她乾咳了幾聲，又道：「你說咱們人多糧足，那是不錯的，但大宋人文弱，不及契丹人勇悍。何況一打上仗，軍民肝腦塗地，不知要死多少人，要燒毀多少房屋，天下不知有多少人家要家破人亡，妻離子散。為君者胸中時時刻刻要存著一個『仁』字，別說勝敗之數難料，就算眞有必勝把握，這仗嘛，也還是不打的好。」

趙煦道：「咱們燕雲十六州給遼人佔了去，每年還要向他進貢金帛，既像藩屬，又似臣邦，孩子身為大宋天子，這口氣如何嚥得下去？難道咱們永遠受遼人欺壓不成？」他聲音越說越響：「當年王安石變法，創行保甲、保馬之法，還不是為了要國家富強，洗雪歷年祖宗之恥。為子孫者，能為祖宗雪恨，方為大孝。父皇一生勵精圖治，還不是為此？孩子定當繼承爹爹遺志。此志不遂，有如此椅。」突然從腰間拔出配劍，將身旁一張椅子劈為兩截。

皇帝除了大操閱兵，素來不佩刀帶劍，太皇太后見這個小孩子突然拔劍斬椅，不由得吃了一驚，模模糊糊的想道：「他為甚麼要帶劍？是要來殺我麼？是不許我垂簾聽政麼？這孩子膽大妄為，我廢了他。」她雖秉性慈愛，但掌權既久，一遇到大權受脅，立時便想到排除敵人，縱然是至親骨肉，亦毫不寬貸，剎那之間，她忘了自己已然油盡燈枯，轉眼間便要永離人世。

趙煦滿心想的是如何破陣殺敵、收復燕雲十六州，幻想自己坐上高頭大馬，統率百萬雄兵，攻破上京，遼主耶律洪基肉袒出降。他高舉佩劍，昂然說道：「國家大事，都誤在一般膽小怕事的腐儒手中。他們自稱君子，其實都是貪生怕死、自私自利的小人，我……我非將他們重重懲辦不可。」

太皇太后驀地清醒過來，心道：「這孩子是當今皇帝，他有他自己的主意，我再也不能叫他聽我話了。我是個快死的老太婆，他是年富力壯的皇帝，他是皇帝，他是皇帝。」她盡力提高聲音，說道：「孩兒，你有這番志氣，奶奶很高興。」趙煦一喜，還劍入鞘，說道：「奶奶，我說得很對，是不是？」太皇太后道：「你可知甚麼是萬全之策，必勝之算？」趙煦皺起眉頭，說道：「選將練兵，秣馬貯糧，與遼人在疆場上一決雌雄，有可勝之道，卻無必勝之理。」太皇太后道：「你也知道角鬥疆場，並無必勝之理。但咱們大宋卻能不戰而屈人之兵。」趙煦道：「與民休息，頒行仁政，即能不戰而屈人之兵，是不是？奶奶，這是司馬光他們書生的迂腐之見，濟得甚麼大事？」

太皇太后嘆了口氣，緩緩的道：「司馬相公識見卓越，你怎麼說是書生迂腐之見？你是一國之主，須當時時披讀司馬相公所著的《資治通鑑》。千餘年來，每一朝之所以興、所以衰、所以敗、所以亡，那部書中都記得明明白白。咱們大宋土地富庶，人丁衆多，遠勝遼國十倍，只要沒征戰，再過十年、二十年，咱們更加富足。遼人悍勇好鬥，只須咱們嚴守邊境，他部落之內必定會自相殘殺，一次又一次的打下來，自必元氣大傷。前些時候楚王之亂，遼國精兵銳卒，死傷不少……」

趙煦一拍大腿，說道：「是啊！其時孩兒就想該當揮軍北上，給他一個內外夾攻，遼人方有內憂，定然難以應付。唉，只可惜錯過了千載一時的良機。」

太皇太后厲聲道：「你念念不忘與遼國開仗，你……你……你……」突然坐起身來，右手伸出食指，指著趙煦。

在太皇太后積威之下，趙煦只嚇得連退三步，腳步踉蹌，險些摔倒，手按劍柄，心中突突亂跳，叫道：「快，你們快來。」

衆太監聽得皇上呼召，當即搶進殿來。趙煦顫聲道：「她……她……你們瞧瞧她，卻是怎麼了？」他適才滿口雄心壯志，要和契丹人決一死戰，但一個病骨支離的老太婆一發威，他登時便駭得魂不附體，手足無措。一名太監走上幾步，向太皇太后凝視片刻，大著膽子，伸手出去一搭脈息，說過：「啓奏皇上，太皇太后龍馭賓天了。」

趙煦大喜，哈哈大笑，叫道：「好極，好極！我是皇帝了，我是皇帝了！」

他其實已做了九年皇帝，只不過九年來這皇帝有名無實，大權全在太皇太后之手，直到此刻，他才是眞正的皇帝。

趙煦親理政務，第一件事便是將禮部尚書蘇軾貶去做定州知府。蘇軾文名滿天下，負當時重望。他是王安石的死對頭，向來反對新法。元祐年間太皇太后垂簾聽政，重用司馬光和蘇軾、蘇轍兄弟。現下太皇太后崩駕，皇帝便貶逐蘇軾，自朝廷以至民間，人人心頭都罩上一層暗影：「皇帝又要行新政了，又要苦害百姓了！」當然，也有人暗中竊喜，皇帝再行新政，他們便有了升官發財的機會。

這時朝中執政，都是太皇太后任用的舊臣。翰林學士范祖禹上奏，說道：「先太皇太后以大公至正爲心，罷王安石、呂惠卿新法而行祖宗舊政，故社稷危而復安，人心離而復合。乃遼主亦與宰相議曰：『南朝遵行仁宗政事。可敕燕京留守，使邊吏約束，無生事。』陛下觀敵國之情如此，則中國人心可知。今陛下親萬機，小人必欲有所動搖，而懷利者亦皆觀望。臣願陛下念祖宗之艱難，先太皇太后之勤勞，痛心疾首，以聽用小人爲刻骨之戒，守天祐之政，當堅如金石，重如山岳，使中外一心，歸於至正，則天下幸甚！」

趙煦越看越怒，把奏章往案上一拋，說道：「『痛心疾首，以聽用小人爲刻骨之戒』，這兩句話說得不錯。但不知誰是君子，誰是小人？」說著雙目炯炯，凝視范祖禹。

范祖禹磕頭道：「陛下明察。太皇太后聽政之初，中外臣民上書者以萬數，都說政令不便，苦害百姓。太皇太后順依天下民心，遂改其法，作法之人既有罪當逐，陛下與太皇太后亦順民心而逐之。這些被逐的臣子，便是小人了。」

趙煦冷笑一聲，大聲道：「那是太皇太后斥逐的，跟我又有甚麼干係？」拂袖退朝。

趙煦厭見羣臣，但親政之初，又不便將一羣大臣盡數斥逐，當即親下敕書，升內侍樂士宣、劉惟簡、梁從政等人的官，獎賞他們親附自己之功，連日托病不朝。

太監送進一封奏章，字跡肥腴挺拔，署名蘇軾。趙煦道：「蘇大鬍子倒寫得一手好字，卻不知胡說些甚麼。」見疏上寫道：「臣日侍帷幄，方當戍邊，顧不得一見而行；況疏遠小臣，欲求自通，難矣。」趙煦道：「我就不愛瞧你這大鬍子，永世都不要再見你。」接著瞧下去：「然臣不敢以不得對之故不效愚忠。古之聖人將有爲也，必先處晦而觀明，處靜而觀動，則萬物之物畢陳於前。陛下聖智絕人，春秋鼎盛……」趙煦微微一笑，心道：「這大鬍子挺滑頭，倒會拍馬屁，說我『聖智絕人』。不過他又說我『春秋鼎盛』，那是說我年輕，年輕就不懂事。」接下去又看：「臣願虛心循理，一切未有所爲，默觀庶事之利害與羣臣之邪正，以三年爲期，俟得其實，然後應而作，使既作之後，天下無恨，陛下亦無悔。由是觀之，陛下之有爲，惟憂太早，不患稍遲，亦已明矣。臣恐急進好利之臣，輒勸陛下輕有改變，故進此說，敢望陛下留神，社稷宗廟之福，天下幸甚。」

趙煦閱罷奏章，尋思：「人人都說蘇大鬍子是個聰明絕頂的才子，果然名不虛傳。

他情知我決意紹述先帝，復行新法，便不來阻梗，只是勸我延緩三年。哼，甚麼『使既作之後，天下無恨，陛下亦無悔』。他話是說得婉轉，意思還不是一樣？說我倘若急功近利，躁進大幹，不但天下有恨，我自己亦當有悔。」一怒之下，登時將奏章撕得粉碎。

數日後視朝，范祖禹又上奏章：「煦寧之初，王安石、呂惠卿造立三新法，悉變祖宗之政，多引小人以誤國。勳舊之臣屏棄不用，忠正之士相繼遠引。又用兵開邊，結怨外夷，天下愁苦，百姓流徙。」趙煦看到這裏，怒氣漸盛，心道：「你罵的是王安石、呂惠卿，其實還不是在罵我父皇？」又看下去：「蔡確連起大獄，王韶創取熙河，章惇開五溪，沈起擾交管，沈括等興造西事，兵民死傷者不下二十萬。先帝臨朝悼悔，謂朝廷不得不任其咎……」趙煦越看越怒，跳過了幾行，見下面是：「……民皆愁痛，比屋思亂，賴陛下與太皇太后起而救之，天下之民，如解倒懸……」趙煦看到此處，再也難以忍耐，一拍龍案，站起身來。

趙煦那時年方一十八歲，以皇帝之尊再加一股少年的銳氣，在朝廷上突然大發脾氣，羣臣無不失色，只聽他厲聲說道：「范祖禹，你這奏章如此說，那不是惡言誹謗先帝麼？」范祖禹連連磕頭，說道：「陛下明鑒，微臣萬萬不敢。」

趙煦初操大權，見羣臣駭怖，心下甚是得意，怒氣便消，臉上卻仍裝著一副兇相，大聲道：「先帝以天縱之才，行大有爲之志，正要削平蠻夷，混一天下，不幸盛年崩駕，朕紹述先帝遺志，有何不妥？你們卻嘮嘮叨叨的聒噪不休，反來說先帝變法的不是！」

羣臣班中閃出一名大臣，貌相清癯，凜然有威，正是宰相蘇轍。趙煦心下不喜，心道：「這人是蘇大鬍子的弟弟，兩兄弟狼狽爲奸，狗嘴裏定然不出象牙。」只聽蘇轍說道：「陛下明察，先帝有衆多設施，遠超前人。例如先帝在位十二年，終身不受尊號。臣下上章歌頌功德，先帝總是謙而不受。至於政事有所失當，卻是那一朝沒有錯失？父作之於前，子救之於後，此前人之孝也。」

趙煦哼了一聲，冷冷的道：「甚麼叫做『父作之於前，子救之於後』？」蘇轍道：「以前朝史事爲鑒，比方說漢武帝罷。漢武帝外事四夷，內興宮室，財用匱竭，於是修鹽鐵、榷酤、均輸之政。搶奪百姓的利源財物，民不堪命，幾至大亂。武帝崩駕後，昭帝接位，委任霍光，罷去煩苛，漢室乃定。」趙煦又哼了一聲，心道：「你以漢武帝來比我父皇！」

蘇轍眼見皇帝臉色不善，事情甚是凶險，尋思：「我若再說下去，皇上一怒之下，後果即不可測，但我若順從其意，天下又復擾攘，千千萬萬生靈啼飢號寒，流離失所，我爲當國大臣，心有何忍？今日正是我以一條微命報答太皇太后深恩之時。」又道：「後漢時明帝察察爲明，以讖決事，相信妄誕不經的邪理怪說，查察臣僚言行，無微不至，當時上下恐懼，人懷不安。章帝接位，深鑒其失，代之以寬厚愷悌之政，人心喜悅，天下大治，這都是子匡父失，聖人的大孝。」蘇轍猜知趙煦於十歲即位，九年來事事聽命於太皇太后，心中必定暗自惱恨，決意要毀太皇太后的施政而回復神宗時的變法，以示對父親的孝心，因而特意舉出「聖人之大孝」的話來向皇帝規勸。

趙煦大聲道：「漢明帝尊崇儒術，也沒甚麼不好。你以漢武帝來比擬先帝，那是甚麼用心？這不是公然訕謗麼？漢武帝窮兵黷武，末年下哀痛之詔，深自詰責，他行爲荒謬，爲天下後世所笑，怎能與先帝相比？」越說越響，聲色俱厲。

蘇轍連連磕頭，下殿來到庭中，跪下待罪，不敢再多說一句。

許多大臣心中都道：「先帝變法，害得天下百姓朝不保夕，漢武帝可比他好得多了。」但那一個敢說這些話？又有誰敢爲蘇轍辯解？

一個白鬚飄然的大臣越衆而出，卻是范純仁，從容說道：「請陛下息怒。蘇轍言語或有失當，卻是一片忠君愛國的美意。陛下親政之初，對待大臣當有禮貌，不可如訶斥奴僕。何況漢武帝末年痛悔前失，知過能改，也不是壞皇帝。」趙煦道：「人人都說『秦皇、漢武』，漢武帝和暴虐害民的秦始皇並稱，那還不是無道之極麼？」范純仁道：「蘇轍所論，是時勢與事情，也不是論人。」

趙煦聽范純仁反覆辯解，怒氣方息，喝道：「蘇轍回來！」蘇轍自庭中回到殿上，不敢再站原班，跪在羣臣之末，道：「微臣得罪陛下，乞賜屛逐。」

次日詔書下來，降蘇轍爲端明殿學士，爲汝州知州，派宰相去做一個小小的州官。

南朝君臣動靜，早有細作報到上京。遼主耶律洪基得悉南朝太皇太后崩駕，少年皇帝趙煦斥逐持重大臣，顯是要再行新政，不禁大喜，說道：「擺駕即赴南京，與蕭大王議事。」

耶律洪基又道：「南朝在上京派有不少細作，若知我前去南京，便會戒備。咱們輕騎簡從，迅速前往，卻也不須知會南院大王。」當下率領三千甲兵，逕向南行，鑒於上次楚王作亂之失，留守上京的官兵由蕭后親自統領。另有十萬護駕兵馬，隨後分批南來。

不一日，御駕來到南京城外。這日蕭峯正帶了二十餘衛兵在北郊射獵，聽說遼主突然到來，飛馬向北迎駕，遠遠望見白旄黃蓋，當即下馬，搶步上前，拜伏在地。

耶律洪基哈哈大笑，縱下馬來，說道：「兄弟，你我名爲君臣，實乃骨肉，何必行此大禮？」當即扶起，笑問：「野獸可多麼？」蕭峯道：「連日嚴寒，野獸都避到南邊去了，打了半日，也只打到些青狼、獐子，沒甚麼大的。」耶律洪基也甚喜射獵，道：「咱們到南郊去找找。」蕭峯道：「南郊與南朝接壤，臣怕失了兩國和氣，嚴禁下屬出獵。」耶律洪基眉頭微微一皺，問道：「那麼也不打草穀了麼？」蕭峯道：「臣已禁絕了。」耶律洪基道：「今日咱兄弟聚會，破一破例，又有何妨？」蕭峯道：「是！」

號角聲響，耶律洪基與蕭峯雙騎並馳，繞過南京城牆，直向南去。三千甲兵隨後跟來。馳出二十餘里後，衆甲兵齊聲吆喝，分從東西散開，像扇子般遠遠圍了開去，但聽得馬嘶犬吠，響成一團，四下裏慢慢合圍，草叢中趕起一些狐兔之屬。

耶律洪基不願射殺這些小獸，等了半天，始終不見有熊虎等巨獸出現，正自掃興，忽聽得叫聲響起，東南角上十餘名漢子飛奔過來，瞧裝束是南朝的樵夫獵戶之類。遼兵趕不到野獸，知道皇上不喜，恰好圍中圍上了這十幾名漢人，當即吆喝驅趕，逼到皇帝馬前。

耶律洪基笑道：「來得好！」拉開鑲金嵌玉的鐵胎弓，搭上鵰翎狼牙箭，連珠箭發，嗤嗤嗤嗤幾聲過去，箭無虛發，霎時間射倒了六名漢人，羽箭貫胸，都釘死在地。其餘的漢人嚇得魂飛天外，轉身便逃，卻又給衆遼兵用長矛攢刺，逐了回來。

蕭峯看得甚是不忍，叫道：「陛下！」耶律洪基笑道：「餘下的留給你，我來看兄弟神箭！」蕭峯搖搖頭，道：「這些人並無罪過，饒了他們罷。」耶律洪基笑道：「漢人太多，總得殺光了，天下方得太平。他們投錯胎去做漢人，便是罪過。」說著連珠箭發，又是一個，一壺箭射不到一半，十餘名漢人無一倖免，有的立時斃命，有的射中肚腹，一時未能氣絕，倒在地下呻吟。衆遼兵大聲喝采，齊呼：「萬歲！」

蕭峯當時若要出手阻止，自能打落遼帝的羽箭，但在衆軍眼前公然削了皇帝面子，可說大逆不道，但臉上一股不以為然的神色，已不由自主的流露了出來。

耶律洪基笑道：「怎樣？」正要收弓，忽見一騎馬突過獵圍，疾馳而至。耶律洪基見馬上之人作漢人裝束，更不多問，彎弓搭箭，颼的一箭，便向那人射去。那人伸手豎起兩根手指，夾住羽箭。耶律洪基第二箭又到，那人左手伸起，又將第二箭夾住，胯下坐騎絲毫不停，逕向遼主衝來。耶律洪基箭發珠連，後箭接前箭，幾乎是首尾相連。但他發得快，對方接得也快，頃刻之間，一個發了七枝箭，一個接了七枝箭。

遼兵親衛大聲吆喝，各挺長矛，擋在遼主之前，生怕來人驚駕。

其時兩人相距已不甚遠，蕭峯看清楚來人面目，大吃一驚，叫道：「阿紫，是你？不得對皇上無禮。」

馬上乘者格格一笑，將接住的七枝狼牙箭擲給衛兵，跳下馬來，向耶律洪基跪下行禮，說道：「皇上，我接你的箭，可別見怪。」耶律洪基笑道：「好身手，好本事！」

阿紫站起身來，叫道：「姊夫，你是來迎接我麼？」雙足一登，飛身躍到蕭峯馬前。

蕭峯見她一雙眼睛已變得烱烱有神，又驚又喜，叫道：「阿紫，怎地你的眼睛好了？」阿紫笑道：「是你二弟給我治的，你說好不好？」蕭峯又向她瞧了一眼，突然之間，心頭一凜，只覺她眼色之中似乎有一股難以形容的酸苦傷心，照說她雙眼復明，又和自己重會，該當十分歡喜才是，何以眼色中所流露出來的心情竟如此淒楚？可是她笑聲之中，卻又充滿了愉悅之意。蕭峯心道：「想必小阿紫在途中受了甚麼委屈。」

阿紫突然一聲尖叫，向前躍出。蕭峯同時也感到有人在自己身後突施暗算，立即轉身，只見一柄三股獵叉當胸飛來。阿紫探出左手抓住，順手一擲，那獵叉揷入橫臥在地的一人胸膛。那人是個漢人獵戶，爲耶律洪基射倒，一時未死，拚著全身之力，將手中獵叉向蕭峯背心擲來。他見蕭峯身穿遼國高官服色，只盼殺得了他，稍雪無辜被害之恨。

阿紫指著那氣息已斷的獵戶罵道：「你這不自量力的豬狗，竟想來暗算我姊夫！」

耶律洪基見阿紫擲死獵戶，心下甚喜，說道：「好姑娘，你身手矯捷，果然了得。剛才這一叉自然傷不了咱們南院大王，但萬一他因此而受了點輕傷，不免誤了朕的大事。好姑娘，該當如何賞你才是？」

阿紫道：「皇上，你封我姊夫做大官，我也要做個官兒玩玩。不用像姊夫那樣大，可也不能太小，讓人家瞧我不起。」耶律洪基笑道：「咱們大遼國只有女人管事，卻沒女人做官。這樣罷，你本來已是郡主了，我升你一級，封你做公主，叫做甚麼公主呢？是了，叫做『平南公主』！」阿紫嘟起了小嘴，道：「做公主可不幹！」耶律洪基奇道：「爲甚麼不做？」阿紫道：「你跟我姊夫是結義兄弟，我如受封爲公主，跟你女兒一樣，豈不矮了一輩？」

耶律洪基見阿紫對蕭峯神情親熱，而蕭峯雖居高位，卻不近女色，照著遼人常習，這樣的大官，別說三妻四妾，連三十妻四十妾也娶了，想來對阿紫也頗具情意，多半爲了她年紀尚小，不便成親，笑道：「你這公主是長公主，和我妹子同輩，不是和我女兒同輩。我不但封你爲『平南公主』，連你的一件心願，也一併替你完償了如何？」

阿紫俏臉一紅，道：「我有甚麼心願？陛下怎又知道了？你做皇帝的人，卻也這麼信口開河。」她向來天不怕、地不怕，對耶律洪基說話，也不拘甚麼君臣之禮。

遼國禮法本甚粗疏，蕭峯又是耶律洪基極寵信的貴人，阿紫這麼說，耶律洪基只嘻嘻一笑，道：「這平南公主你如不做，我便不封了。一、二、三，你做不做？」

阿紫盈盈下拜，低聲道：「阿紫向皇上謝恩。」蕭峯也躬身行禮，道：「謝陛下恩典。」他待阿紫猶如自己親妹，她既受遼帝恩封，蕭峯自也道謝。

耶律洪基卻道自己所料不錯，心道：「我讓他風風光光的完婚，然後命他征宋，他自是更效死力。」蕭峯心中卻在盤算：「皇上此番南來，有甚用意？他爲甚麼將阿紫的公主封號稱爲『平南』？平南，平南，難道他想向南朝用兵嗎？」

耶律洪基握住蕭峯的右手，說道：「兄弟，咱二人多日不見，過去說一會兒話。」

二人並騎南馳，駿足坦途，片刻間已馳出十餘里外。平野上田疇荒蕪，麥田中都長滿了荊棘雜草。蕭峯尋思：「宋人怕我們出來打草穀，以致數十萬畝良田都拋荒了。」

耶律洪基縱馬上了一座小丘，立馬丘頂，顧盼自豪。蕭峯跟了上去，隨著他目光望去，但見一路長阪南下，峯巒起伏，地勢漸低，大地無有盡處。

耶律洪基以鞭梢指著南方，說道：「兄弟，三十餘年之前，父皇曾攜我來此，向南指點大宋的錦繡山河。」蕭峯道：「是。」耶律洪基道：「你自幼長於南蠻之地，多識南方的山川人物，到底在南方住，是不是比咱們北國苦寒之地舒適得多？」蕭峯道：「地方到處都是一般。說到『舒適』二字，只要過得舒齊安適，心中便快活了。北人不慣在南方住，南人也不慣在北方住。老天爺既作了這般安排，倘若強要調換，不免自尋煩惱。」耶律洪基道：「你以北人而去住在南方，等到住慣了，卻又移來北地，豈不心下煩惱？」蕭峯道：「臣是浪蕩江湖之人，四海爲家，不比尋常的農夫牧人。臣得蒙陛下賜以棲身之所，高官厚祿，深感恩德，更有甚麼煩惱？」

耶律洪基回過頭來，向他臉上凝視。蕭峯不便和他四目相視，微笑著將目光移了開去。耶律洪基緩緩說道：「兄弟，你我雖有君臣之份，卻是結義兄弟，多日不見，卻如何生分了？」蕭峯道：「當年微臣不知陛下是我大遼國天子，以致多有冒瀆，妄自高攀，既知之後，豈敢仍以結義兄弟自居？」耶律洪基嘆道：「做皇帝的人，反不能結交幾個推心置腹、義氣深重的漢子。兄弟，我若隨你行走江湖。無拘無束，只怕反更快活。」

蕭峯喜道：「陛下喜愛朋友，那也不難。臣在中原有兩個結義兄弟，一是靈鷲宮的虛竹子，一是大理國段譽，都是肝膽照人的熱血漢子。陛下如願召見，臣可請他們來遼國一遊。」他自回南京後，每日但與遼國的臣僚將士爲伍，言語性子，格格不入，對虛竹、段譽二人好生想念，甚盼邀他們來遼國聚會盤桓。

耶律洪基喜道：「既是兄弟的結義兄弟，那也是我的兄弟了。你可遣急足分送書信，邀請他們到遼國來，朕自可各封他們二人大大的官職。」蕭峯微笑道：「請他們來玩玩倒是不妨，這兩位兄弟，做官是做不來的。」

耶律洪基沉默片刻，說道：「兄弟，我觀你神情言語，常有鬱鬱不足之意。我富有天下，君臨四海，何事不能爲你辦到？卻何以不對做哥哥的說？」

蕭峯心下感動，說道：「不瞞陛下說，此事是我生平恨事，鑄成大錯，再難挽回。」當下將如何錯殺阿朱之事大略說了。

耶律洪基左手一拍大腿，大聲道：「難怪兄弟三十多歲年紀，卻不娶妻，原來是難忘舊人。兄弟，你所以鑄成這個大錯，推尋罪魁禍首，都是那些漢人南蠻不好，尤其是丐幫一干叫化子，更加忘恩負義。你也休得煩惱，我剋日興兵，討伐南蠻，把中原武林、丐幫衆人，一古腦兒的都殺了，以洩你雁門關外殺母之仇，聚賢莊中受困之恨。你既喜歡南蠻的美貌女子，我挑一千個、二千個來服待你，卻又何難？」

蕭峯臉上露出一絲苦笑，心道：「我既誤殺阿朱，此生終不再娶。阿朱就是阿朱，四海列國，千秋萬載，就只一個阿朱。豈是一千個、一萬個漢人美女所能代替得了的？皇上看慣了後宮千百名宮娥妃子，那懂得『情』之一字？」說道：「多謝陛下厚恩，只是臣與中原武人之間的仇怨，已一筆勾銷。微臣手底已殺了不少中原武人，怨怨相報，實是無窮無盡。戰釁一啓，兵連禍結，更加非同小可。」

耶律洪基哈哈大笑，說道：「宋人文弱，只會大言炎炎，戰陣之上，不堪一擊。兄弟英雄無敵，統兵南征，南蠻降順，指日可待，那有甚麼兵連禍結？兄弟，哥哥此次南來，你可知爲的是甚麼事？」蕭峯道：「正要陛下示知。」

耶律洪基笑道：「第一件事，是要與賢弟暢聚別來之情。賢弟此番西行，西夏國的形勢險易，兵馬強弱，想必都已了然於胸。以賢弟之見，西夏是否可取？」

蕭峯吃了一驚，尋思：「皇上的圖謀著實不小，既要南佔大宋，又想西取西夏。」便道：「臣子此番西去，只想瞧瞧西夏公主招親的熱鬧，全沒想到戰陣攻伐之事。陛下明鑒，臣子歷險江湖，近戰搏擊，差有一日之長，但行軍佈陣，臣子實在一竅不通。」耶律洪基笑道：「賢弟不必過謙。西夏國王這番大張旗鼓的招駙馬，卻鬧了個虎頭蛇尾，無疾而終，當眞好笑。其實當日賢弟帶得十萬兵去，將西夏公主娶回南京，倒也甚好。」蕭峯微微一笑，心想：「皇上只道有強兵在手，要甚麼便有甚麼。」

耶律洪基說道：「做哥哥的此番南來，第二件事爲的是替兄弟增爵升官。賢弟聽封。」蕭峯道：「微臣受恩已深，不敢再望……」耶律洪基朗聲道：「南院大王蕭峯聽封！」蕭峯只得翻身下鞍，拜伏在地。

耶律洪基說道：「南院大王蕭峯公忠體國，爲朕股肱，茲進爵爲宋王，以平南大元帥統率三軍，欽此。」原來遼國朝制，北院統兵，南院統民，現遼帝進封蕭峯統帥三軍，那是大增他的權位了。

蕭峯心下遲疑，不知如何是好，說道：「微臣無功，實不敢受此重恩。」耶律洪基森然道：「怎麼？你拒不受命麼？」蕭峯聽他口氣嚴峻，知無可推辭，只得叩頭道：「臣蕭峯謝恩。」耶律洪基哈哈大笑，道：「這樣才是我的好兄弟呢。」雙手扶起，說道：「兄弟，我這次南來，卻不是以南京爲止，御駕要到汴梁。」

蕭峯又是一驚，顫聲道：「陛下要到汴梁，那……那怎麼……」耶律洪基笑道：「兄弟以平南大元帥統率三軍，爲我先行，咱們直驅汴梁。日後兄弟的宋王府，便設在汴梁趙煦小子的皇宮之中。」蕭峯道：「陛下是說咱們要和南朝開仗？」

耶律洪基道：「不是我要和南朝開仗，而是南蠻要和我較量。南朝太皇太后這老婆子主政之時，一切總算井井有條，我雖有心南征，卻也沒十足把握。現下老太婆死了，趙煦這小子乳臭未乾，居然派人整飭北防、訓練三軍，又要募兵養馬、籌辦糧秣，嘿嘿，這小子不是爲了對付我，卻又對付誰？」

蕭峯道：「南朝訓練士兵，那也不必去理他。這幾年來宋遼互不交兵，兩國都很太平。趙煦若來侵犯，咱們自是打他個落花流水，殺他個匹馬難歸。他若畏懼陛下聲威，不敢輕舉妄動，咱們也不必去跟這小子一般見識。」

耶律洪基道：「兄弟有所不知，南朝地廣人稠，物產殷富，如出了個英主，眞要和大遼爲敵，咱們是鬥他們不過的。天幸趙煦這小子胡作非爲，斥逐忠臣，連蘇大鬍子也給他貶斥了。此刻君臣不協，人心不附，當眞是千載難逢的良機。此時不舉，更待何時？」

蕭峯舉目向南望去，眼前似乎出現一片幻景：成千成萬遼兵向南衝去，房舍起火，烈焰衝天，無數男女老幼在馬蹄下輾轉呻吟，羽箭蔽空，宋兵遼兵互相斫殺，紛紛墮於馬下，鮮血與河水一般奔流，骸骨遍野……

耶律洪基大聲道：「我契丹列祖列宗要將南朝收列版圖，好幾次都功敗垂成。今日天命攸歸，大功要成於我手。好兄弟，他日我和你君臣名垂青史，那是何等的美事？」

蕭峯雙膝跪倒，連連磕頭，道：「陛下，微臣有一事求懇。」耶律洪基微微一驚，問道：「你要甚麼？做哥哥的只須力之所及，無有不允。」蕭峯道：「請陛下爲宋遼兩國千萬生靈著想，收回南征的聖意。咱們契丹人向來遊牧爲主，縱得南朝土地，亦歸無用。何況兵凶戰危，難期必勝，假如小有挫折，反損了陛下的威名。」

耶律洪基聽蕭峯的言語，自始至終不願南征，心想自來契丹的王公貴人、將帥大臣，一聽到「南征」二字，無不鼓舞踴躍，何以蕭峯卻一再勸阻？斜睨蕭峯，只見他雙眉緊蹙，若有重憂，尋思：「我封他爲宋王、平南大元帥，那是我大遼一人之下、萬人之上的高官，日後王居汴梁，等於是大宋天子，那是平白送上來的一場大富大貴，他為甚麼反而不喜？是了，他雖是遼人，但自幼為南蠻撫養長大，可說一大半是南蠻子。大宋於他乃父母之邦，聽我說要發兵去伐南蠻，他便竭力勸阻。以此看來，縱然我勉強他統兵南征，只怕他也不肯盡力。」便道：「我南征之意已決，兄弟不必多言。」

蕭峯道：「征戰乃國家大事，務請三思。倘若陛下一意南征，還是請陛下另委賢能的為是。以臣統兵，只怕誤了陛下大事。」

耶律洪基此番興興頭頭的南來，封賞蕭峯重爵，命他統率雄兵南征，原是顧念結義兄弟的情義，給他一個大大恩典，料想他定然喜出望外，那知他既當頭大潑冷水，又不肯就任平南大元帥之職，不由得大為不快，冷冷的道：「在你心目中，南朝比遼國更為要緊？你是寧可忠於南朝，不肯忠於我大遼？」

蕭峯拜伏於地，說道：「陛下明鑒。蕭峯是契丹人，自是忠於大遼。大遼若有危難，蕭峯赴湯蹈火，粉身碎骨，盡忠報國，萬死不辭。」

耶律洪基道：「趙煦這小子已萌覬覦我大遼國土之意。常言道得好：先下手為強，後下手遭殃。咱們如不先發制人，說不定便有亡國滅種的大禍。你說甚麼盡忠報國，萬死不辭，可是我要你為國統兵，你卻不奉命？」

蕭峯道：「臣平生殺人多了，實不願雙手再沾血腥，求陛下許臣辭官，隱居山林。」

耶律洪基聽他說要辭官，更加憤怒，心中立動殺意，手按刀柄，便要拔刀向他頸中斬落，隨即轉念：「此人武功厲害，我一刀斬他不死，勢必爲他所害。何況昔日他於我有平亂大功，又和我有結義之情，今日一言不合，便殺功臣，究於恩義有虧。」長嘆一聲，手離刀柄，說道：「你我所見不同，一時也難勉強，你回去好好想想，望你能回心轉意，拜命南征。」

蕭峯雖拜伏於地，但身側之人便揚一揚眉毛、舉一舉指頭，他也能立時警覺，何況耶律洪基手按刀柄、起意殺人？他知若再和耶律洪基多說下去，越說越僵，難免翻臉，當即說道：「遵旨！」站起身來，牽過耶律洪基的坐騎。

耶律洪基一言不發，躍上馬背，疾馳而去。先前君臣並騎南行，北歸時卻一先一後，相距數十丈。蕭峯知耶律洪基對己已生疑忌，若跟隨太近，既令他提防不安，而他提及南征之事，又不能不答，索性遠遠墮後。

回到南京，蕭峯請遼帝駐蹕南院大王王府。耶律洪基笑道：「我不來打擾你啦，你清靜下來，細想這中間的禍福利害。我自回御營下榻。」蕭峯恭送耶律洪基回歸御營。耶律洪基從上京攜來大批寶刀利劍、駿馬美女、金銀財寶，賞賜於他。蕭峯謝恩，領回王府。

蕭峯甚少親理政務，文物書籍，向來不喜，因此王府中也沒甚麼書房，平時便在大廳中和諸將坐地，傳酒而飲，割肉而食，不失當年與羣丐縱飲的豪習。契丹諸將在大漠氈帳中本來也是這般，見大王隨和豪邁，遇下親厚，盡皆歡喜。

此刻蕭峯從御營歸來，天時已晚，踏進大廳，見牛油大燭火光搖曳下，虎皮上伏著個紫衫少女，正是阿紫。

她聽得腳步聲響，立即躍起，撲過去摟著蕭峯的脖子，瞧著他眼睛，問道：「我來了，你不高興麼？為甚麼一臉不開心的樣子？」蕭峯搖了搖頭，道：「我是為了別的事。阿紫，你來了，我很高興。在這世界上，現今我就只掛念你一人，怕你遭到甚麼危難。你回到了我身邊，眼睛又治好了，我就甚麼也沒牽掛了。」

阿紫笑道：「姊夫，我不但眼睛好了，皇帝還封了我做公主，你很開心麼？」蕭峯道：「封不封公主，小阿紫還是小阿紫。皇上剛才又陞我的官，唉！」說著一聲長嘆，提過一隻牛皮袋子，拔去塞子，喝了兩大口酒。大廳四周放滿了盛酒的皮袋，蕭峯興到即喝，也不須人侍候。阿紫笑道：「恭喜姊夫，你又陞了官啦！」

蕭峯搖了搖頭，說道：「皇上封我為宋王、平南大元帥，要我統兵去攻打南朝。你想，這征戰一起，要殺多少官兵百姓？我不肯拜命，皇上為此著惱。」

阿紫道：「姊夫，你又來古怪啦。我聽人說，你在聚賢莊上曾殺了無數中原武林豪傑，也不見你嘆一口氣。中原武林那些蠻子欺侮得你這等厲害，今日好容易皇上讓你吐氣揚眉，叫你率領大軍，將這些傢伙盡數殺了，你怎麼反不喜歡啦？」

蕭峯舉起皮袋喝了一大口酒，又一聲長嘆，說道：「當日我和你姊姊二人受人圍攻，若不奮戰，便給人亂刀分屍，那是出於無奈。當日給我殺了的人中，有不少是我的好朋友，尤其有個丐幫的奚長老，事後想來，心中難過得很。」

阿紫道：「啊。我知道啦，當年你是爲了阿朱，這才殺人。那麼現下我請你爲我去殺那些南朝蠻子，好不好呢？」蕭峯瞪了她一眼，怫然道：「人命大事，在你口中說來，卻如是宰牛殺羊一般。你爹爹雖是大理國人，媽媽卻是南朝宋人。」

阿紫嘟起了嘴，轉過了身，道：「我早知在你心中，一千個我也及不上一個她，一萬個活著的阿紫，也及不上一個不在人世的阿朱。看來只有我快快死了，你才會念著我一點兒。早知如此……我……我也不用這麼遠路來探望你。你……你幾時又把人家放在心上？」

蕭峯聽她話中大有幽怨之意，不由得怦然心驚，想起她當年發射毒針暗算自己，便是爲要自己長陪在她身邊，說道：「阿紫，你年紀小，就只頑皮淘氣，不懂大人的事……」阿紫搶著道：「甚麼大人小孩的，我早就不是小孩啦。你答應姊姊照顧我，你……你只照顧我有飯吃，有衣穿，可是……可是你幾時照顧到我的心事了？你從來就不理會我心中想甚麼。」蕭峯越聽越驚，不敢接口。

阿紫轉背了身子，續道：「那時候我眼睛瞎了，知道你決不會喜歡我，我也不來跟你親近。現下我眼睛好了，你仍不來睬我。我……我甚麼地方不及阿朱了？相貌沒她好看麼？人沒她聰明麼？只不過她已死了，你就時時刻刻惦念著她。我……我恨不得那日就給你一掌打死了，你也就會像想念阿朱一般的念著我……」說到傷心處，突然轉身，撲在蕭峯懷裏，縱聲大哭。蕭峯手足無措，不知說甚麼才好。

阿紫嗚咽一陣，又道：「我怎麼是小孩子？在那小橋邊的大雷雨之夜，我見到你打死我姊姊，哭得這麼傷心，我就非常非常喜歡你。我心中說：『你不用這麼難受。你沒了阿朱，還有個阿紫呢。我也會像阿朱這樣，眞心眞意的待你好。』我打定了主意，我一輩子要跟著你。可是你又偏偏不許，我心中便說：『好罷，你不許我跟著你，那麼我便將你弄得殘廢了，由我擺布，叫你一輩子跟著我。』」

蕭峯搖了搖頭，說道：「這些舊事，那也不用提了。」

阿紫叫道：「怎麼是舊事？在我心裏，就永遠和今天的事一樣新鮮。我又不是沒跟你說過，你就從來不把我放在心上。」

蕭峯輕輕撫摩阿紫秀髮，低聲道：「阿紫，我年紀大了你一倍，只能像叔叔、哥哥這般照顧你。我這一生只喜歡過一個女子，那就是你姊姊。永遠不會有第二個女子能代替阿朱，我也決計不會再去喜歡那一個女子。皇上賜給我一百多名美女，今天又賜了許多，我正眼也不去瞧上一眼。我關懷你，全是爲了阿朱。」

阿紫又氣又惱，突然伸起手來，啪的一聲，重重打了他一記巴掌。蕭峯若要閃避，這一掌如何能擊到他臉上？然見阿紫氣得臉色慘白，全身發顫，目光中流露出異常淒苦神色，看了好生難受，不忍避開她這一掌。

阿紫一掌打過，好生後悔，抓住蕭峯手掌，拍向自己臉頰，叫道：「姊夫，是我不好，你……你打還我，打還我！」

蕭峯道：「這不是孩子氣麼？世上沒甚麼大不了的事，用不著這麼傷心！你的眼色爲甚麼這樣悲傷？姊夫是個粗魯漢子，你老是陪伴著我，叫你心裏不痛快！」

阿紫道：「我眼光中老是現出悲傷難過的神氣，是不是？唉，都是那醜八怪累了我。」蕭峯問道：「甚麼那醜八怪累了你？」阿紫道：「我這對眼睛，是那個醜八怪、鐵頭人給我的。」蕭峯一時未能明白，問道：「醜八怪？鐵頭人？」

阿紫道：「那個丐幫幫主莊聚賢，你道是誰？說出來當眞教人笑破了肚皮，竟便是那個給我套了一個鐵面具的游坦之。就是那聚賢莊二莊主游駒的兒子，曾用石灰撒過你眼睛的。也不知他從甚麼地方學來了一些古怪武功，一直跟在我身旁，拚命討我歡心。我可給他騙得苦了。那時我眼睛瞎了，又沒旁人依靠，只好莊大哥長、莊大哥短的叫他。現下想來，眞羞愧得要命。」

蕭峯奇道：「原來那丐幫的莊幫主，便是受你作弄的鐵丑，難怪他臉上傷痕纍纍，想是揭去鐵套時弄傷了臉皮。這鐵丑便是游坦之嗎？唉，你可眞也太胡鬧了，欺侮得人家這個樣子。這人不念舊惡，好好待你，也算難得。」

阿紫冷笑道：「哼，甚麼難得？他那裏安好心了？只想哄得我嫁了給他。」

蕭峯想起當日在少室山上的情景，游坦之凝視阿紫的目光之中，依稀確是孕育深情，只當時沒加留心，便道：「你得知眞相，一怒之下便將他殺了？挖了他眼睛？」阿紫搖頭道：「不是，我沒殺他，這對眼睛是他自願給我的。」蕭峯更加不懂了，問道：「他爲甚麼肯將自己的眼珠挖出來給你？」

阿紫道：「這人傻裏傻氣的。我和他到了縹緲峯靈鷲宮裏，尋到了你的把弟虛竹子，請他給我治眼。虛竹子找了醫書來看了半天，說道必須用新鮮的活人眼睛換上才成。靈鷲宮中個個是虛竹子的下屬，我既求他換眼，便不能挖那些女人的眼睛。我叫游坦之到山下去擄個人來。這傢伙卻哭了起來，說道我治好眼睛，看到他眞面目，便不會再理他了。我說不會不理他，他總不信。那知他竟拿了尖刀，去找虛竹子，願意把自己眼睛換給我。虛竹子說甚麼不答允。那鐵頭人用刀子在他自己身上、臉上劃了幾刀，說道虛竹子倘若不肯，他立即自殺。虛竹子無奈，只好將他眼睛給我換上。」

她這般輕描淡寫的說來，似是一件稀鬆尋常之事，但蕭峯聽入耳中，只覺其中的可畏可怖，較之生平種種驚心動魄的兇殺鬥毆，尤有過之。他雙手發顫，啪的一聲，擲去了手中酒袋，說道：「阿紫，是游坦之心甘情願的將眼睛換了給你？」阿紫道：「是啊。」蕭峯道：「你……你這人眞鐵石心腸，人家將眼睛給你，你便受了？」

阿紫聽他語氣嚴峻，雙眼一眨一眨的，又要哭了出來，突然道：「姊夫，你眼睛倘若盲了，我也心甘情願將我的好眼睛換給你。」

蕭峯聽她這兩句話說得情辭懇摯，確非虛言，不由得感動，柔聲道：「這位游君對你如此情深一往，你在福中不知福，除他之外，世上那裏再去找第二位有情郎君去？他現下在何處？」

阿紫道：「多半還是在靈鷲宮。他沒了眼睛，這險峻之極的縹緲峯如何下來？」

蕭峯道：「啊，說不定二弟又能找到那一個死囚的眼睛再給他換上。」阿紫道：「不成的，那小和尚……不，虛竹子說道，我的眼睛只是給丁春秋毒壞了眼膜，筋脈未斷，因此能換。鐵丑的眼睛挖出時，筋脈都斷，不能再換。」蕭峯道：「你快去陪他，從此不離開他。」阿紫搖頭道：「我不去，我只跟著你，那個人醜得像妖怪，我多瞧一眼便作嘔，怎能陪他？」蕭峯怒道：「人家面貌雖醜，心地可比你美上百倍！我不要你陪，不要再見你！」阿紫頓足哭道：「我……我……」

只聽得門外腳步聲響，兩名衞士齊聲說道：「聖旨到！」跟著廳門打開。蕭峯和阿紫一齊轉身，只見一名皇帝的使者走進廳來。

遼國朝廷禮儀，遠不如宋朝的繁複，臣子見到皇帝使者，只肅立聽旨便是，用不著甚麼換朝服，擺香案，跪下接旨。那使者朗聲說道：「皇上宣平南公主見駕。」

阿紫道：「是！」拭了眼淚，跟著那使者去了。

蕭峯瞧著阿紫的背影，心想：「這游坦之對她鍾情之深，當眞古今少有。只因阿紫情竇初開之時，恰和我朝夕相處，她重傷之際，我又不避男女之嫌，盡心照料，以致惹得她對我生出一片滿是孩子氣的痴心。我務須叫她回到游君身邊。人家如此對她，她如背棄這雙眼已盲之人，老天爺也是不容。」耳聽得那使者和阿紫的腳步聲慢慢遠去，終於不再聽聞，又想到耶律洪基命他伐宋的旨意。

「皇上叫阿紫去幹甚麼？定是要她勸我聽命伐宋。我如堅不奉詔，國法何存？適才在南郊爭執，皇上手按刀柄，已啓殺機，想他是顧念君臣之情，兄弟之義，這才強自克制。可是我如奉命伐宋，帶兵去屠殺千千萬萬宋人，於心卻又何忍？爹爹一生以宋遼和好爲志，他此刻在少林寺出家，若聽到我率軍南下，定然衷心不喜。唉，我抗拒君命乃不忠，不顧金蘭之情是不義，但若南下攻戰，殘殺百姓是不仁，違父之志是不孝。忠孝難全，仁義無法兼顧，卻又如何是好？罷，罷，罷！這南院大王不能做了，我掛印封庫，給皇上來個不別而行，卻又到那裏去？莽莽乾坤，竟無我蕭峯的容身之所。」

他提起牛皮酒袋，又喝了兩口酒，尋思：「且等阿紫回來，和她同上縹緲峯去，一來送她和游君相聚，二來我在二弟處盤桓些時，再作計較。」

阿紫隨著使者來到御營，見到耶律洪基，衝口便道：「皇上，這平南公主還給你，我不做啦！」

耶律洪基宣召阿紫，不出蕭峯所料，原是要她去勸蕭峯奉旨南征，聽她劈頭便這麼說，不禁皺起眉頭，怫然道：「朝廷封賞，是國家大事，又不是小孩兒的玩意，豈能任你要便要，不要便不要？」他一向因蕭峯之故，愛屋及烏，對阿紫總和顏悅色，此刻言語卻說得重了。阿紫哇的一聲，放聲哭了出來。耶律洪基一頓足，說道：「亂七八糟，亂七八糟，眞不成話！」

忽聽得帳後一個嬌媚的女子聲音說道：「皇上，爲甚麼著惱？怎麼把人家小姑娘嚇唬哭了？」說著環佩玎璫，一個貴婦人走了出來。

這婦人眼波如流，掠髮淺笑，阿紫認得她是皇上最寵幸的穆貴妃，便抽抽噎噎的說道：「穆貴妃，你倒來說句公道話，我說不做平南公主，皇上便罵我呢。」

穆貴妃見她哭得楚楚可憐，多時不見，阿紫身材已高了些，容色也更見秀麗，向耶律洪基橫了一眼，抿嘴笑道：「皇上，她不做平南公主，你便封她爲平南貴妃罷。」

耶律洪基一拍大腿，道：「胡鬧，胡鬧！我封這孩子，是為了蕭峯兄弟，一個平南大元帥，一個平南公主，好讓他們風風光光的成婚。那知蕭峯不肯做平南大元帥，這姑娘也不肯做平南公主。是了，你也是南蠻子，不願意我們去平南，是不是？」語氣中已隱含威脅之意。

阿紫道：「我才不理你們平不平南呢？你平東也好，平西也好，我全不放在心上。可是我姊夫……姊夫卻要我嫁給一個瞎了雙眼的醜八怪。」耶律洪基和穆貴妃聽了大奇，齊問：「為甚麼？」阿紫不願詳說其中根由，只道：「我姊夫不喜歡我，逼我去嫁給旁人。」

便在這時，帳外有人輕叫：「皇上！」耶律洪基走到帳外，見是派給蕭峯去當衛士的親信。那人低聲道：「啓奏皇上：蕭大王在庫門上貼了封條，把金印用黃布包了，掛在樑上，瞧這模樣，他……他……他是要不別而行。」

耶律洪基一聽，不由得勃然大怒，叫道：「反了，反了！他還當我是皇帝麼？」略一思索，道：「喚御營都指揮來！」片刻間御營都指揮來到身前。耶律洪基道：「你率領兵馬，將南院大王府四下圍住了。」又下旨：「傳令緊閉城門，誰也不許出入。」他生恐蕭峯要率部反叛，不住口的頒發號令，將南院大王部下的大將一個個傳來。

穆貴妃在御帳中聽得外面號角之聲不絕，馬蹄雜沓，顯是起了變故。契丹人於男女之間的界限看得甚輕，她便走到帳外，輕聲問：「陛下，出了甚麼事？幹麼這等怒氣衝天的？」耶律洪基怒道：「蕭峯這廝不識好歹，竟想叛我而去。這廝心向南朝，定是要向南蠻報訊。他多知我大遼的軍國秘密，到了宋朝，便成我的心腹大患。」穆貴妃沉吟道：「常聽陛下說道，這廝武功好生了得，如拿他不住，給他逃了，倒是個大大禍胎。」耶律洪基道：「是啊！」吩咐衛士：「傳令飛龍營、飛虎營、飛豹營，火速往南院大王府外增援。」御營衛士應命，傳令下去。

穆貴妃道：「陛下，我有個計較。」在他耳邊低聲說了一陣。耶律洪基點頭道：「卻也使得。此事若成，朕重重有賞。」穆貴妃微笑道：「但教討得陛下歡心，便是重賞了。陛下這般待我，我還貪圖甚麼？」

御營外調動兵馬，阿紫坐在帳中，卻毫不理會。契丹人大呼小叫的奔來馳去，她昔日見得多了，往往出去打一場獵，也這麼亂上一陣，渾沒想到耶律洪基調動兵馬，竟然要去捉拿蕭峯。她坐在一隻駱駝鞍子上，心亂如麻：「我對姊夫的心事，他又不是不知，可是他……他竟半點也沒把我放在心上，要我去陪伴那個醜八怪。我……我寧死也不去，不去，不去，偏偏不去！」心中這般想，左右足不住踢著地氈上所織的老虎頭。

忽然一隻手輕輕按上了她肩頭，阿紫微微一驚，抬起頭來，遇到的是穆貴妃溫柔和藹的眼光，只聽她笑問：「小妹妹，你在出甚麼神？在想你姊夫，是不是？」

阿紫聽她說到自己心底私情，不禁暈紅了雙頰，低頭不語。穆貴妃和她並排而坐，拉過她一隻手，輕輕撫摸，柔聲道：「小妹妹，男人家都是粗魯暴躁的脾氣，尤其像咱們皇上哪、南院大王哪，那是當世的英雄好漢，要想收服他們的心，可著實不容易了。」阿紫點了點頭，覺得她這幾句話甚是有理。穆貴妃又道：「我們宮裏女人成百成千，比我長得美麗的，比我更會討皇上歡心的，可不知有多少。皇上卻最寵愛我，一半雖是緣份，一半也是上京聖德寺那位老和尚的眷顧。小妹子，你姊夫現下的心不在你身上，你也不用發愁。待我跟皇上回上京之時，你同我們一起去，到聖德寺去求求那位高僧，他會有法子的。」

阿紫奇道：「那老和尚有甚麼法子？」穆貴妃道：「此事我便跟你說了，你可千萬不能跟第二個人說。你得發個誓，決不能洩漏秘密。」阿紫便道：「我若將穆貴妃跟我說的秘密洩漏出去，亂刀分屍，不得好死。」穆貴妃沉吟道：「不是我信不過你，只是這件事牽涉太也重大，你再發一個重些的誓。」阿紫道：「好！我要是洩漏了你告知我的秘密，叫我……叫我給我姊夫親手一掌打死。」說到這裏，心中有些淒苦，也有些甜蜜。

穆貴妃點頭道：「給自己心愛的男人一掌打死，那確是比給人亂刀分屍還慘上百倍。這我就信你了。好妹子，那位高僧佛法無邊，神通廣大，我向他跪求之後，他便給我兩小瓶聖水，叫我通誠暗祝，悄悄給我心愛的男人喝下一瓶。那男人便永遠只愛我一人，到死也不變心。我已給皇上喝了一瓶。這還剩下一瓶。」說著從懷中取出一個醉紅色的小瓷瓶來，緊緊握在手中，唯恐跌落。其實地下鋪著厚厚的地氈，便掉在地下，也不打緊。

阿紫既驚且喜，求道：「好姊姊，給我瞧瞧。」她自幼在星宿派門下，對這類蠱惑人心的法門向來信之不疑。穆貴妃道：「瞧瞧倒可以，卻不能打翻了。」雙手捧了瓷瓶，鄭而重之的遞過去。阿紫接了過來，拔去瓶塞，在鼻邊一嗅，覺有一股淡淡的香氣。穆貴妃伸手將瓷瓶取過，塞上木塞，用力揿了幾下，只怕藥氣走失，說道：「本來嘛，我分一些給你也不妨。可是我怕萬一皇上日後變心，這聖水還用得著。」

阿紫道：「你說皇上喝了一瓶之後，便對你永不變心了？」穆貴妃微笑道：「話是這麼說，可不知聖水的效果是不是真有這麼久。否則那聖僧幹麼要給我兩瓶？我更躭心這聖水落入了別的嬪妃手中，她們也去悄悄給皇上喝了，皇上就算對我不變心，卻也要分心……」

正說到這裏，只聽得耶律洪基在帳外叫道：「阿穆，你出來，我有話對你說。」穆貴妃笑道：「來啦！」匆匆奔出，奔到帳口，嗒的一聲輕響，小瓷瓶從懷中落出，竟沒察覺。

阿紫又驚又喜，待她一踏出帳外，立即縱身而前，拾起瓷瓶，揣入懷中，心道：

「我快拿去給姊夫喝了，另外灌些淸水進去，再還給穆貴妃，反正皇上已對她萬分寵幸，這聖水於她也已無用處。」當即揭開後帳，輕輕爬了出去，一溜煙的奔向南院大王王府。

但見王府外兵卒衆多，似是南院大王在調動兵馬。阿紫走進大廳，見蕭峯背負雙手，正在滴水簷前走來走去，似是老大不耐煩。

他一見阿紫，登時大喜，道：「阿紫，你回來就好，我只怕你給皇上扣住了，不得脫身呢。咱們這就動身，遲了可來不及啦。」阿紫奇道：「到那裏去？爲甚麼遲了就來不及？皇上又爲甚麼要扣住我？」

蕭峯道：「你聽聽！」兩人靜了下來，只聽王府四周馬蹄之聲不絕，夾雜著鐵甲鏘鏘，兵刃交鳴，東南西北都是如此。阿紫道：「幹甚麼？你要帶兵去打仗麼？」

蕭峯苦笑道：「這些兵都不歸我帶了。皇上起了疑我之意，要來拿我。」阿紫道：「好啊，咱們好久沒打架了，我和你便衝殺出去。」蕭峯搖頭道：「皇上待我恩德不小，封我爲南院大王，此番又親自前來，給我加官晉爵。此時所以疑我，不過因我決意不肯南征之故。我若傷他部屬，有虧兄弟之義，不免惹得天下英雄恥笑，說我蕭峯忘恩負義，對不起人。阿紫，咱們這就走罷，悄悄的不別而行，讓他拿不到我，也就是了。」

阿紫道：「嗯，咱們便走。姊夫，卻到那裏去？」蕭峯道：「去縹緲峯靈鷲宮。」

阿紫的臉色登時沉了下來，道：「我不去見那醜八怪。」蕭峯道：「事在緊急，去不去縹緲峯，待離了險地之後再說。」

阿紫心道：「你要送我去縹緲峯，顯是全沒將我放在心上，還是趁早將聖水給你喝了，只要你對我傾心，自會聽我的話。若有遷延，只怕穆貴妃趕來奪還。」說道：「也好！我去拿幾件替換衣服。」

匆匆走到後堂，取過一隻碗來，將瓷瓶中聖水倒入碗內，又倒入大半碗酒，心中默禱：「菩薩有靈，保祐蕭峯飲此聖水之後，全心全意的愛我阿紫，娶我爲妻，永不再想念阿朱姊姊！」回到廳上，說道：「姊夫，你喝了這碗酒提提神。這一去，咱們再也不回來了。」

蕭峯接過酒碗，燭光下見阿紫雙手發顫，目光中現出異樣的神采，臉色又興奮，又溫柔，不由得心中一動：「當年阿朱對我十分傾心之時，臉上也是這般神氣！唉，看來阿紫果眞對我也是一片痴心！」當即將大半碗酒喝了，問道：「你取了衣服沒有？」

阿紫見他喝了聖水，心中大喜，道：「不用拿衣服了，咱們走罷！」

蕭峯將一個包裹負在背上，包中裝著幾件衣服，幾塊金銀，低聲道：「他們定是防我南奔，我偏偏便向北行。」攜著阿紫的手，輕輕開了邊門，張眼往外探視，見兩名衛士並肩巡視過來。蕭峯藏身門後，一聲咳嗽，兩名衛士一齊過來查看。蕭峯伸指點出，早將二人點倒，拖入樹蔭之下，低聲道：「快換上這兩人的盔甲。」阿紫喜道：「妙極！」兩人剝下衛士盔甲，穿戴在自己的身上，手中各持一柄長矛，並肩巡查過去。阿紫將頭盔戴得低低的，壓住了眉毛，偷眼看蕭峯時，見他縮身彎腰而行，不禁心下暗笑。兩人走得幾步，便見一名帥營親兵的十夫長帶著十名親兵，巡查過來。蕭峯和阿紫站立一旁，舉矛致敬。

那十夫長點了點頭，便即行過，見阿紫一身衣甲直拖到地，全不稱身，不由得向她多瞧一眼，又見她腰刀的刀鞘也拖在地下，心中有氣，揮拳便向她肩頭打去，喝道：「你穿的甚麼衣服？」阿紫只道事洩，反手勾住他手腕，左足向他腰眼裏踢去。那十夫長叫聲「啊喲」，直跌了出去。

蕭峯道：「快走！」拉著她手腕，即前搶出。那十名親兵大聲叫了起來：「有奸細！有刺客！」還不知這二人乃是蕭峯和阿紫。兩人衝得一程，見迎面十餘騎馳來，蕭峯舉起長矛，橫掃過去，將馬上乘者紛紛打落，右手一提，將阿紫送上馬背，自己飛身上了另一匹馬，拉轉馬頭，兩騎向北門衝去。

這時南院大王王府四周的將卒已得到訊息，四面八方圍上來。蕭峯縱馬疾馳，果不出他所料，遼兵十之八九布於南路，防他逃向南朝，北門一帶稀稀落落的沒多少人。這些將士一見蕭峯，先自怯了，雖迫於軍令，上前攔阻，但給蕭峯一喝一衝，不由得紛紛讓路，遠遠落在後面，吶喊追趕。待御營都指揮增調人馬趕來，蕭峯和阿紫已自去得遠了。

蕭峯縱馬來到北門，見城門已然緊閉，城門前密密麻麻的排著一百餘人，各挺長矛，擋住去路。蕭峯若衝殺過去，這百餘名遼兵須攔他不住，但他只求脫身，實不願多傷本國軍士，左手伸出，將阿紫從馬背上抱過，右足在鐙上一點，雙足已站上了馬背，跟著提一口氣，飛身往城頭撲去。這一撲原不能躍上城頭，他早已有備，待身子沉落，右手長矛已向城牆插去，矛入城牆，一借力間，飛身上了城頭。

向城外望去，只見黑黝黝地並無燈火，顯是無人料他會逾城向北，竟無一兵一卒把守。蕭峯一聲長嘯，向城內朗聲叫道：「你們去稟告皇上，說道蕭峯得罪了皇上，不敢面辭。皇上大恩大德，蕭峯永不敢忘。」他攬住阿紫的腰，轉過身來，只要一跳下城頭，那就海闊從魚躍，天空任鳥飛，再也無拘無束了。

心下微微一喜，正要縱身下躍，突然之間，小腹中感到一陣劇痛，跟著雙臂酸麻，攬在阿紫腰間的左臂不由自主的鬆開，接著雙膝一軟，坐倒在地，肚中猶似數千把小刀亂剜亂刺般劇痛，忍不住「哼」了一聲，阿紫大驚，叫道：「姊夫，你怎麼了？」

蕭峯全身痙攣，牙關相擊，說道：「我……我……中了……中了劇……劇毒……等一等……我運氣……運氣逼毒……」當即氣運丹田，要將腹中的毒物逼將出來。那知不運氣倒也罷了，一提氣間，登時四肢百骸到處劇痛，丹田中內息只提起頃刻，又沉了下去。蕭峯耳聽得馬蹄聲奔騰，數千騎自南向北馳來，又提一口氣，卻覺四肢已全無知覺，知所中毒藥厲害無比，不能以內力逼出，便道：「阿紫，你快快去罷，我……我不能陪你走了！」

阿紫一轉念間，已恍然大悟，自己是中了穆貴妃的詭計，她騙得自己拿聖水去給蕭峯服下，這那裏是聖水，其實是毒藥。她又驚又悔，摟住蕭峯頭頸，哭道：「姊夫……是我害了你，這毒藥是我給你喝的。」蕭峯心頭一凜，不明所以，問道：「你爲甚麼要害死我？」阿紫哭道：「不，不！穆貴妃給了我一瓶水，她騙我說，如給你喝了，你就永遠永遠喜歡我，會……會娶我爲妻。我實在蠢得厲害，姊夫，我跟你一起死，咱們再也不會分開！」說著抽出腰刀，便要往自己頸中抹去。

蕭峯道：「且……且慢！」他全身如受烈火烤炙，又如鋼刀削割，身內身外同時劇痛，難以思索，過了好一會，才明白阿紫言中之意，說道：「我不會死，你不用尋死！」

只聽得兩扇厚重的城門軋軋的開了。數百名騎兵衝出北門，呐喊布陣。一隊隊兵馬自南而來，絡繹出城。蕭峯坐在城頭，向北望去，見火把照耀數里，幾條火龍還在蜿蜒北延，回頭南望，小半個城中都是火把，心想：「皇上將御營的兵馬盡數調了出來，來拿我一人。」只聽得城內城外的將卒齊聲大叫：「蕭峯反叛，速速投降！」

蕭峯腹中又是一陣劇痛，低聲道：「阿紫，你快設法逃命去罷！」阿紫道：「我親手下毒害死了你，我怎能獨活？我……我……我跟你死在一起！」蕭峯苦笑道：「這不是殺人的毒藥，只是令我身受重傷，沒法動手而已。」

阿紫喜道：「當眞？」轉身將蕭峯拉著伏到自己背上。可是她身形纖小，蕭峯卻特別魁偉，阿紫負著他站起身來，蕭峯仍雙足著地。便在此時，十餘名契丹武士已爬上城來，一手執刀，一手高舉火把，卻都畏懼蕭峯，不敢迫近。

蕭峯道：「抗拒無益，讓他們來拿罷！」阿紫哭道：「不，不！誰敢動你一根寒毛，我便將他殺了。」蕭峯道：「不可爲我殺人。假如我肯殺人，奉旨領兵南征便是，又何必鬧到這步田地？」提高嗓子道：「如此畏畏縮縮，算得甚麼契丹男兒？同我一起去見皇上。」

衆武士一怔，一齊躬身，恭恭敬敬的道：「是！咱們奉旨差遣，對大王無禮，請大王恕罪！」蕭峯爲南院大王雖時日不多，但厚待部屬，威望著於北地，契丹將士十分敬服。在人羣之中，大家隨聲附和，大叫「蕭峯反叛」，一到和他面面相對，自然生出敬畏之心，不敢稍有無禮。

蕭峯扶著阿紫的肩頭，掙扎著站起，五臟六腑，卻痛得猶如互在扭打咬嚙一般，衆兵士站在丈許之外，還刀入鞘，眼看他一步步從石級走下城頭。衆將士見蕭峯下來，不由自主的都翻身下馬，肅立致敬，城內城外將士逾萬，霎時間鴉雀無聲。

蕭峯在火光下見到這些誠樸而恭謹的臉色，胸口驀地感到一絲溫暖：「我若南征，這裏萬餘將士，只怕未必有半數能回歸北國。若我能救得這許許多多生靈，皇上縱然將我處死，那也死而無恨。就只怕皇上殺了我後，又另派別人領軍南征。」想到這裏，胸口又是一陣劇痛，身子搖搖欲墜。

一名將軍牽過自己的坐騎，扶著蕭峯上馬。阿紫也乘了匹馬，跟隨在後。一行人前呼後擁，南歸王府。衆將士雖拿到蕭峯，算立了大功，卻無歡忭之意，反心中傷感。但聽得鐵甲鏘鏘，數萬隻鐵蹄擊在石板街上，響成一片，卻無半句歡呼之聲。

一行人行經北門大街，來到白馬橋邊，蕭峯縱馬上橋。阿紫突然飛身而起，雙足在鞍上一登，嗤的一響輕響，沒入了河中。蕭峯見此意外，不由得一驚，但隨即心下喜歡，想起最初與這頑皮姑娘相見之時，她沉在小鏡湖底詐死，水性之佳，委實少見，連她父母都讓瞞過了，這時她從水中遁走，那眞再好也沒有，只從此只怕再無相見之日，心頭卻又惆悵，大聲道：「阿紫，你何苦自尋短見？皇上又不會難爲你，何必投河自盡？」

衆將士聽蕭峯如此說，又見阿紫沉入水中之後不再冒起，只道她眞是尋了短見。皇帝下旨只拿蕭峯一人，阿紫是尋死也好，逃走也好，大家也不放在心上，本來誰都不想難爲她，在橋頭稍立片刻，見河中全無動靜，又都隨著蕭峯前行。

耶律洪基從箭壺中抽出一枝鵰翎狼牙箭，雙手一彎，折爲兩段，投在地下，說道：「答允你了。」

五〇　教單于折箭　六軍辟易　奮英雄怒

到得王府，耶律洪基不命蕭峯相見，下令御營都指揮使扣押。那都指揮使心想蕭大王天生神力，尋常監牢如何監他得住？心生一計，命人取過最大最重的鐵鍊鐵銬，鎖了他手腳，口中不住道歉，將他囚在一隻大鐵籠中。這隻大鐵籠，便是當年阿紫玩獅時囚禁猛獅之用，籠子的每根鋼條都粗大結實。

鐵籠之外，又派一百名御營親兵，各執長矛，一層層的圍了四圈，蕭峯在鐵籠中如有異動，衆親兵便能將長矛刺入籠中，任他氣力再大，也沒法在刹那之間崩脫鐵鎖鐵銬，破籠而出。王府之外，更有一隊親兵嚴密守衛。耶律洪基將原來駐守南京的將士都調出了南京城，以防他們忠於蕭峯，作亂圖救。

蕭峯靠在鐵籠的欄干上，咬牙忍受腹中之痛，也無餘暇多想。直過了十二個時辰，到第二日晚間，數次小便之後，毒藥的藥性慢慢消失，劇痛才減。蕭峯力氣漸復，但處此情境，卻又如何能脫困？他想煩惱也是無益，這一生再凶險的危難也經歷過不少，難道我蕭峯一世豪傑，就眞會困死於鐵籠？好在衆親兵敬他英雄，看守雖絕不鬆懈，但好酒好飯管待，禮數不缺。蕭峯放懷痛飲，數日後鐵籠旁酒罈堆積。

耶律洪基始終不傳他相見，卻派了幾名能言善辯之士來好言相勸，說皇上寬洪大度，顧念昔日情義，不忍加刑，要蕭峯悔罪求饒。蕭峯對這些說客全不理會，自管自的斟酒而飲。

如此過了月餘，那四名說客竟毫不厭煩，每日裏不住搬弄陳腔濫調，翻來覆去的說個不停，說甚麼「皇上待蕭大王恩德如山，你只有聽皇上的話，才有生路」，甚麼「皇上神武，明見萬里之外，遠矚百代之後，聖天子宸斷萬萬不會錯，你務須遵照皇上所指的路走」等等、等等。這些說客顯然明知決計勸不轉蕭峯，卻仍無窮無盡的喋喋不休。

一日蕭峯猛地起疑：「皇上又不是胡塗人，怎會如此婆婆媽媽地派人前來勸我？其中定有蹊蹺！」沉思半晌，突然想起：「是了，皇上正在調兵遣將，準備大舉南征，卻派了些不相干的人將我穩住在這裏。只盼時日久了，讓我眼見反抗無益，我終於屈服，接旨南征。」再一思索，已明其理：「皇上自逞英雄，定要我口服心服，他親自提兵南下，取了大宋江山，然後到我面前來誇耀一番。他生恐我性子剛強，一怒之下，絕食自盡，是以派了這些猥瑣小人來對我胡說八道。」

他早將一己的生死安危置諸度外，既無計脫身，也就沒放在心上。他雖不願督軍南征，卻也不是以天下之憂而憂的仁人志士，想到耶律洪基決意發兵，大劫無可挽回，除了長嘆一聲、痛飲十碗之外，也就不去多想了。

又過一月有餘，只聽那四名說客兀自絮絮不已，蕭峯突然問道：「咱們契丹大軍，已渡過黃河了嗎？」四名說客愕然相顧，默然半晌。一名說客道：「蕭大王此言甚是，咱們大軍剋日便發，黃河雖未渡過，卻也是指顧間的事。」蕭峯點頭道：「原來大軍尚未出發，不知那一天是黃道吉日？」四名說客互使眼色。一個道：「咱們是小吏下僚，不得與聞軍情。」另一個道：「只須蕭大王回心轉意，皇上便會親自來與大王商議軍國大計。」

蕭峯哼了一聲，便不再問，心想：「皇上若勢如破竹，取了大宋，便會解我去汴梁相見。但如敗軍而歸，沒面目見我，第一個要殺的人便是我。到底我盼他取了大宋呢，還是盼他敗陣？嘿嘿，蕭峯啊蕭峯，只怕你自己也不易回答罷！」

次日黃昏時分，四名說客又搖搖擺擺的進來。看守蕭峯的衆親兵老聽著他們的陳腔濫調，早就膩了，見四人來到，不禁皺了眉頭，走開幾步。兩個多月來蕭峯全無掙扎脫逃之意，監視他的官兵已遠不如先前那般戒愼提防。

第一名說客咳嗽一聲，說道：「蕭大王，皇上有旨，要你接旨，你若拒不奉命，那便罪大惡極。」這些話蕭峯也不知聽過幾百遍了，可是這一次聽得這人說話的聲音有些古怪，似是害了喉病，不禁向他瞧了一眼，一看之下，登時大奇。

只見這說客擠眉弄眼，臉上作出種種怪樣，蕭峯定睛看時，見此人相貌與先前不同，再凝神細瞧，不由得又驚又喜，見這人稀稀落落的鬍子都是黏上去的，臉上搽了一片淡墨，黑黝黝的甚是難看，但焦黃鬍子下透出來的，卻是櫻口端鼻的俏麗之態，正是阿紫。只聽她壓低嗓子含含糊糊的道：「皇上的話，永不會錯，你只須遵照皇上的話做，定有你好處。喏，這是咱們大遼皇帝的聖諭，你恭恭敬敬的讀上幾遍罷。」說著從大袖中取出一張紙來，對著蕭峯。

其時天色已漸昏暗，幾名親兵正在點亮大廳四周的燈籠燭光。蕭峯借著燭光，向紙上瞧去，見上面寫著八個細細的漢字：「大援已到，今晚脫險。」蕭峯哼的一聲，搖了搖頭。阿紫說道：「咱們這次發兵，軍馬可眞不少，士強馬壯，自然旗開得勝，馬到成功，你休得擔憂。」蕭峯道：「我就是爲了不願多傷生靈，皇上才將我囚禁。」阿紫道：「要打勝仗，靠的是神機妙算，豈在多所殺傷。」

蕭峯向另外三名說客瞧去時，見那三人或搖摺扇，或舉大袖，遮遮掩掩的，不以面目示人，自是阿紫約來的幫手了。蕭峯嘆了口氣，道：「你們一番好意，我也甚是感激，不過敵人防守嚴密，攻城掠地，殊無把握……」

話猶未了，忽聽得幾名親兵大叫：「毒蛇，毒蛇！那裏來的這許多蛇！」只見廳門窗格之中，無數毒蛇湧進，昂首吐舌，蜿蜒而來，廳中登時大亂。蕭峯心中一動：「瞧這些毒蛇陣勢，倒似是我丐幫兄弟親在指揮一般！」

眾親兵提起長矛、腰刀，紛紛拍打。親兵管帶叫道：「伺候蕭大王的眾親兵不得移動一步，違令者斬！」這管帶極是機警，見羣蛇來得怪異，只怕一亂之下，蕭峯乘機脫逃。圍在鐵籠外的眾親兵果然屹立不動，以長矛矛尖對準了籠中蕭峯，但各人的目光卻不免斜過去瞧那些毒蛇，蛇兒遊得近了，自是提起長矛拍打。

正亂間，忽聽得王府後面一陣喧嘩：「走水啦，快救火啊，快來救火！」那管帶喝道：「凱虎兒，去向指揮使大人請示，是否移走蕭大王！」凱虎兒是名百夫長，應聲轉身，正要奔出，忽聽有人在廳口厲聲喝道：「莫中了奸細的調虎離山之計，若有人劫獄，先將蕭峯一矛刺死。」正是御營都指揮使。他手提長刀，威風凜凜的站在廳口。

突然青影一閃，有人將一條青色小蛇擲向他面門。那指揮使舉刀去格，嗤嗤之聲不絕，有人射出暗器，大廳中燭火全滅，登時漆黑一團。那指揮使「啊」的一聲大叫，身中暗器，向後便倒。

阿紫從袖中取出寶刀，伸進鐵籠，喀喀喀幾聲，砍斷了蕭峯鐵鐐上的鐵鍊。蕭峯心想：「這獸籠的鋼欄極粗極堅，只怕再鋒利的寶刀也難砍斬。」便在此時，忽覺腳下的土地突然陷下。阿紫在鐵籠外低聲道：「從地道逃走！」跟著蕭峯雙足爲地底下伸上來的一雙手握住，向下一拉，身子已給扯下，卻原來大理國的鑽地能手華赫艮到了。他以十餘日的功夫，打了一條地道，通到蕭峯的鐵籠之下。

華赫艮拉著蕭峯，從地道內倒爬出來，爬行之速，便如在地面行走，頃刻間爬出百餘丈，扶著蕭峯站起，從洞中鑽出。只見洞口三個人滿臉喜色的爬上來，竟是段譽、范驊、和巴天石。段譽叫道：「大哥！」撲上抱住蕭峯。

蕭峯哈哈一笑，道：「久聞華司徒神技，今日親試，佩服，佩服。」

華赫艮喜道：「得蒙蕭大王金口一讚，實是小人生平第一榮華！」

此處離南院大王府未遠，四下裏都是遼兵喧嘩叫喊之聲。但聽得有人吹著號角，騎馬從屋外馳過，大叫：「敵人攻打東門，御營親兵駐守原地，不得擅離！」范驊道：「蕭大王，咱們從西門衝出去！」蕭峯點頭道：「好！阿紫他們脫險沒有？」

范驊尚未回答，阿紫的聲音從地洞口傳了過來：「姊夫，你居然還惦記著我。」聲音中充滿了喜悅。喀喇一響，便從地洞中鑽上，頦下兀自黏著鬍子，滿頭滿臉都是泥土灰塵，污穢之極。但蕭峯眼中瞧來，自從認識她以來，實以此刻最美。她拔出寶刀，要給蕭峯削去銬鍊。但銬鍊貼肉鎖住，刀鋒稍歪，便會傷到皮肉，不易切削，她將寶刀交給段譽道：「哥哥，你來削。」段譽接過寶刀，內力到處，切鐵鑄如削敗木。

這時地洞中又鑽上來三人，一是鍾靈，一是木婉清，第三個是丐幫的一名八袋弟子，是弄蛇能手，適才大廳上羣蛇亂竄，便是他鬧的玄虛。這人見蕭峯安然無恙，喜極流涕，道：「幫主，你老人家……」

蕭峯久已沒聽到有人稱他爲「幫主」，見到這丐幫弟子的神情，心下也自傷感，說道：「這可難爲你了。」他一言嘉獎，那八袋弟子又感激，又覺榮耀，淚水直落下來。

范驊道：「大理國人馬已在東門動手，咱們乘亂走罷！蕭大王最好別出手，以免給人認了出來。」蕭峯道：「甚是！」九人從大門中衝出。蕭峯回頭望去，原來那是一座殘敗的瓦屋，外觀半點也不起眼。阿紫以契丹話大叫：「走水啦！走水啦！」范驊、華赫艮等學著她的聲音，跟著大叫。范驊、巴天石等見街上沒遼兵，便到處縱火，霎時間燒起了七八個火頭。

九人逕向西奔。段譽等早已換上契丹人裝束，這時城中已亂成一團，倒沒人注目，有時聽到大隊契丹騎兵追來，九人便在陰暗的屋角一躲。奔出十餘條街，只聽得北方號角響起，人聲喧嘩，大叫：「不好了，敵兵攻破北門，皇上給敵人擄了去啦！」

蕭峯吃了一驚，停步道：「遼帝被擒麼？三弟，遼帝是我結義兄長，他雖對我不仁，我卻不能對他不義，萬萬不可傷他……」阿紫笑道：「姊夫放心，這是靈鷲宮屬下三十六洞洞主、七十二島島主，我教了他們這幾句契丹話，叫他們背得熟了，這時候來大叫大嚷，大放謠言，擾亂人心。南京城中駐有重兵，皇帝又有萬餘親兵保護，怎擒得了他？」蕭峯又驚又喜，道：「二弟的屬下也都來了麼？」

阿紫道：「豈但小和尚的屬下而已，小和尚自己來了，連小和尚的老婆也來了。」蕭峯奇問：「甚麼小和尚的老婆？」阿紫笑道：「姊夫你不知道，虛竹子的老婆，便是西夏國公主，只不過她的臉始終用面幕遮著，除了小和尚之外，誰也不讓瞧。我問小和尚：『你老婆美不美？』小和尚總笑而不言。」

蕭峯在外奔逃之際，忽然聞此奇事，不禁頗爲虛竹慶幸，向段譽瞧了一眼。段譽笑道：「大哥不須多慮，小弟毫不介懷，二哥也不算失信。這件事說來話長，咱們慢慢再說。」

說話之間，衆人又奔了一段路，見前面廣場上一座高台大火燒得甚旺，台前旗桿上兩面大旗也都著火焚燒。蕭峯知這廣場是南京城中的大校場，乃遼兵操練之用，不知何時搭了這座高台，自己竟然不知。

巴天石對段譽道：「陛下，燒了遼帝的點將台、帥字旗，於遼軍大大不吉，耶律洪基伐宋之行，只怕要另打主意了。」段譽點頭道：「正是。」

蕭峯聽他口稱「陛下」，而段譽點了點頭，心中又是一奇，道：「三弟，你……你做了皇帝嗎？」段譽黯然道：「先父不幸中道崩殂，皇伯父避位爲僧，在天龍寺出家，命小弟接位。小弟無德無能，居此大位，實在慚愧得緊。」

蕭峯驚道：「啊喲，伯父去世了？三弟！你是大理國一國之主，如何可以身入險地，爲了我而干冒奇險？若有絲毫損傷，我……我……如何對得起大理全國軍民？」

段譽嘻嘻一笑，說道：「大理乃僻處南疆的一個小國，這『皇帝』二字，更是僭號。小弟胡裏胡塗，望之不似人君，怎有半點皇帝的味道？給人叫一聲『陛下』，委實慚愧。咱倆情逾骨肉，豈有大哥遭厄，小弟不來與大哥有難同當之理？」

范驊道：「蕭大王這次苦諫遼帝，勸止伐宋。敝國上下，無不同感大德。遼帝倘若取得大宋，第二步自然來取大理。敝國兵微將寡，如何擋得住契丹精兵？蕭大王救大宋便是救大理，大理縱然以傾國之力爲大王效力，也屬理所當然。」

蕭峯道：「我是個一勇之夫，不忍兩國攻戰，多傷人命，豈敢自居甚麼功勞？」

正說之間，忽見南城火光衝天而起，一羣羣百姓拖男帶女，夾在兵馬間湧了過來，都道：「南朝少林寺的和尙連同無數好漢，攻破南門。」又有人道：「南院大王蕭峯作亂，降了宋朝，已將大遼皇帝殺了。」更有幾名契丹人咬牙切齒的道：「蕭峯叛國投敵，咱們恨不得咬他的肉來吞入肚裏。」一人慌慌張張的問道：「萬歲爺眞給蕭峯這奸賊害死了麼？」另一人道：「怎麼不眞？我親眼見到蕭峯騎了匹白馬，衝到萬歲身前，一槍便在萬歲爺胸口刺了個窟窿。」另一個老者道：「蕭峯這狗賊爲甚麼恁地沒良心？他到底是咱們契丹人，還是漢人？」一個漢子道：「聽說他是假扮契丹人的南朝蠻子，這狗賊奸惡得緊，眞連禽獸也不如！」

阿紫聽得這些人怒罵蕭峯，怒從心起，舉起馬鞭，便向身旁那契丹人抽去，蕭峯舉手一擋，格開鞭子，搖了搖頭，低聲道：「且由得他們說去。」又問：「眞的有少林寺衆高僧到來麼？」

那八袋弟子道：「好教幫主得知：段姑娘從南京出來，便遇到本幫吳長老，說起幫主爲了大宋江山與千萬百姓，力諫遼帝侵宋，以致爲遼國所囚，吳長老不信，說幫主旣是遼人，豈有心向大宋之理？當下潛入南京親自打聽，才知段姑娘所言不虛。吳長老當即傳出本幫『青竹令』，將幫主的大仁大義遍告中原各路英雄。中原武林爲幫主的仁義所感，由少林衆高僧帶頭，一起援救幫主來了。」

蕭峯想起當日在聚賢莊上與中原羣雄爲敵，殺了不少英雄好漢，今日中原羣雄卻來相救自己，心下又難過，又感激。

阿紫道：「丐幫衆化子四下送信，消息傳得還不快嗎？啊喲，不好，可惜，可惜！」段譽問道：「可惜甚麼？」阿紫道：「我那座神木王鼎，在大廳中點了香引蛇，匆匆忙忙的忘了帶出來。」段譽笑道：「這種旁門左道的東西，忘了就忘了，帶在身邊幹甚麼？」阿紫道：「哼，甚麼旁門左道？沒這件寶貝，那許多毒蛇便不會進來得這麼快，姊夫也沒這麼容易脫身啦。」

說話間，只聽得乒乒乓乓，兵刃相交之聲不絕，火光中見無數遼兵正互相格鬥。蕭峯奇道：「咦，怎麼自己人……」段譽道：「大哥，頭頸中縛了塊白巾的是咱們的人。」阿紫取過一塊白布，遞給蕭峯，道：「你繫上罷！」

蕭峯一瞥間，見衆遼兵難分敵我，不知去殺誰好。亂砍亂殺之際，往往眞遼兵自相殘殺。那些頸縛白巾的假遼兵，卻一刀一槍都招呼在遼國的兵將身上。蕭峯眼見遼人一個個血肉橫飛，屍橫就地，拿著白布，不禁雙手發顫，心中有個聲音在大嚷：「我是契丹人，不是漢人，我是契丹人，不是漢人！」這塊白布說甚麼也繫不到自己頸中。

便在此時，軋軋聲響，兩扇厚重的城門緩緩開了，段譽和范驊擁著蕭峯，一衝而出。城門外火把照耀，無數丐幫幫衆牽了馬匹等候，眼見蕭峯衝出，登時歡聲如雷：「喬幫主！喬幫主！」火光燭天，呼聲動地。

只見兩條火龍分向左右移動，一乘馬在其間直馳而前，馬上一個老丐雙手高舉頭頂，端著那根丐幫幫主的信物打狗棒，正是吳長老。他馳到蕭峯身前，滾鞍下馬，跪在地上，說道：「吳長風受衆兄弟之託，將本幫打狗棒歸還幫主。我們實在胡塗該死，豬油蒙了心，冤枉好人，累得幫主受了無窮困苦。大夥兒豬狗不如，只盼幫主大人不記小人過，念著我們是一羣沒爹沒娘的孤兒，重來做本幫之主，大夥兒受了奸人煽惑，說幫主是契丹胡狗，眞該死之極，大夥兒已將那奸徒全冠淸亂刀分屍，爲幫主出氣。」說著將打狗棒遞向蕭峯。

蕭峯心中一酸，說道：「吳長老，在下確是契丹人。多承各位重義，在下感激不盡，幫主之位，卻萬萬不能當。」說著伸手扶起吳長風。

吳長風臉色迷惘，抓頭搔耳，說道：「你……你又說是契丹人？你……你定然不肯做幫主，喬幫主，我們大夥兒都認錯賠罪啦！你瞧開些罷，別再見怪了！」

但聽得城內鼓聲響起，有大隊遼兵便要衝出。段譽叫道：「吳長老，咱們快走，遼兵勢大，一結成了陣勢，可抵擋不住。」

蕭峯也知丐幫和中原羣雄所以一時佔得上風，只不過攻了對方個措手不及，倘若眞和遼兵硬鬥，千百名江湖漢子，如何能是數萬遼國精銳之師的敵手？何況這一仗打起來，雙方死傷均重，大違自己本願，便道：「吳長老，幫主之事，慢慢再說不遲。你快傳令，命衆兄弟向西退走。」

吳長老道：「是！」傳下號令，丐幫幫衆後隊作前隊，向西疾馳。不久虛竹率領著靈鷲宮屬下諸女，以及三十六洞、七十二島的異士，殺過來與衆人會合。奔出數里後，大理國的衆武士在傅思歸、朱丹臣等人率領下也趕到了。但少林羣僧和中原羣豪卻始終未到。隱隱聽得南京城中殺聲大起。

蕭峯道：「少林派和中原豪傑在城中給截住了，咱們稍待片刻。」過了半晌，城中殺喊聲越來越響。段譽道：「大哥在此稍待，我去接應他們出來。」領著大理眾武士，回向南京城。

其時天色漸明，蕭峯心下憂慮，不知中原羣豪能否脫險，但聽得殺聲大振，大理國眾武士回衝，過了良久，始終不見羣豪脫身來聚。

丐幫一名探子飛馬來報：「數千名鐵甲遼兵堵住了西門，大理國武士衝不進去，中原羣豪也衝不出來。」虛竹右手一招，叫道：「咱們靈鷲宮去打個接應。」領著兩千餘名三山五嶽的好漢、靈鷲九部諸女，衝回來路。

蕭峯騎在馬上，遙向東望，但見南京城中濃煙處處，東一個火頭，西一個火頭，不知已亂成怎麼一副樣子。等了半個時辰，又有一名探子來報：「大理段皇爺和靈鷲宮虛竹子先生殺開一條血路，已衝進城中去了。」

以往遇有戰鬥，蕭峯必定身先士卒，這一次他卻遠離戰陣，空自焦急關心，甚為不耐，說道：「我去瞧瞧！」阿紫、木婉清、鍾靈三女齊勸：「遼人只欲得你而甘心，千萬不可去冒險。」蕭峯道：「不妨！」縱馬而前，丐幫幫眾隨後跟來。

到得南京城西門外，只見城牆下、城牆頭、護城河兩岸伏著數百名死屍，有些是遼國兵將，也有不少是段譽和虛竹二人的下屬。城門將閉未閉，兩名島主手揮大刀守在城門邊，正猛砍衝過來的遼兵，不許關閉城門。

忽聽得南首、北首蹄聲大作，蕭峯驚道：「不好，大隊遼兵分從南北包抄，咱們可別困在這裏。」搶過一柄鐵槍折斷了，飛身躍起，槍頭在城牆上一戳，借力再躍，槍頭又在城牆上一戳，幾下縱躍，上了城頭，向城內望去時，只見西城方圓數里之間，東一堆，西一堆，中原豪傑給無數遼兵分開了圍攻，幾乎已成各自爲戰之局。羣豪武功雖強，但每一人要抵擋七八人至十餘人，鬥得久了，總不免寡不敵衆。

蕭峯站在城頭，望望城內，又望望城外，心中爲難萬分；羣豪爲搭救自己而來，總不能眼睜睜瞧著他們一個個死於遼兵刀下，但若躍下相救，那便公然和遼國爲敵，成了叛國助敵的遼奸。逃出南京，那是去國避難，旁人不過說一聲「蕭峯不忠」，可是反戈攻遼，卻變成極大的罪人了。

蕭峯行事向來乾脆爽淨，決斷極快，這時卻當眞進退維谷，一瞥眼間，見城牆邊七八名契丹武士圍住了兩名少林老僧狠鬥。一名少林僧手舞戒刀，口中噴血，顯已身受重傷，蕭峯凝神去看，認得他是玄鳴；另一名少林僧揮動禪杖拚命掩護，乃是玄石。兩名遼兵揮動長刀，砍向玄鳴。玄鳴重傷之下，無力擋架。玄石倒持禪杖，杖尾反彈上來，將兩柄長刀撞回。猛聽得玄鳴「啊」的一聲大叫，左肩中刀，玄石橫杖過去，將那遼兵打得筋折骨裂，但這一來胸口門戶大開，一名契丹武士舉矛直進，刺入玄石小腹。玄石禪杖壓落，那契丹武士登時頭骨粉碎，竟尚比他先死片刻，玄鳴戒刀亂舞，已不成招數，眼淚直流，大叫：「師弟！師弟！」

蕭峯只瞧得熱血沸騰，大叫：「蕭峯在此，要殺便來殺我，休得濫傷無辜！」從城頭躍下，雙腿起處，人未著地，已將兩名契丹武士踢飛，左足一著地，隨即拉起玄鳴，右手接過玄石的禪杖，叫道：「在下援救來遲，當眞罪孽深重。」揮禪杖將兩名契丹武士震開數丈。

玄石苦笑道：「我們誣指居士是契丹人，罪孽更大，善哉，善哉！如今水落石……」下面這「出」字沒吐出口，頭一側，氣絕而死。

蕭峯護著玄鳴，向左側受人圍攻的幾個大理武士衝去。遼國兵將見南院大王突然現身，都不由得膽怯，蕭峯舞動禪杖，遠挑近打，雖不傷人性命，但遇上者無不受傷。衆遼兵紛紛退開，蕭峯左衝右突，頃刻間已將二百餘人聚在一起。他朗聲叫道：「衆位千萬不可分開。」率領了這二百餘人四下遊走，一見有人被圍，便即迎上，將被圍者接出，猶似滾雪球一般，越滾越大，到得千人以上時，遼兵已無法阻攔。當下蕭峯和虛竹、段譽，以及少林寺玄渡大師所率的中原羣豪聚在一起，衝向城門。

蕭峯手持禪杖，站在城門邊上，讓大理國、靈鷲宮、中原羣豪三路人馬一一出城。

遼國兵將眼見蕭峯神威凜凜的守住城門，都遠遠站著吶喊，竟沒人膽敢上前追殺。

蕭峯直待眾人退盡，這才最後出城，出城門時回頭望去，但見屍骸重疊，這一戰不知已殺傷了多少性命，見兩名靈鷲宮的女將倒在血泊中呻吟滾動，蕭峯回進城門，抓著二女的背心提出。

猛聽得鼓聲如雷，兩隊騎兵分從南北殺來，蕭峯登時氣沮，這兩隊騎兵每一隊都在萬人以上，己方久戰之後，不是受傷，便已疲累，如何抵敵？叫道：「丐幫眾兄弟斷後！將坐騎讓給受了傷的朋友們先退！」丐幫幫眾大聲應諾，紛紛下馬，蕭峯又叫：「結成打狗大陣！」羣丐口唱「蓮花落」，排成一列列人牆。蕭峯叫道：「玄渡大師、二弟、三弟，快率領大部朋友向西退卻，讓丐幫斷後！」

日光初升，只照得遼兵的矛尖刀鋒，閃閃生輝，數萬隻鐵蹄踐在地上，直是地搖山動。虛竹和段譽見了遼兵的兵勢，知丐幫的「打狗大陣」無論如何抵擋不住，二人分站蕭峯左右，說道：「大哥，咱們結義兄弟，有難同當，生死與共！」蕭峯道：「那你快叫本部人馬退去！」

虛竹、段譽分別傳令。豈知靈鷲宮的部屬固不肯捨主人而去，大理國的將士也決不肯讓皇帝身居險地，自行退卻。眼見遼兵越衝越近，射來弩箭已落在蕭峯等人十餘丈外，玄渡本已率領中原羣豪先行退開，這時羣豪見情勢凶險，竟有數十人奔回助戰。

蕭峯暗暗叫苦，心想：「這些人個別武功雖高，聚在一起，卻是一羣烏合之衆，不諳兵法部署，如何與遼兵相抗？我一死不打緊，大夥兒都給遼兵聚殲於南京城外，那可……那可……」

正沒做理會處，突然間遼軍陣中鑼聲急響，竟鳴金退兵，正自疾衝而來的遼兵聽到鑼聲，當即帶轉馬頭，後隊變前隊，分向南北退下。蕭峯大奇，不明所以，卻聽得遼軍陣後喊聲大振，又見塵沙飛揚，竟是另有軍馬襲擊遼軍背後，蕭峯更是奇怪：「怎麼遼軍陣後又有軍馬，難道有人作亂？皇上腹背受敵，只怕情勢不妙。」他見遼軍遭困，不由自主的又關心耶律洪基。

蕭峯躍上馬背，向遼軍陣後瞧去，只見一面面白旗飄揚，箭如驟雨，遼兵紛紛落馬。蕭峯恍然大悟：「啊，是我的女眞部族朋友到了，不知他們如何竟會得知訊息？」

女眞獵人箭法了得，勇悍之極，每一百人爲一小隊，跨上劣馬，荷荷呼喊，狂奔急衝，霎時間便衝亂了遼兵陣勢。女眞部族人數不多，但驍勇善戰，更攻了個遼兵出其不意。遼軍統帥見軍勢不利，又恐蕭峯統率人馬上前夾攻，忙收兵入城。

范驊是大理國司馬，精通兵法，見有機可乘，忙向蕭峯道：「蕭大王，咱們快衝殺過去，這時正是破敵良機。」蕭峯搖了搖頭。范驊道：「此處離雁門關甚遠，若不乘機擊破遼兵，大有後患。敵衆我寡，咱們未必能全身而退。」蕭峯又搖了搖頭。范驊大惑不解，心想：「蕭大王不肯趕盡殺絕，莫非還想留下他日與遼帝修好餘地？」

煙塵中一羣羣女眞人或赤裸上身、或身披獸皮，乘馬衝殺而來，利箭嗤嗤射出，當者披靡。遼軍後隊千餘人未及退入城中，都給女眞人射死在城牆之下。女眞人剃光了前邊頭皮，腦後拖著一條辮子，個個面目猙獰，滿身濺滿鮮血，射死敵人之後，隨即揮刀割下首級，掛在腰間，有些人腰間纍纍的竟掛了十餘個首級，羣豪在江湖上見過的凶殺著實不少，但如此兇悍殘忍的蠻人卻第一次見到，無不駭然。

一名高大的獵人站在馬背之上，大聲呼叫：「蕭大哥，蕭大哥，完顏阿骨打幫你打架來了！」蕭峯縱騎而出，兩人四手相握。

阿骨打喜道：「蕭大哥，那日你不別而行，兄弟每日記掛，後來聽探子說你在遼國做了大官，倒也罷了，但想遼人奸猾，你這官只怕做不長久。果然日前探子報道：你讓那狗娘養的皇帝關在牢裏，兄弟忙帶人來救，幸好哥哥沒死沒傷，兄弟好歡喜。」蕭峯道：「多謝兄弟搭救！」一言未畢，城頭上弩箭紛紛射落，兩人距離城牆尙遠，弩箭射他們不著。

阿骨打怒喝：「契丹狗子，我自和哥哥說話，卻來打擾！」拉開長弓，嗤嗤嗤三箭，自城下射了上去，只聽得三聲慘呼，三名遼兵中箭，自城頭翻落。遼兵射他不到，他的強弓硬箭卻能及遠，三發三中，城頭上衆遼兵齊聲發喊，紛紛收弦，豎起盾牌。但聽得城中鼓聲鼕鼕，遼軍又在聚兵點將。

阿骨打大聲道：「衆兒郎聽著，契丹狗子又要鑽出狗洞來啦，咱們再來殺一個痛快。」女真人大聲鼓噪，有若萬獸齊吼。

蕭峯心想這一仗倘若再打上了，雙方死傷必重，忙道：「兄弟，你前來救我，此刻我已脫險，何必再跟人廝打？你我多時不見，且到個安靜所在，兄弟們飲個大醉。」完顏阿骨打道：「也說得是，咱們走罷！」

卻見城門大開，一隊鐵甲遼兵騎馬急衝出來。阿骨打罵道：「殺不完的契丹狗子！」彎弓搭箭，一箭颼的射出，正中當先那人臉孔，登時撞倒下馬。其餘女真人也紛紛放箭，都是射向遼兵臉面，這些人箭法既精，箭頭上又餵了劇毒，中者哼也沒哼一聲，立即斃命。片刻間城門口倒斃了數百人，人馬甲胄，堆成個小丘，將城門堵塞住了。其餘遼兵只嚇得心膽俱裂，緊閉城門，再也不敢出來。

完顏阿骨打率領族人，在城下耀武揚威，高聲叫罵。蕭峯道：「兄弟，咱們去罷！」阿骨打道：「是！」戟指城頭，高聲叫道：「契丹狗子聽了，幸好你們沒傷到我蕭大哥一根寒毛，今日便饒了你們性命。否則我拆了城牆，將你們契丹狗子一個個都射死得硬硬的！」

當下與蕭峯並騎向西，馳出十餘里，上了一個山丘。阿骨打跳下了馬，從馬旁取下皮袋，遞給蕭峯，道：「哥哥，喝酒。」蕭峯接了過來，骨嘟嘟的喝了半袋，還給阿骨打。阿骨打將餘下的半袋都喝了，說道：「哥哥，不如便和兄弟共去長白山邊，打獵喝酒，逍遙快活。」

蕭峯深知耶律洪基的性情，他今日在南京城下爲完顏阿骨打打敗，又給他狠狠辱罵了一番，大失顏面，定然不肯就此罷休，非提兵再來相鬥不可。女眞人雖勇悍，究竟人少，勝敗實未可料，終究以避戰爲上，須得幫他們出些主意，又想起在長白山下的那段日子，除了爲阿紫治傷外，再無他慮，更沒爭名爭利之事，此後在女眞部中安身，倒也免卻了無數煩惱，便道：「兄弟，這些中原來的英雄豪傑，都是爲救我而來，我將他們送到雁門關後，再來和兄弟相聚。」

阿骨打大喜，說道：「中原南蠻囉裏囉唆，多半不是好人，我也不願和他們相見。」說著率領著族人，向北而去。

中原羣豪見這羣番人來去如風，剽悍絕倫，均想：「這羣番人比遼兵還要厲害，幸虧他們是喬幫主的朋友，否則可眞不好惹！」

各路人馬漸漸聚在一起，七張八嘴，紛紛談論適才南京城下的這場惡戰。

蕭峯躬身到地，說道：「多謝各位大仁大義，不念蕭某舊惡，千里迢迢趕來相救，此恩此德，蕭某永難相報。」

玄渡道：「喬幫主說那裏話來？以前種種，皆因誤會而生。武林同道，患難相助，理所當然。何況喬幫主為了中原的百萬生靈，不顧生死安危，捨卻榮華富貴，仁德澤被天下，大家都要感謝喬幫主才是。」

范驊朗聲道：「眾位英雄，在下觀看遼兵之勢，恐怕輸得不甘，還會前來追擊，不知眾位有何高見？」羣雄大聲叫了起來：「這便跟遼兵決一死戰，難道還怕了他們不成！」范驊道：「敵眾我寡，平陽交鋒，於咱們不利。咱們還是西退，一來和宋兵隔得近了，好歹有個接應；二來敵兵追得越遠，人數越少，咱們便可乘機反擊。」

羣豪齊聲稱是。當下虛竹率領靈鷲宮下屬為第一路，段譽率領大理國兵馬為第二路，玄渡率領中原羣豪為第三路，蕭峯率領丐幫幫眾斷後。四路人馬，每一路之間相隔不過數里，探子騎著快馬來回傳遞消息，若有敵警，便可互相應援。

迤邐行了一日。當晚在山間野宿，虛竹不放心，帶了四女過來探視蕭峯、段譽。丐幫中吳長風等與蕭峯睽別已久，好生依戀，過來坐在蕭峯背後，雖不說話，看著他的背影，卻也覺得心中甚為喜慰。

蕭峯忽問：「吳長老，游坦之再不算是丐幫中人了，是不是？」吳長老忙站起身來，恭恭敬敬的道：「稟告幫主，我們已把這鐵頭小子趕得遠遠的，沒殺了他，算他運氣。」蕭峯嘆道：「長風，我已不是丐幫幫主。不過你仍是我的好兄弟。」

吳長風撲地跪下，說道：「幫主，你老人家如不原諒我們，不來作咱們幫主，小人寧可退出丐幫，去做個遊魂野鬼。」

蕭峯道：「不是我不肯，的的確確，我是契丹人。不管你們要奉誰做幫主，這『打狗棒法』和『降龍廿八掌』，我非傳他不可。」他沉吟半晌，叫道：「二弟！」虛竹應道：「是。」蕭峯道：「你我義結金蘭，我歡喜得很，可是大哥沒甚麼好處給你，卻要你做一件大大的難事。」

虛竹道：「大哥儘管吩咐，只要小弟力所能及，說甚麼也給你辦到。」

蕭峯道：「如此多謝了。我是契丹人，丐幫卻是大宋的幫派，我是不能再當幫主了。」虛竹暗暗叫苦，心道：「莫非你要叫我做叫化頭兒？這可要了我小命啦。但我已答允在先，卻推托不得，那便如何是好？」

卻聽蕭峯說道：「丐幫如要推一位英雄出任幫主，一時之間未必便能找到合適人才，依照祖傳規矩，丐幫幫主必須會得『打狗棒法』和『降龍廿八掌』兩門功夫。二弟，我想煩你先學會了，日後轉而傳給繼任的幫主。要學這兩門功夫，必須武功精熟，悟性極強。三弟不喜學武，環顧這裏許多朋友，只有你最適合。」

虛竹一聽大喜，心想只要不是叫自己去做丐幫幫主，學兩門武功，有何難哉？當日受童姥逼迫，不知學了多少門武功，再學幾門，毫不足道，便即欣然答允，說道：「大哥，請你指點，做兄弟的必定不負所託，原原本本的轉授給日後的幫主。」

衆人見蕭峯要傳功與虛竹，當即紛紛告退。蕭峯拿過打狗棒來，將棒法要訣說了給他聽。虛竹記心甚好，人又靈悟，且有小無相功根基，「打狗棒法」雖難，卻也難不過天山折梅手、天山六陽掌等高深武功。虛竹於不懂之處詳細請問，再拿起竹棒試演，蕭峯直教了一個多時辰，虛竹也就會了。

蕭峯跟著傳他「降龍廿八掌」，這是一門高深武學，既非至剛，又非至柔，兼具儒家與道家的兩門哲理。虛竹過去所學少林武功以陽剛為主，逍遙派功夫則偏重以柔克剛，兩者凝合，甚為不易。蕭峯耐心解釋，說到第十八掌時，天已大明。

蕭峯道：「二弟，你就算沒本來武功，單只學這一十八掌，也足可與天下英雄爭雄。以後這十掌，變化繁複，威力卻遠不如頭上的十八掌。我平日細思，常覺最後這十掌似有蛇足之嫌，它的精要之處，已盡數包含於前面的十八掌之中。只因降龍廿八掌是我恩師汪劍通所傳，且是丐幫百餘年的傳承，我不便自行削減。『降龍廿八掌』的精義，乃是『有餘不盡』四字，一掌之出，必須留有餘力。不管對方擊來的拳掌如何剛猛有力、勢若雷霆，我總之應以一招行有餘力。使那『降龍廿八掌』時，心中總須想到：對方毒龍有八十條、一百條，降服了一條又有一條，去了十條，還有二十條，然我的掌力始終無盡無漏，那就永遠立於不敗之地了。」

虛竹喜道：「多謝大哥指點。其實『亢龍有悔』這一招，大哥說必須擊敵三分，留力七分，便已道出了『降龍廿八掌』的精要。」蕭峯擊掌道：「對，對！日後有便，咱倆再互相研討。我看二弟的靈鷲宮武功之中，也有大可借鑒之處。賢弟，你是丐幫的大恩人，日後選定幫主之時，那人的人品才幹，賢弟旁觀者淸，也要請你多拿些主意。」虛竹點頭答應。

過得多年，丐幫中出了一位少年英雄，爲人穩重能幹，人緣甚佳，羣丐公議，推之爲主。各人尊重蕭峯原意，送此人去靈鷲宮，先由虛竹考核認可，再傳他「打狗棒法」及「降龍十八掌」。這少年幫主不負所托，學得神功，又將丐幫整頓得蒸蒸日上，竟爾中興，丐幫自此便視靈鷲宮爲恩人。丐幫這兩門祖傳武功，雖說「降龍廿八掌」少了十掌，但經蕭峯與虛竹兩位大高手刪削重複，更顯精要，威力非但不弱於原來的廿八掌，反而有所勝過，成爲武林中威震天下的高明武學。

次晨蕭峯與虛竹也不休息，與大隊偕行。蕭峯問阿紫道：「那位游君還在靈鷲宮中麼？」阿紫小嘴一撇，說道：「誰知道呢？多半是罷，他瞎著雙眼，又怎能下山？」語意中對他沒半分關懷之情。

這日夜晚，蕭峯與丐幫羣雄在山道邊一處曠地野宿，蕭峯讓阿紫睡在自己身畔，在她身上蓋了幾條毛氈，阿紫眉花眼笑，暖暖的睡得甚是舒服。蕭峯續向虛竹講述「打狗棒法」與「降龍十八掌」中的精義。段譽依戀結義兄長，也過來相聚。

正說話間，只見山道上快步走來四個女子，正是梅蘭竹菊四劍。四女走到虛竹面前，梅劍稟道：「主人，主母娘娘說道要來拜見義兄、義弟，請您允准。」原來虛竹率領靈鷲宮九天九部好手，以及三十六洞、七十二島部屬前來遼國營救蕭峯，銀川公主掛慮丈夫的安危，堅持同行，梅蘭竹菊四劍隨在銀川公主身畔護衛。

虛竹笑道：「好極，好極！我親自去陪她過來，自己兄弟，早該廝見了，這幾天忙著傳功，竟把這件大事給忘了。」向四女來路快步奔去。蕭峯笑道：「二弟他夫妻二人相互間客氣得很。」阿紫也笑道：「小和尚跟老婆是相敬如賓！」

只見虛竹趕了一輛騾車過來，車中先走出一名綠衣宮女，段譽認得便是在西夏皇宮中接見賓客的那個十分怕羞的宮女。她搬過一隻鋪著紅氈的踏腳小凳，放在車前。只聽得車中環珮聲響，跨出一位衣飾華貴、臉垂面幕的貴婦人來，向蕭峯、段譽盈盈拜倒，說道：「小妹西夏李氏，拜見大哥、三弟。」蕭峯和段譽忙跪倒還禮，連稱：「不敢當，二嫂請起。」

貴婦人站起身來，那宮女從車中取出一張錦凳放好，貴婦人又彎腰為禮，這才坐下，款款說道：「先前承蒙大哥、三弟駕臨興州，陪我夫郎前來求親，得締良緣，小妹感激不盡。」

蕭峯道：「二弟妹不必多禮。這次你陪同二弟前來南京，救我脫險，我更十分感激。咱們是情同骨肉的兄弟，不管是你幫了我，還是我幫了你，都是該的。」

貴婦人道：「大哥說得豪爽，一切原是理所當然。小妹姓李，閨名叫作清露。大家既是自己人，該當說與大哥、三弟知道。幾時請大哥、三弟到靈鷲宮來大飲三日三晚，小妹給大哥、三弟斟酒，那時自當揭去面幕相見。此刻人多，小妹面嫩，怕見生人，請恕不揭面幕了。」

阿紫搶著道：「二嫂，到了靈鷲宮，你除下面幕，我也要瞧的。人人都說你花容月貌，世間無雙，世上就只小和尚一個兒見到，太可惜了！」李清露微笑道：「我遠沒妹子好看，你才是花容月貌呢。」阿紫扁扁嘴道：「假的！」

李清露轉頭向段譽道：「三弟，你二哥說道，他曾答允過令尊大人，幫你來西夏求親，然而他跟我先前本就相識，那是命中注定的姻緣，你雖顧全結義之情，毫不見怪，但他終是好生不安。三弟，聽說你有位意中人王姑娘，才貌勝我十倍。這位王姑娘，說起來還是我的表妹。」

段譽長長嘆了口氣，說道：「這世界上，甚麼親戚都撞在一起啦！王姑娘是我爹爹的女兒，是我的妹子，就跟阿紫一樣……」阿紫笑道：「小哥哥，幸好我沒愛上你，你也沒愛上我！」

李清露道：「我們本是鮮卑跖跋人，原來姓元，姓李是唐朝皇帝的賜姓，到了宋朝，卻改爲賜姓趙了。因此我祖父、祖母雖然都姓李，卻可結親。三弟，你身邊沒個合適的人服侍，我跟你二哥商量了，我這個小宮女，叫作『曉蕾』。」說著伸出纖纖素手，指向那綠衣宮女，又道：「從小跟著我，琴棋書畫都會，也會一點兒武功。她爲人溫柔賢慧，忠誠可靠，我一直待她如自己妹子一樣，以後就讓她跟著你了。」

曉蕾聽到一半，便已滿臉通紅，提起衣袖遮住了臉。

段譽拜倒叩頭，說道：「多謝二哥二嫂，只不知曉蕾姑娘是否捨得離開你們？」

李清露道：「三弟快請起。我們只求她向你補報，否則內心有愧。」段譽道：「曉蕾姑娘要是不棄，願隨我去大理，我就封她爲郡主娘娘，也是我的妹子。」李清露笑道：「曉蕾是給你做妃子的，你怎麼不要？」段譽笑道：「能做妃子，我自然求之不得，但總要她眞心情願才成。要是她瞧中了我們大理國那一位王公貴官、少年英雄，我就招他爲郡馬，不用問三個問題，讓他們拜天、拜地、拜哥哥，就成了親。」

李清露知他說的是當日問三件事的往事，臉也紅了，笑道：「曉蕾，你這個哥哥，人品英俊瀟洒，性格文雅和順，今後你一心一意跟著他罷。」曉蕾低垂了頭，說道：「公主，你待我恩重如山，你叫我做甚麼，我就做甚麼。」

李清露笑吟吟的瞧著二人，忽然想起一事，俯身到虛竹耳邊，低聲說了幾句話。虛竹連連點頭，說道：「好極，好極！不知她們肯不肯？」李清露道：「主人有命，她們不聽嗎？」

虛竹點點頭，說道：「梅蘭竹菊四位姊姊，你們從前服侍童姥，有很大功勞，此後轉而服侍我，不過以前我是個小和尚，現今我有了老婆。在靈鷲宮裏，除了我之外，上上下下不是老大娘，就是小姑娘，你們年紀慢慢大了，將來總得配個夫郎才是啊。」

四女齊聲笑道：「主人，我們四姊妹都嫁了你做小老婆罷！」

虛竹忙連連搖手，說道：「不成，不成！人貴知足，不可妄起貪念。貪嗔痴是爲三毒，貪爲三毒之首，務必去除。我早已有了人間第一、世上無雙的好老婆，決不能再娶第二個了。再說，你們四個一模一樣，娶了一個，等如娶了四個；娶了四個，還是等如娶了一個。梅即是蘭，蘭即是梅，梅不異蘭，蘭不異梅，竹劍菊劍，亦復如是。此事萬萬不可！」

四女齊道：「主人，那我們怎麼辦啊？偈諦偈諦，波羅僧偈諦！阿彌陀佛！」

蕭峯等見四女頑皮胡鬧，虛竹沒法管治，盡皆好笑。

李清露道：「四個女孩兒，不可對主人無禮。」四女一聽，便不敢再鬧了，齊聲應道：「是。」李清露道：「我跟你們主人商量過了，決定把你們也送給段三哥，他如喜歡你們美麗可愛，就一二三四，封了你們做四位嬪妃娘娘，要是他討厭你們頑皮胡鬧，就一二三四，把你們關入天牢，關他個十七廿八年才放！」

段譽忙道：「這……這四位姑娘天眞爛漫，天牢是決計捨不得關的，嬪妃也不敢封，我就一二三四，封她們爲四位郡主娘娘。梅郡主、蘭郡主、竹郡主、菊郡主，那一天你們想嫁了，只須跟做哥哥的說一聲，做哥哥的即刻飛鴿傳書，送來縹緲峯靈鷲宮，請二哥二嫂定奪，兩位如說『很好』，兄弟就全副嫁妝，吹吹打打送她成親。」

虛竹和李淸露還沒回答，四女已同聲說道：「皇上哥哥，你說過決不關我們進天牢，是不是？」段譽道：「是啊！」四女道：「君無戲言？」段譽伸出手掌，說道：「一言爲定。」梅劍走過去，在他手掌重重一拍，道：「我們對你永遠忠心不二。」蘭劍一擊掌，道：「千秋萬載，忠於陛下……哥哥。」竹劍與菊劍也依次和他擊掌，一個說：「只有小小胡鬧！」一個說：「決不違旨犯法！」

蕭峯等見段譽又收了四個義妹，笑吟吟的一齊鼓掌慶賀。四女嘻嘻哈哈的圍在段譽身邊胡說八道，又將曉蕾拉了過來。曉蕾紅著臉，只微笑不語。

段譽見虛竹雖得美滿姻緣，神色間總有鬱鬱之意，走近身去，說道：「二哥，多謝你送了五位美麗可愛的妹子給我。你旣娶得這位世上無雙、人間第一的二嫂，怎麼仍不開心，是爲了你去世的父母而傷心麼？」虛竹道：「色無常，有生必有死。父母去世，我雖傷心，倒也沒想不開。我心裏不開心，是因爲終究做不成和尙。」

段譽道：「二哥，我的佛法修爲遠不如你。我說一段大乘經《維摩詰所說經》，請你指教：如來佛知道維摩詰生了病，派兒子羅睺羅去探病。羅睺羅說自己不配去，因爲是釋迦牟尼的兒子，本該繼承做國王，但他捨棄王位而出家爲僧，有人問他是甚麼原因，他便講述出家的利益和功德。維摩詰認爲他講得不對，因爲在有爲法的範圍中，可以分別有利無利，有功德無功德，但出家屬於無爲法。《維摩詰所說經》中云：『時維摩詰來謂我言：「唯，羅睺羅，不應說出家功德之利。所以者何？無利無功德，是爲出家。有爲法者，可說有利有功德。夫出家者，爲無爲法。無爲法中，無利無功德。羅睺羅，出家者，無彼無此，亦無中間……」』

「二哥，維摩詰居士是不出家的大居士，他勤修佛道，比出家的舍利弗、大目犍連、須菩提、富樓那、摩訶迦栴延、阿那律、優波離、阿難、大迦葉等等所有如來佛的大弟子，對正法更加通達，如來佛也認爲如此。這些大弟子個個對他十分佩服，羅睺羅說：『維摩詰言：然！汝等便發阿耨多羅三藐三菩提心，是即出家，是即具足。』」

虛竹沉思片刻，說道：「三弟說得對，只要心存佛教，嚮慕正法，發阿耨多羅三藐三菩提心，『是即出家，是即具足』！學習佛法，須當圓融。拘泥不化，乃我天性中的大病！」說著滿臉喜容，向段譽拜倒。段譽忙跪下還禮。

菊劍拍手笑道：「哈哈，我們的皇上哥哥，比小和尚還更加老和尚。」李清露向她白了一眼，斥道：「不可胡說！」菊劍與梅蘭竹三劍一齊伸伸舌頭，不敢說了。

當下李清露和蕭峯、段譽告別，登車退回，與靈鷲宮九天九部諸女相聚。曉蕾與四劍在車子旁護送。

這一日過了蔚州靈丘，埋鍋造飯。范驊沿途伏下一批批豪士，扼守險要的所在，斷橋阻路，以延緩遼兵的追擊。

到第三日上，忽見東邊狼煙衝天而起，那是遼兵追來的訊號。羣豪都心頭一凜，有些少年豪傑便欲回頭，相助留下伏擊的小隊，卻為玄渡、范驊等喝住。

這日晚間，羣豪在一座山坡上歇宿。睡到午夜，忽然有人大聲驚呼。羣豪一驚而醒，只見北方燒紅了半邊天，蕭峯和范驊對瞧一眼，心下隱隱感到不吉。范驊低聲問道：「蕭大王，你瞧是不是遼兵繞道前來夾攻？」蕭峯點了點頭。范驊道：「這一場大火，不知燒了多少民居，唉！」蕭峯不願說耶律洪基的壞話，卻知他在女眞人手下吃了個敗仗，心下不忿，一口怒氣，全發洩在無辜百姓身上，這一路領軍西來，定是見人殺人，見屋燒屋。

大火直燒到天明，兀自未熄，到得下午，只見南邊也燒起了火頭。烈日下不見火燄，濃煙卻直衝霄漢。

玄渡本來領人在前，見南邊燒起了大火，勒馬候在道旁，等蕭峯來到，問道：「喬幫主，遼軍分三路來攻，你說這雁門關是否守得住？我已派人不斷向雁門關報訊，但關上統帥懦弱，兵威不振，只怕難抗契丹的鐵騎。」蕭峯無言以對。玄渡又道：「看來女眞人倒能對付得了遼兵，將來大宋如和女眞人聯手，南北夾攻，或許能令契丹鐵騎不敢南下。」

蕭峯知他之意，是要自己設法和女眞人聯繫，但想自己實是契丹人，如何能勾結外敵來攻打本國，突然問道：「玄渡大師，我爹爹在寶刹可好？」玄渡一怔，道：「令尊皈依三寶，在少林後院淸修，咱們這次到南京來，也沒知會令尊，以免激動他的塵心。」蕭峯道：「我眞想見見爹爹，問他一句話。」玄渡嗯的一聲。

蕭峯道：「我想請問他老人家：倘若遼兵前來攻打少林寺，他卻怎生處置？」玄渡道：「那自是奮起殺敵，護寺護法，更有何疑？」蕭峯道：「然而我爹爹是契丹人，如何要他爲了漢人，去殺契丹人？」玄渡沉吟道：「棄暗投明，可敬可佩！」

蕭峯道：「大師是漢人，只道漢爲明，契丹爲暗。我契丹人卻說大遼爲明，大宋爲暗。想我契丹祖先爲羯人所殘殺，爲鮮卑人所脅迫，東逃西竄，苦不堪言。大唐之時，你們漢人武功極盛，不知殺了我契丹多少勇士，擄了我契丹多少婦女，現今你們漢人武功不行了，我契丹反過來攻殺你們。如此殺來殺去，不知何日方了？」

玄渡默然，隔了半晌，唸道：「阿彌陀佛，阿彌陀佛。」

段譽策馬走近，聽到二人下半截的說話，喟然吟道：「烽火燃不息，征戰無已時，野戰格鬥死，敗馬號鳴向天悲。鳥鳶啄人腸，銜飛上掛枯枝樹。士卒塗草莽，將軍空爾爲。乃知兵者是凶器，聖人不得已而用之。」蕭峯讚道：「『乃知兵者是凶器，聖人不得已而用之。』賢弟，你作得好詩。」段譽道：「這不是我作的，是唐朝大詩人李白的詩篇。」

蕭峯道：「我在此地之時，常聽族人唱一首歌。」當即高聲而唱：「亡我祈連山，使我六畜不蕃息。亡我焉支山，使我婦女無顏色。」他中氣充沛，歌聲遠遠傳了出去，但歌中充滿了哀傷淒涼之意。

段譽點頭道：「這是匈奴人的歌，當年漢武帝大伐匈奴，搶奪了大片地方，匈奴人慘傷困苦，想不到這歌直傳到今日。」蕭峯道：「我契丹祖先，當年和匈奴乃是同族，和當時匈奴人一般苦楚。」

玄渡嘆了口氣，說道：「只有普天下的帝王將軍們都信奉佛法，以慈悲爲懷，那時才不再有征戰殺伐的慘事。」蕭峯道：「可不知何年何月，才有這等太平世界。」

一行人續向西行，這一日過了代州的繁時，眼見東南北三方都有火光，晝夜不息，遼軍一路燒殺而來。羣雄心下均感憤怒，不住叫罵，要和遼軍決一死戰。

范驊道：「遼軍越追越近，咱們終將退無可退，依兄弟之見，咱們不如四下分散，教遼軍不知向那裏去追才是。」

吳長風大聲道：「那不是認輸了嗎？范司馬，你別長他人志氣，滅自己威風，勝也好，敗也好，咱們總得跟遼狗拚個你死我活。」

正說之間，突然颼的一聲，一枝羽箭從東南角上射來，一名丐幫弟子中箭倒地。跟著山後一隊遼兵大聲吶喊，撲了出來。原來這隊遼兵從間道來攻，越過了斷後的羣豪。這一支突擊的遼兵約有五百餘人。吳長風大叫：「殺啊！」當先衝去。羣雄跟著衝殺，奮勇爭先。羣雄人數既較這小隊遼軍爲多，武藝又遠爲高強，砍瓜切菜般圍攻遼兵，只小半個時辰，將五百餘名遼兵殺得乾乾淨淨。有十餘名契丹武士攀山越嶺逃走，也都給中原羣豪中輕功高明之士，追上去一一殺死。

羣豪打了個勝仗，歡呼吶喊，人心大振，范驊卻悄悄對玄渡、虛竹、段譽等人說道：「咱們所殲的只是遼軍一小隊，這一仗既接上了，第二批遼軍跟著便來。咱們快向西退！」

話聲未了，只聽得東邊轟隆隆、轟隆隆之聲大作。羣豪一齊轉頭向東望去，但見塵土飛起，如烏雲般遮住了半邊天，霎時之間，羣豪面面相覷，默不作聲，但聽得轟隆隆、轟隆隆悶雷般的聲音遠遠響著，顯是大隊遼軍騎兵奔馳而來，從聲音中聽來不知有多少萬人馬。江湖上的兇殺鬥毆，羣豪見得多了，但如此大軍馳驅卻是聞所未聞，比之南京城外的接戰，這一次遼軍的規模又不知大了多少倍。各人雖都是膽氣豪壯之輩，陡然間遇到這般天地為之變色的軍威，卻也忍不住心驚肉跳，滿手冷汗。

范驊叫道：「衆位兄弟，敵人勢大，枉死無益。留得青山在，不怕沒柴燒，咱們今日暫且避讓，日後再來反擊。」羣豪紛紛上馬，向西急馳，但聽得那轟隆隆的聲音，在身後老是響個不停。

這一晚各人不再歇宿，見離雁門關漸近。羣豪催騎疾行，知道只要一進關門，扼險而守，敵軍雖衆，破關卻不容易。一路上馬匹紛紛倒斃，有的展開輕功步行，有的便兩人一騎。行到天明，離雁門關已不過十餘里地，衆人都放下了心，下馬牽韁，緩緩而行，好讓牲口回力。但身後轟隆隆、轟隆隆的萬馬奔騰之聲，卻也更加響了。

蕭峯下嶺來到山側，猛然間看到一塊大巖，心中一凜：「當年玄慈方丈、汪幫主等率領中原豪傑，伏擊我爹爹，殺死了我母親和不少契丹武士，便是在此。」側頭只見一片山壁上斧鑿的印痕宛然可見，正是玄慈將蕭遠山所留字跡削去之處。

蕭峯緩緩回頭，見到石壁旁一株花樹，耳中似乎聽到了阿朱當年躲在樹後的聲音：「喬大爺，你再打下去，這座山峯也要給你擊倒了。」他一呆，阿朱情致殷殷的幾句話，清清楚楚的在他腦海中響起：「我在這裏已等了你五日五夜，我只怕你不能來。你……你果然來了，謝謝老天爺保祐，你終於安然無恙。」

蕭峯熱淚盈眶，走近摩挲樹幹，那樹比之當日與阿朱相會時已高了不少。一時間傷心欲絕，渾忘了身外之事。

忽聽得阿紫叫道：「姊夫，快退！快退！」阿紫奔近身來，拉住蕭峯衣袖。

蕭峯抬頭遠遠望去，只見東面、北面、南面三方，遼軍長矛的矛頭猶如樹林般刺向天空，竟然已經合圍。蕭峯點了點頭，道：「好，咱們退入雁門關再說。」

這時羣豪都已聚在雁門關前。蕭峯和阿紫並騎來到關口，關門卻兀自緊閉。一名宋軍軍官站在關門城頭，朗聲說道：「奉鎭守雁門關指揮使張將軍將令：爾等既是中原百姓，原可入關，但不知是不是勾結遼軍的奸細，因此各人拋下軍器，待我軍一一搜檢。身上如不藏軍器者，張將軍開恩，放爾等入關。」

此言一出，羣豪登時大譁。有的說：「我等千里奔馳，奮力抵抗遼兵，怎可懷疑我等是奸細？」有的道：「我們攜帶軍器是爲了助將軍抗遼，倘若失去趁手兵器，如何對遼軍打仗？」更有性子粗暴之人叫罵：「他媽的，不放我們進關麼？大夥兒攻進去！」

玄渡急忙制止，向那軍官道：「相煩稟報張將軍知道：我們都是忠義爲國的大宋百姓，先前便是我們派人前來稟報遼軍來攻的。敵軍轉眼即至，再要搜檢甚麼的，躭誤了時刻，那時再開關便危險了。」

那軍官已聽了人叢中的叫罵之聲，又見許多人穿著奇形怪狀的衣飾，不類中土人士，說道：「老和尚，你說你們都是中土良民，我瞧有許多不是中國人罷？好！我就網開一面，大宋良民可以進關，不是大宋子民，可不得進關。」

羣豪面面相覷，無不憤怒。段譽的部屬是大理國臣民，虛竹的部屬更是各族人氏都有，或西域、或西夏、或吐蕃、或高麗，若只大宋臣民方得進關，那麼大理國、靈鷲宮兩路人馬，大部分都不能進去了。

玄渡說道：「將軍明鑒：我們這裏有許多同伴，有的是大理人，有的是西夏人，都跟我們聯手抗擊遼兵，都是朋友，何分是宋人不宋人？」這次段譽率部北上，嚴守秘密，決不洩露是一國之主的身分，以防宋朝大臣起心加害，或擄之作爲人質，兼之大理與遼國相隔雖遠，卻也不願公然與之爲敵，是以玄渡不提關下有大理國極重要人物。

那軍官怫然道：「雁門關乃大宋北門鎖鑰，是何等要緊所在？遼兵大隊人馬轉眼即到，我若隨便開關，給遼兵衝了進來，這天大禍事誰能擔當？」

吳長風再也忍耐不住，大聲喝道：「你少囉嗦幾句，早些開了關，豈不是甚麼事也沒有了？」那軍官怒道：「你這老叫化，本官面前那有你說話的餘地？」他右手一揚，城垛上登時出現了千餘名弓箭手，彎弓搭箭，對準城下。那軍官喝道：「快快退開，若再在這裏擾亂軍心，可要放箭了。」玄渡長嘆一聲，不知如何是好。

雁門關兩側雙峯夾峙，高聳入雲，這關所以名爲「雁門」，意思說鴻雁南飛之時，也須從雙峯之間通過，以喻地勢之險。羣豪中雖不乏輕功高強之士，儘可翻山越嶺而走，但其餘人衆難逾天險，不免要爲遼軍聚殲於關下了。

遼軍限於山勢，東西兩路漸漸收縮，都從正面壓境而來，但除馬蹄聲、鐵甲聲、大風吹旗聲外，卻無半點人聲喧嘩，的是軍紀嚴整的精銳之師。一隊隊遼軍逼關爲陣，馳到弩箭將及之處，便即停住。一眼望去，東西北三方旌旗招展，不知有多少人馬。

蕭峯朗聲叫道：「衆位請各在原地稍候，不可移動，待在下與遼帝分說。」單騎縱馬而出。他雙手高舉過頂，示意手中並無兵刃弓箭，大聲叫道：「大遼國皇帝陛下，臣南院大王蕭峯有幾句話向你稟告，請你出來。」他這幾句話鼓足內力，聲音遠遠傳了出去。遼軍十餘萬將士聽得清清楚楚，不由得人人變色。

過得半晌，猛聽得遼軍陣中鼓角聲大作，千軍萬馬如波浪般向兩側分開，八名騎士執著迎風招展的八面黃金色大旗，馳出陣來。其後一隊隊長矛手、刀斧手、弓箭手、盾牌手疾奔而前，分列兩旁，接著是十名錦袍鐵甲的大將簇擁著耶律洪基出陣。

遼軍大呼：「萬歲，萬歲，萬萬歲！」聲震四野，山谷鳴響。

關上宋軍見到敵人如此軍威，無不慄然。

耶律洪基右手寶刀高舉，遼軍立時肅靜，除了偶有戰馬嘶鳴，更無半點聲息。耶律洪基放下寶刀，大聲笑道：「蕭大王，你說要引遼軍入關，怎麼關門還不大開？」此言一出，關上通譯便傳給鎮守雁門關指揮使張將軍聽了。關上宋軍立時大噪，指著蕭峯指手劃腳的大罵。

蕭峯知耶律洪基這話是行使反間計，要使宋兵不敢開關放自己入內，心中微微一酸，當即下馬，走上幾步，說道：「陛下，臣蕭峯有負厚恩，重勞御駕親臨，死罪，死罪！」說著便跪倒在地。

突然兩個人影從旁掠過，當眞如閃電一般，猛向耶律洪基欺了過去，正是虛竹和段譽。他二人見情勢不對，情知今日之事，唯有擒住遼帝作爲要脅，才能保持大夥周全，一打手勢，便分從左右搶去。

耶律洪基出陣之時，原已防到蕭峯重施當年在陣上擒殺楚王父子的故技，早有戒備。親軍指揮使一聲吆喝，三百名盾牌手立時聚攏，三百面盾牌猶如一堵城牆，擋在遼帝面前。長矛手、刀斧手又密密層層的排在盾牌之前。

這時虛竹既得天山童姥的眞傳，又練了靈鷲宮石壁上武學的秘奧，武功之高，實已到了隨心所欲、無往而不利的地步，而段譽在得到鳩摩智的畢生修爲後，內力之強，亦是震古鑠今，他那「凌波微步」施展開來，遼軍將士如何阻攔得住？

段譽東一晃、西一斜，便如游魚一般，從長矛手、刀斧手間相距不逾一尺的縫隙之中硬生生的擠了過去。衆遼兵挺長矛攢刺，因相互擠得太近，非但傷不到段譽，兵刃多半招呼在自己人身上。

虛竹雙手連伸，抓住遼兵的胸口背心，不住擲出陣來，一面向耶律洪基靠近。兩員大將縱馬衝上，雙槍齊至，向虛竹胸腹刺到。虛竹突然躍起，雙足分落二將槍頭。兩員遼將齊聲大喝，抖動槍桿，要將虛竹身子震落。虛竹乘著雙槍抖動之勢，飛身躍起，半空中便向耶律洪基頭頂撲落。

一如游魚之滑，一如飛鳥之捷，兩人雙雙攻到。耶律洪基大驚，提起寶刀，疾向身在半空的虛竹砍去。

虛竹左手手掌探出，已搭住耶律洪基寶刀刀背，乘勢滑落，手掌翻處，抓住了他右腕。便在此時，段譽也從人叢中鑽將出來，抓住了耶律洪基左肩。兩人齊聲喝道：「走罷！」將耶律洪基魁偉的身子從馬背上提落，轉身急奔。

四下裏遼將遼兵見皇帝落入敵手，大驚狂呼。幾十名親兵奮不顧身的撲上來想救皇帝，都給虛竹飛足踢開。

二人擒住遼帝，心中大喜，突見蕭峯飛身過來，齊聲叫道：「大哥！」不料蕭峯雙掌疾發，呼呼兩聲，分襲二人。二人都大吃一驚，見掌力襲來，只得舉掌擋架，砰砰兩聲，四掌相撞，掌風激盪，蕭峯向前一衝，已乘勢將耶律洪基拉了過去。

這時遼軍和中原羣豪分從南北擁上，一邊想搶回皇帝，一邊要作蕭峯、段譽、虛竹三人的接應。

蕭峯大聲叫道：「誰都別動，我自有話對大遼皇帝稟告。」遼軍和羣豪登時停了腳步，雙方只遠遠吶喊，不敢衝殺上來，更不敢放箭。

虛竹和段譽也退開三步，分站耶律洪基身後，防他逃回陣中，並阻契丹高手前來相救。梅蘭竹菊四姝站在段譽身後，各挺長劍，以擋敵人射來的冷箭。

這時耶律洪基臉上已沒半點血色，心想：「這蕭峯的性子甚是剛烈，我將他囚於獅籠之中，折辱得他好生厲害。此刻既落在他手中，他定要盡情報復，再也不肯饒我性命了。」卻聽蕭峯道：「陛下，這兩位是我的結義兄弟，不會傷害於你，你可放心。」耶律洪基哼了一聲，回頭向虛竹看了一眼，又向段譽看了一眼。

蕭峯道：「我這個二弟虛竹子，乃靈鷲宮主人；三弟是大理國段王子。臣也曾向陛下說起過。」耶律洪基點了點頭，說道：「果然了得！」

蕭峯道：「我們立時便請陛下回陣，只是想求陛下賞賜。」

耶律洪基幾乎不相信自己的耳朵，心想：「天下那有這樣的便宜事？啊，是了，蕭峯已回心轉意，求我封他三人爲官。」登時滿面笑容，說道：「你們有何求懇，我無有不允。」他本來語音發顫，這兩句話中卻又有了皇帝的尊嚴。

蕭峯道：「陛下已是我兩個兄弟的俘虜，照咱們契丹人的規矩，陛下須得以綵物自贖才是。」耶律洪基眉頭微皺，問道：「要甚麼？」蕭峯道：「微臣斗膽代兩個兄弟開口，要陛下金口一諾。」耶律洪基哈哈一笑，說道：「普天之下，我當眞拿不出的物事卻也不多，你儘管獅子大開口便了。」

蕭峯朗聲道：「是要陛下答允退兵，終陛下一生，不許遼軍一兵一卒越宋遼疆界。」

段譽登時大喜，心想：「遼軍不逾宋遼邊界，便不能揷翅來犯我大理了。」忙道：「正是，你答允了這句話，我們立即放你回去。」轉念一想：「擒到遼帝，二哥出力比我更多，卻不知他有何求？」向虛竹道：「二哥，你要契丹皇帝甚麼東西贖身？」虛竹搖頭道：「我也只要這一句話。」

耶律洪基臉色甚是陰森，沉聲道：「你們膽敢脅迫於我？我若不允呢？」

蕭峯朗聲道：「那麼臣便和陛下同歸於盡。咱二人當年結義，也曾有過但願同年同月同日死的誓言。」

耶律洪基一凜，尋思：「這蕭峯是個天不怕、地不怕的亡命之徒，向來說話一是一，二是二，我若不答允，只怕要眞的向我出手冒犯。死於這莽夫之手，可大大的不値得。」哈哈一笑，朗聲道：「以我耶律洪基一命，換得宋遼兩國數十年平安。好兄弟，你可把我的性命瞧得挺貴重哪！」

蕭峯道：「陛下乃大遼之主。普天之下，豈有比陛下更貴重的？」

耶律洪基又是一笑，道：「如此說來，當年女眞人向我要黃金五百兩、白銀五千兩、駿馬三百匹，眼界忒也淺了？」蕭峯略一躬身，不再答話。

耶律洪基回過頭來，見手下將士最近的也在百步之外，無論如何不能救自己脫險，權衡輕重，世上更無比性命更貴重的事物，當即從箭壺中抽出一枝鵰翎狼牙箭，雙手一彎，啪的一聲，折爲兩段，投在地下，說道：「答允你了。」

蕭峯躬身道：「多謝陛下。」

耶律洪基轉身過來，舉步欲行，卻見虛竹和段譽四目炯炯的瞧著自己，並無讓路之意，回頭再向蕭峯瞧去，見他也默不作聲，登時會意，知他三人是怕自己食言，當即拔出寶刀，高舉過頂，大聲說道：「大遼三軍聽令。」

遼軍中鼓聲擂起，一通鼓罷，立時止歇。

耶律洪基朗聲道：「大軍北歸，南征之舉作罷。」他頓了頓，又大聲叫道：「於我一生之中，不許我大遼國一兵一卒，侵犯大宋邊界。」說罷，寶刀一落，遼軍中又擂起鼓來。

蕭峯右手拾起地下斷箭，高高舉起，運足內力，大聲說道：「我是遼國南院大王蕭峯，奉陛下聖旨宣示：陛下恩德天高地厚，折箭爲誓，下旨終生不准大遼國一兵一卒侵犯大宋邊界。」他內力充沛，這一下提聲宣示，關上關下十餘萬兵將盡皆聽聞。他見耶律洪基並無不同言語，便躬身道：「恭送陛下回陣。」

虛竹和段譽往兩旁一讓，繞到蕭峯身後。

耶律洪基又驚又喜，又是慚愧，雖急欲身離險境，卻不願在蕭峯和遼軍之前示弱，當下強自鎭靜，緩步走回本陣。

遼軍中數十名親兵飛騎馳出，搶來迎接。耶律洪基初時腳步尚緩，但禁不住越走越快，只覺雙腿無力，幾欲跌倒，雙手發顫，額頭汗水更涔涔而下。待得侍衛馳到身前，滾鞍下馬而將坐騎牽到他身前，耶律洪基已全身發軟，左腳踏上腳鐙，卻翻不上鞍去。兩名侍衛扶住他後腰和臀部，用力托舉，耶律洪基這才上馬。

衆遼軍見皇帝無恙歸來，大聲歡呼：「萬歲，萬歲，萬萬歲！」

這時雁門關上的宋軍、關下的羣豪聽到遼帝下令退兵，並說終他一生不許遼軍一兵一卒犯界，也是歡聲雷動。衆人均知契丹人雖兇殘好殺，但向來極爲守信，與大宋之間有何交往，極少背約食言，當年宋遼兩國締結「澶淵之盟」，雙方迄今信守，何況遼帝在兩軍陣前親口頒令，遼國南院大王接旨複述，兩軍人人聽見。倘若日後反悔，大遼舉國上下都要瞧他不起，他這皇帝之位都怕坐不安穩。

耶律洪基臉色陰鬱，心想我這次爲蕭峯這廝所脅，許下如此重大諾言，方得脫身以歸，實是丟盡顏面，大損國威。可是從遼軍將士歡呼萬歲聲中聽來，衆軍擁戴之情卻又似出自至誠。他眼光從衆士卒臉上緩緩掠過，見一個個容光煥發，盡皆欣悅。

衆士卒想到即刻便可班師，回家與父母妻兒團聚，既無萬里征戰之苦，又無葬身異域之險，自皆大喜過望。契丹人雖驍勇善戰，但兵凶戰危，誰都難保不死，得能免去這場戰禍，除了少數想在征戰中陞官發財的悍將之外，盡都歡喜。

耶律洪基心中一凜：「原來我這些士卒也不想去攻打南朝，我若揮軍南征，卻也未必便能一戰而克。」又想：「那些女眞蠻子大是可惡，留在契丹背後，實是心腹大患，我派兵去將這些蠻子掃蕩了再說。」舉起寶刀，高聲下旨：「北院大王傳令下去，後隊變前隊，班師南京！」

軍中皮鼓號角響起，傳下御旨，但聽得歡呼之聲，從近處越傳越遠。

耶律洪基回過頭來，見蕭峯仍一動不動的站在當地。耶律洪基冷笑一聲，朗聲道：「蕭大王，你爲大宋立下如此大功，高官厚祿，指日可待！」

蕭峯大聲道：「陛下，蕭峯是契丹人，曾與陛下義結金蘭，今日威迫陛下，成爲契丹的大罪人，既不忠，又不義，此後有何面目立於天地之間？」舉起右手中的兩截斷箭，內力運處，右臂回戳，噗的一聲，插入了自己心口。

耶律洪基「啊」的一聲驚呼，縱馬上前幾步，但隨即又勒馬停步。

段譽和虛竹只嚇得魂飛魄散，雙雙搶近，齊叫：「大哥，大哥！」卻見兩截斷箭插正了心臟，蕭峯雙目緊閉，已然氣絕。

虛竹忙撕開他胸口的衣衫，欲待施救，但箭中心臟，再難挽救，只見他胸口肌膚上刺著一個青鬱鬱的狼頭，張口露齒，神情猙獰。虛竹和段譽放聲大哭，拜倒於地。

丐幫中羣丐一齊擁上，團團拜伏。吳長風搥胸叫道：「喬幫主，你雖是契丹人，卻比我們這些不成器的漢人英雄萬倍！」

中原羣豪一個個圍攏，許多人低聲議論：「喬幫主果眞是契丹人嗎？那麼他爲甚麼反來幫助大宋？看來契丹人中也有英雄豪傑。」

「他自幼在咱們漢人中間長大，學到了漢人大仁大義。」

「兩國罷兵，他成了排難解紛的大功臣，卻用不著自尋短見啊。」

「他雖於大宋有功，在遼國卻成了叛國助敵的賣國反賊。他這是畏罪自殺。」

「甚麼畏不畏的？喬幫主這樣的大英雄，天下還有甚麼事要畏懼？」

耶律洪基見蕭峯自盡，心下一片茫然：「他到底對我大遼有功還是有過？他苦勸我不可伐宋，到底是爲了宋人還是爲了契丹？他和我結義爲兄弟，始終對我忠心耿耿，今日自盡於雁門關前，當然決不是貪圖南朝的功名富貴，那……那卻又爲了甚麼？」他搖了搖頭，微微苦笑，拉轉馬頭，從遼軍陣中穿了過去。

蹄聲響動，遼軍千乘萬騎又向北行。衆將士不住回頭，望向地下蕭峯的屍體。

只聽得嗚聲哇哇，一羣鴻雁越過衆軍的頭頂，從夾峙的雙峯之間，從雁門關上空飛行向南。

遼軍漸去漸遠，蹄聲隱隱，又化作了山後的悶雷。

虛竹、段譽等一干人站在蕭峯的遺體之旁，有的放聲號哭，有的默默垂淚。

忽聽得一個少女的聲音尖聲叫道：「走開，走開！大家都走開。你們害死了我姊夫，在這裏假惺惺的洒幾點眼淚，有甚麼用？」她一面說，一面伸手猛力推開衆人，正是阿紫。虛竹等自不和她一般見識，給她一推，都讓了開去。

阿紫凝視蕭峯的屍體，怔怔的瞧了半晌，柔聲說道：「姊夫，這些都是壞人，你別理睬他們，只有阿紫，才眞正的待你好。」說著俯身下去，抱起蕭峯屍身。蕭峯身子長大，上半身爲她抱著，兩腳仍垂在地下。阿紫又道：「姊夫，你現在才眞的乖了，我抱著你，你也不推開我。是啊，要這樣才好。」

虛竹和段譽對望了一眼，均想：「她傷心過度，有些神智失常了。」段譽垂淚道：

「小妹，蕭大哥慷慨就義，普惠世人，你……你……」走上幾步，去接抱蕭峯的屍體。

阿紫厲聲道：「你別來搶我姊夫，他是我的，誰也不能動。」

段譽回過頭來，向梅劍使個眼色。梅劍與蘭劍會意，走到阿紫身畔，輕聲道：「段姑娘，蕭大俠逝世，咱們商量怎地給他安葬……」

突然阿紫尖聲大叫，梅劍與蘭劍嚇了一跳，退開兩步。阿紫叫道：「走開，走開！你再走近一步，我先殺了你們。」梅劍與蘭劍皺了眉頭，向段譽搖了搖頭。

忽聽得關門左側的羣山中有人長聲叫道：「阿紫，阿紫，我聽到你聲音了，你在那裏？你在那裏？」叫聲悽厲，許多人認得是做過丐幫幫主、化名爲莊聚賢的游坦之。

各人轉過頭向叫聲來處望去，只見游坦之雙目成了兩個黑洞，雙手分持竹杖，左杖探路，右杖搭在一個中年漢子的肩頭上，從山坳裏轉了出來。那中年漢子卻是留守靈鷲宮的烏老大。但見他臉容憔悴，衣衫破爛，一副無可奈何的神情，虛竹等登時明白，游坦之是逼著他領路來尋阿紫，一路之上，想必烏老大吃了不少苦頭。

阿紫怒道：「你來幹甚麼？我不要見你，我不要見你。」

游坦之喜道：「啊，你果然在這裏，我聽見你聲音了，終於找到你了！」右杖上運勁一推，烏老大不由主的向前飛奔。兩人來得好快，頃刻之間，便已到了阿紫身邊。

虛竹和段譽等正無法可施，見游坦之到來，心想此人甘願以雙目送給阿紫，和她淵源極深，或可勸得她明白，便又退開幾步，不打擾他二人說話。

游坦之道：「阿紫姑娘，你很好罷？沒人欺侮姑娘罷？」一張醜臉之上，現出了又是喜悅，又是關切的神色。阿紫道：「有人欺侮我了，你怎麼辦？」游坦之忙道：「是誰得罪了姑娘？姑娘快跟我說，我去跟他拚命。」阿紫冷笑一聲，指著身邊眾人，說道：「他們個個都欺侮了我，你一古腦兒將他們都殺了罷！」

游坦之道：「是。」問烏老大道：「老烏，是些甚麼人得罪了姑娘？」烏老大道：「人多得很，你殺不了的。」游坦之道：「殺不了也要殺，誰教他們得罪了阿紫姑娘。」

阿紫怒道：「我現下和姊夫在一起，此後永遠不會分離了。你給我走得遠遠的，我再也不要見你。」游坦之傷心欲絕，說道：「你……你再也不要見我……」

阿紫高聲道：「啊，是了，我的眼睛是你給我的，姊夫說我欠了你恩情，要我好好待你。我可偏不喜歡。」驀地右手伸出，往自己眼中揷落，竟將兩顆眼珠子挖了出來，用力向游坦之擲去，叫道：「還你，還你！從今以後，我再也不欠你甚麼了。免得我姊夫老是逼我，要我跟你在一起。」

游坦之雖不能視物，但聽到身周眾人齊聲驚呼，聲音中帶著惶懼，也知是發生了慘禍奇變，嘶聲叫道：「阿紫姑娘，阿紫姑娘！」

阿紫抱著蕭峯的屍身，柔聲說道：「姊夫，咱們再也不欠別人甚麼了。我一直想你永遠和我在一起，今日總算如了我心願。」說著抱著蕭峯，邁步便行。

羣豪見她眼眶中鮮血流出，掠過她雪白的臉龐，人人心下驚怖，見她走來，便都讓開幾步。只見她筆直向前走去，漸漸走近山邊深谷。衆人都叫了起來：「停步，停步！前面是深谷！」

段譽飛步追來，叫道：「小妹，你……」

但阿紫向前直奔，突然間足下踏一個空，竟向萬丈深谷中摔了下去。

段譽伸手抓時，嗤的一聲，只抓到她衣袖的一角，突然身旁風聲勁急，有人搶過，段譽向左一讓，只見游坦之也向谷中摔落。段譽叫道：「啊喲！」向谷中望去，但見雲封霧鎖，不知下面究竟有多深。

羣豪站在山谷邊上，盡皆唏噓嘆息。武功較差者見到山谷旁尖石嶙峋，有如銳刀利劍，無不心驚。玄渡等年長之人，知道當年玄慈、汪幫主等在雁門關外伏擊契丹武士的故事，知蕭峯之母的屍身便葬在這深谷之中。

忽聽關上鼓聲響起，那傳令軍官叫道：「奉鎮守雁門關都指揮使張將軍將令：爾等既非遼國奸細，特准爾等入關，唯須安份守己，聽由安排，不得擅自行動。」

關下羣豪破口大罵：「咱們寧死也不進你這狗官把守的關口！」「若不是狗官昏

懦，蕭大俠也不致送了性命！」「大家衝進關去，殺了狗官！」衆人戟指關頭，拍手頓足的叫罵。那鎮守雁門關指揮使見羣豪聲勢洶洶，急忙改傳號令，又不准衆人進關，待見羣豪罵了一陣，漸漸散去，上山繞道南歸，這才寬心。

虛竹、段譽、吳長風等迄未死心，仍盼忽有奇蹟，蕭峯竟然復活，抱了阿紫從谷中上來。各人待到深夜，不見有何動靜，當夜便在谷口露宿。

鎮守雁門關指揮使張將軍修下捷表，快馬送往汴梁，說道親率部下將士，血戰數日，力敵遼軍十餘萬，幸陛下洪福齊天，朝中大臣指示機宜，衆將士用命，格斃遼國統軍元帥南院大王蕭峯，殺傷遼軍數千，遼主耶律洪基不逞而退。

宋帝趙煦得表大喜，傳旨關邊，犒賞三軍，自宰相以至樞密使、指揮使以下，均各加官進爵。趙煦自覺英明神武，遠邁太祖、太宗，連日賜宴朝臣，宮中與后妃歡慶。歌功頌德之聲，洋洋盈耳，慶賀大捷之表，源源而來。

段譽與虛竹、玄渡、吳長風等羣豪分手，自與木婉清、鍾靈、華赫艮、范驊、巴天石、朱丹臣，以及曉蕾、梅蘭竹菊等人南赴大理。曉蕾與梅蘭竹菊對虛竹夫婦依依不捨，洒淚而別。

段譽等一行自中原沿四川、吐蕃邊境南行，進入大理國境，王語嫣已和大理國的侍衛、武士候在邊界迎接。段譽說起蕭峯和阿紫的情事，衆人無不黯然神傷。一行人逕向南行，段譽不欲驚動百姓，命衆人不換百官服色，仍作原來的行商打扮。

段譽向王語嫣說了曉蕾及梅蘭竹菊四女的情狀來歷，王語嫣笑笑不語，過了一會，問道：「你二哥、二嫂給了你這五個女孩兒，你封誰做皇后，誰做妃子啊？」段譽微笑道：「她們都是我大理國的郡主娘娘，都是我的妹子，跟你一樣。」王語嫣道：「譽哥，你仔細瞧瞧我，跟我老實說，我近來有了甚麼不同。」

段譽凝視她面容眉目，只見她嬌艷如昔，秀眉明眸、櫻唇小口，絲毫無異，說道：「你跟我第一天見你時一模一樣。」王語嫣退開一步，幽幽的道：「我昨天多了一根白頭髮，左邊眼角上多了一道皺紋，你不再留心我了，因此你瞧不出來。我一天老過一天了。」段譽嘆道：「生老病死，人之大苦，世上有誰不一天老過一天？」

王語嫣道：「那幾個梅蘭竹菊小妹妹，天眞活潑，就像幾年前的我一樣。」段譽道：「你比她們美得多。」王語嫣道：「美有甚麼用？我寧可像她們那樣年輕可愛。」

段譽道：「在我心中，你比她們更加年輕可愛。」王語嫣嘆道：「譽哥，以前我心中常說：『段郎雖然武功不行、傻裏傻氣，畢竟忠厚老實，挺靠得住，決不對我說半句假話。』這份好處，現下可又沒了。」段譽急道：「我沒變啊。我仍然武功不行、傻裏傻氣，但忠厚老實，挺靠得住，決不對你說半句假話。」王語嫣道：「你現今說假話，就說整個全句，不說半句，要不然就說兩句三句、十句八句。唉！生老病死，我寧可快些生病、快快死了，免得變成個醜老太婆，天天聽你說假話騙我。」段譽聽她老是挑眼，只說了些捉拿遼帝耶律洪基的經過，便自去跟木婉清說話。

段譽等一行傍山道南下，來到善巨郡、謀統府一帶（今麗江、劍川、鶴慶等地之北），其西、其北爲高黎貢山、大雪山。到處是崇山峻嶺、深澗急湍，地勢甚險。這天在善巨郡山邊一家鄉村大屋中歇宿，段譽剛要就寢，巴天石敲門求見，對段譽道：「皇上，王姑娘跟我商量『不老長春谷』的事，臣說要來向皇上請示。」

段譽微覺詫異，問道：「不老長春谷是甚麼地方？」巴天石道：「這一帶人都說，善巨郡之北、吐蕃以南的高山中，有處地方叫作『不老長春谷』，那裏的人個個活到一百歲以上，且百歲老人又都烏髮朱顏，好似十來歲的少年少女一般。臣沒去過那地方，也沒見過那地方的人，不過許多人都言之鑿鑿，臣從小就聽說了。王姑娘要臣帶領前去查看，也不知『不老長春』到底有沒這回事？」

這時梅蘭竹菊四女也進房來，菊劍接口道：「不老長春，自然是眞的。我們童姥就會得『天長地久不老長春功』。她老人家九十六歲了，模樣還像個小姑娘一般。」竹劍道：「可惜她老人家沒活到一百歲，就給她師妹李秋水害死了。」

段譽心想，王語嫣這幾天正大爲青春消逝而煩惱，這「不老長春功」恰恰可投其所好，可惜二哥、二嫂不在眼前，否則當可向他們請教，轉頭問曉蕾道：「曉蕾妹子，你可曾聽公主說起過這門功夫嗎？」

曉蕾道：「公主娘娘跟駙馬爺談到他們先輩時，我在旁也聽到一些。公主的祖母叫李秋水，天山童姥是她的大師姊，她二師哥叫無崖子。童姥會得『天長地久不老長春功』，傳了一些給師弟，卻不肯傳給師妹。師姊妹二人因此結成大仇，打了一場大架……」梅劍搶著道：「錯了，錯了！」蘭劍道：「師姊妹結了大仇，那是對的。」竹劍道：「卻不是因爲童姥不肯傳功。」菊劍道：「而是因爲師姊妹兩人都愛上了無崖子，爭風喝醋，豈有不打一場大架的？」曉蕾道：「我也知道的，不過這話說起來難聽……」四女齊道：「難聽好聽，是眞話就要說。」

王語嫣聽說童姥和李秋水直到八九十歲，仍然容顏不老，便求著段譽，一定要去那「不老長春谷」瞧瞧。段譽次晨召集華赫艮、范驊、巴天石、朱丹臣、傅思歸等人，攜同王語嫣、木婉淸、鍾靈、曉蕾、靈鷲四姝，再率領護駕兵馬，向北而去。

巴天石獨行趕先，在前探道，傍晚時分回報，查得「不老長春谷」便在前面數百里外，但澗深林密、高峯擋道，外人萬難入谷。

一行人沿著山道，越行越高，道路也越來越險峻陡峭，到後來馬匹已不能走。各人下馬步行，道路險陡，要攀藤拉索方可上行。有大半兵卒已然喘氣爲艱，頭痛如裂，范譁便命他們就地等候。又攀上一個多時辰，來到一處高高的台地。段譽問道：「語嫣、曉蕾，你們還支持得住嗎？」王語嫣和曉蕾點了點頭。

行到天色向晚，來到一條深澗之前，地形橫空斷絕，更無前進道路，若再向前，只有下入深谷，但也未必能越過谷底而攀上對岸。各人正沒做理會處，前面左首突然轉出兩個人來。只見這兩人短打結束，一人手持一根極長竹竿，竿頭有張小網，另一人肩頭荷著一張竹子長梯，有十來丈長。

巴天石會說當地土語，上前探問，說了好一會，回來稟報：「皇上，這兩人是在高山峭壁上採集金絲燕燕窩的，是本地怒族人。他們世居於此，說道要去傳說中的『不老長春谷』，還得上山二百多里，今天走不到了。明天山路更險，就算是他們山裏人，也不敢去。他們說前面大樹上寫得有些字，但他們不識得，叫我們可以去瞧瞧。臣賞了他們十兩銀子相酬，請他們去把前面大樹上的字描下來看看。」

各人便在山道邊坐下休息，梅劍等燒水煮粥，採了些樹菌草菌，放在粥裏，只煮得香氣撲鼻。菊劍說怕菌有毒，要給皇上試食，搶著先吃。巴天石道：「這些猴頭菇、牛肚菌我都識得，不會有毒的。」梅劍笑道：「菊妹肚子餓了，搶著吃粥，倒不是怕皇上哥哥中毒。」菊劍道：「我肚子餓，周身無力，便是中毒，要吃一碗香菇粥來解毒。」

眾人嘻嘻哈哈的吃著粥，大讚甘香。兩個採燕客也描了文字回來。他們照著大樹幹上所刻文字，在一張新剝下來的大樹皮反面，用炭條繪了圖形，彎彎曲曲的有不少字形。巴天石識得是當地納西族人的象形文字。原來納西人創制象形文字，已歷時甚久，比漢人的象形文字更早，只不過內容簡單，不適於表達較爲細致繁複的意思。

巴天石沉思一會，拔出短匕，在石子旁的泥地裏劃了幾個漢字：

「神書已隨逍遙去，
此谷惟餘長春泉」

巴天石說道：「這些字說得很希奇古怪，大致就是這個意思。好像是說，不老長春谷裏本來有部神奇的書，教人怎樣長生不老，現今這部神書給一個叫甚麼『逍遙子』的人拿去了，谷裏只留下令人飲了可長保青春的一道泉水。那兩個採燕客說，谷裏偶然會有人拉著大松樹上的長藤，盪出谷來，但出來之後就回不去了。出來的人臉白唇紅，年輕美貌得很，不過在谷外住不了幾天，黑髮就轉雪白、背駝身縮、滿臉皺紋，幾天之內就似乎老了一百歲，再過幾天就死了。因此外面的人說谷裏有妖怪，誰都不敢進去。兩個採燕客良心很好，盡力勸我們回頭，不要再過去了。」

段譽聽巴天石說得鄭重，便道：「咱們今晚且在這裏露宿一宵，等天亮了再說。」曉蕾鋪開攜來的毛氈，讓段譽在樹下休息。各人或坐或臥，有的就此睡去。

次日清晨，兩名採燕客又好心來勸，說道：「在谷裏住久了固然能長保青春，但出谷便死，谷裏妖異多端。那部神書據說給人拿了去，各位便去谷裏，也找不著長生不老的秘訣。」巴天石謝了他們二十兩銀子，採燕客拜謝而去。

王語嫣道：「樹上所寫的那位逍遙子，是否便是天山童姥的師父？」曉蕾道：「是的。公主、駙馬爺都算是逍遙派的。」王語嫣道：「我曾聽媽說，她小時候跟著外公、外婆住在一個石洞裏……」段譽道：「那是無量玉洞，我倒知道在那裏。那兒有個挺美的玉像，跟嫣妹你一模一樣。」

王語嫣眼中神采閃爍，向段譽道：「那部神書，定是讓外公的師祖帶到無量玉洞去了。你帶我們去瞧瞧那玉像，好不好？」衆人知她這麼說，其實是想去找那部神書。

梅劍道：「就是眞有這部神書，我也不練。蘭竹菊三個好妹子，倘若都變成了老婆婆，我還是這麼個小姑娘，那成甚麼樣子？」菊劍道：「對！這才叫有福同享，有難同當。你們大家都是老婆婆，都來拍拍我的頭，讚我一句小妹妹，有甚麼味兒？」

段譽笑道：「生老病死，人人都要經歷。佛祖佛法無邊，依然會老，會入滅圓寂，我輩凡人，怎能長生不死？」

王語嫣仍不住求懇。段譽也想再去瞧瞧「神仙姊姊」，便答允了她。

王語嫣大喜，仰望遠處的「不老長春谷」，想像自己得保玉容，永遠駐顏不老。

段譽先派巴天石率同梅蘭竹菊四姝，向無量洞洞主辛雙淸商酌。四姝原是童姥侍女，是辛雙清的上司，一說之下，辛雙清立即帶領本門弟子，迎迓段譽一行。辛雙清說道，她自接掌無量洞後，奉了靈鷲宮號令，曾去玉壁洞打掃整理，一切物件不敢移動半分，玉壁上的彩色劍光偶爾顯現，但仙人舞劍的影子卻始終未曾出現。這些時候來大加整頓，入洞的道路已比先前易走得多。她道：「段公子要再去瞻拜玉像，屬下引路。」她不稱段譽爲「陛下」，而叫他「段公子」，意思說你雖是大理國君，但我們不奉世俗帝皇官府的號令，只因你是靈鷲宮主人的結義兄弟「段公子」，你說要去「瞻拜玉像」，我們才引你前往。

次日早晨，辛雙清及無量洞諸弟子，引著段譽、華赫艮、范驊、巴天石、朱丹臣、王語嫣、木婉清、鍾靈、曉蕾、梅蘭竹菊四姝等一行向西而行，過漾備江、勝備河，攀過了幾處高山峻嶺，漸近瀾滄江。路途頗爲曲折崎嶇，好在無量洞諸人熟悉地勢道路，傍晚時分，在一個小鎮上歇宿。次晨又行，過得中午，無量洞領路弟子報道：「這裏離無量玉壁已不到二十里路。」

從高峯下降湖畔，全是懸崖峭壁，無量洞已吊有長條鐵鍊，給人滑下攀上之用。衆人趕到大瀑布旁清水湖畔時，天已全黑。段譽回想當日從峭壁失足掉落此處時的驚險情狀，幸得不死，方有今日，於是下令衆人在湖畔歇宿一晚。

段譽走到木婉清身邊，說道：「婉妹，那日我從山峯上掉下，幸得給一株大松樹擋了一擋，才跌在此地，後來便來向你借黑玫瑰了。」木婉清道：「可惜了一匹好馬，卻識得了一個壞哥哥！」段譽道：「一段木頭，名譽極壞！」木婉清想起當日之事，忍不住噗哧一笑，柔情忽起，道：「哥哥，其實這是上天安排，你也不是眞壞，你心裏還是待我挺好的。」段譽道：「我是第一個看到你面貌的男子，果然花容月貌，全沒大麻子。我倆從此永不分開，那也很好！」

次晨段譽剛起身，四姝即來向他稟報，說王語嫣已迫不及待，一早便搶進石洞中去了。段譽料知她急於找尋「不老長春功」的祕笈，當下帶同衆人走入石洞。他仍記得路徑，進洞之後，先來到那個滿壁銅鏡的石室，心想：「這石室是李秋水住過的。」出了石室，走過一排長長石級，便見到「神仙姊姊」的玉像。這玉像仍與初見時一般模樣，身上淡黃綢衫微微顫動，一雙黑寶石彫成的眼珠瑩然生光，眼中神色似是情意深摯，又似黯然神傷。

這時曉蕾、鍾靈、四姝等都已搶到玉像身前，七張八嘴的說道：「這是王姑娘的玉像！」「是誰彫了王姑娘的玉像在這裏？」「眞好看，比王姑娘本人還美得多呢！」

段譽再次見到玉像，霎時之間，心中一片冰涼，登時明白：「以前我一見語嫣便爲她著迷，整個心都給她綁住了，完全不能自主。人家取笑也罷，譏刺也罷，我絲毫不覺羞愧。語嫣對我不理不睬，視若無睹，我也全然不以爲意。之所以如此自輕自賤，只因我把她當作了山洞中的『神仙姊姊』，竟令我昏昏沉沉、糊裏糊塗，做了一隻不知羞恥的癩蝦蟆。那並不是語嫣有甚麼魔力迷住了我，全是我自己心生『心魔』，迷住了自己。」

只聽得月洞門外鄰室中腳步聲響，有人衝了進來，正是王語嫣。

眾女兀自在議論玉像，一人道：「只有這玉像才能眞正永保青春，再過幾十年也不會老了半分，但王姑娘到了那時候，卻已滿頭白髮了。」王語嫣聽了，心中微微有氣，一瞥眼間，從壁上懸著的銅鏡中見到了自己的容貌。此時怒氣正熾，平時溫雅可親的形相一時盡失，與嫵媚可喜的玉像相比，更是相去甚遠。

王語嫣心道：「長春功的秘訣多半藏在玉像中！」隨手便將玉像一推。

砰嘭聲響，玉像倒地，像首登時破裂，一半頭臉掉落地下，衣衫也即碎開。四姝驚叫逃開，曉蕾叫道：「王姑娘！」王語嫣搶到玉像之旁，見玉像頭頸中空，便伸手到空處掏摸，只摸到一把玉石碎片，還有些零碎頭髮，當是無崖子製像時所遺留。

段譽勸道：「只怕當眞並沒不老長春功。即使是不老長春谷中的人，也不過壽命較長、身體較健朗而已。道家說生死，曰『齊天地』、『坐忘』，只是叫人看開一點。佛家視生爲苦，老死爲必不可免。釋迦牟尼教訓眾弟子：『人生八苦：生、老、病、死、怨憎會、愛別離、求不得、五陰熾盛，乃有憂悲大苦惱聚，此苦之聚。須知色無常，受、想、行、識無常，非我。』嫣妹，人的色身是無常的，今天美妙無比，明天就衰敗了，這大苦人人都免不了！」

只聽王語嫣叫道：「我不要無常……」掩面向外奔出。

段譽見玉像頭部破碎，左眼的黑寶石掉出，留下了一個空洞。本來插在鬢邊的明珠玉釵已現黃色，身上衣衫破裂，「神仙姊姊」無復昔日的尊貴丰采。段譽不由得嘆了口氣，心道：「不但人的美色無常，連玉像也不能長保美滿。」

段譽自在大理國登基爲君，除一場天花瘟疫外，國泰民安，四境清平；他聽從伯父本塵大師及拈花寺黃眉大師的建議，免除了大理通國的鹽稅。他開寬道路，廣徵車船，大舉從四川輸入岩鹽，又在大理西北探得兩處鹽井，每年產鹽甚豐，通國百姓食鹽無稅，供應豐足，還有餘鹽輸到吐蕃，換取牛羊奶油。全國百姓大悅，都說段譽是個爲民造福的好皇帝。

這日春光駘蕩，大理通國正在慶祝「三月街」節日，大理各族百姓，擺夷（當時名稱。現改名爲「白族」，白與「擺」音近，且白族人民皮膚白皙，去掉含有輕侮之義的「夷」字）、苗族、藏族、漢族、傈僳、夷族（現改名「彝」族）、回族、泰族、納西、阿昌、普米、怒族、蒙古、布朗等族男女老少，個個穿得花花綠綠，在大理街上載歌載舞，飲酒贈花，歡樂無極。

段譽在宮中先去向皇伯母、皇太妃等敬酒後，和木婉清、鍾靈等幾個郡主歡宴，隨即帶同巴天石、朱丹臣，以及木婉清、鍾靈等，向北出巡，來到善巨郡、謀統府一帶。木婉清問道：「譽哥，你這一路向北，是去接王姑娘麼？」段譽道：「王姑娘已回蘇州去啦，這時候定是跟她表哥在一起。」鍾靈道：「那你到這兒來幹麼？」段譽道：「跟你們一起踏青散心啊！」

衆人隨意縱馬而行，在野外用餐，心意甚暢。放眼望去，但見綠草如茵，路旁垂柳依依，和暖的微風徐徐吹拂，當眞醉人如酒，微有醺醺之意。段譽低吟：「長記綠羅裙，處處憶芳草！」鍾靈道：「哥哥，你想念王姑娘麼？」段譽道：「有一些，不全部是！」他心中所想，除了王語嫣外，更有太湖中的阿碧。這一望無際的綠野，恰如太湖的春水碧波、阿碧的綠色羅裙。

又玩了半日，眼見天色將黑，段譽吩咐回宮，衆人撥轉馬頭向南行，經過一處樹林，附近有不少農家。忽聽得林中有個孩童聲音叫道：「陛下，陛下，我已拜了你，怎麼還不給我糖吃？」

衆人一聽，都感奇怪：「怎地有人認得陛下？」走向樹林去看時，只聽得林中有人說道：「你們要說：『願吾皇萬歲，萬歲，萬萬歲！』才有糖吃。」

這語音十分熟悉，正是慕容復。

段譽等人吃了一驚，隱身樹後，向聲音來處看去，只見慕容復坐在一座土墳之上，頭戴高高的紙冠，神色儼然。

七八名鄉下小兒跪在墳前，亂七八糟的嚷道：「願吾皇萬歲，萬歲，萬萬歲！」一面亂叫，一面跪拜，有的則伸出手來，叫道：「給我糖，給我糕餅！」

慕容復道：「衆愛卿平身，朕既興復大燕，身登大寶，人人皆有封賞。」墳邊垂首站著兩個女子，卻是王語嫣和阿碧。王語嫣衣衫華麗，兩頰輕搽胭脂。阿碧身穿淺綠衣衫，明艷的臉上頗有淒楚憔悴之色，她從一隻籃中取出糖果糕餅，分給衆小兒，說道：「大家好乖，明天再來玩，又有糖果糕餅吃！」語音嗚咽，一滴滴淚水落入竹籃之中。

衆小兒拍手歡呼而去，都道：「明天又來！」

段譽知慕容復神智已亂，富貴夢越做越深，不禁淒然。又見王語嫣和阿碧隨著慕容復，顯得無聊落拓，憐惜之念大起，只盼招呼她兩人和慕容復同去大理，妥為安頓，卻見阿碧與王語嫣瞧著慕容復的眼色中柔情無限，而慕容復也是一副志得意滿之態，心中登時一凜：「各有各的緣法，慕容兄與語嫣、阿碧如此，我覺得他們可憐，其實他們心中，焉知不是心滿意足？他們去了大理，心中未必高興，我又何必多事？」

當下在柳樹後遠遠站著，瞧著王語嫣和阿碧，心中一酸，不自禁的熱淚盈眶。王語嫣一抬頭，忽然見到朱丹臣。朱丹臣向她搖了搖手，王語嫣會意，便不出聲招呼，斜眼看去，見到了柳樹後的段譽，便向著他走上兩步。阿碧見王語嫣舉動有異，順眼也看到了段譽。三人一時心中都有千言萬語，不知從何說起，又都走近了幾步。段譽輕聲叫道：「嫣妹！阿碧小妹子！」王語嫣和阿碧也叫了聲：「哥哥！」二女見段譽流淚，情不自禁，珠淚紛紛自面頰落下。

三人相對片刻，揮手道別，各自轉身。

王語嫣和阿碧轉過身來，見慕容復適才受衆孩童朝拜，臉上依然容光煥發，二女抹了抹眼淚，微笑著向他走去。

段譽一衆人悄悄退了開去。但見慕容復在土墳上南面而坐，口中兀自喃喃不休。

段譽回到宮中，召集高泰明、華赫艮、范驊、巴天石、朱丹臣等人商議，猜測慕容復何以從蘇州遠來大理？華赫艮道：「陛下，以臣看來，慕容復一心只想復國爲君，所謀不成，已神智混亂。」巴天石道：「臣和華大哥想法相同。慕容復自稱皇帝，若在大宋境內，給人發覺了，便是滿門抄斬的大罪。王姑娘躭心他出事，又勸他不醒，便帶他到大理來，托庇於陛下宇下。」

范驊點頭道：「正是。鄧百川、公冶乾、風波惡已離他而去，料他也做不出甚麼事來。陛下寬宏大量，不加理會便是，要不臣派人將他驅逐出境。」段譽搖頭道：「驅逐倒也不必。我瞧語嫣和阿碧的景況也不甚好。朱四哥，明兒請你去庫房支五千兩銀子，悄悄去送了給她們。以後如有所需，可不斷適當支助。但別說我知道此事。」朱丹臣領命前去辦理。

段譽爲君，清靜無爲，境內太平。後來他稟告伯父本塵大師，將自己身世秘密對華赫艮、巴天石等親信說了，立木婉清爲貴妃、鍾靈爲賢妃、曉蕾爲淑妃。華赫艮等以這是皇帝身世機密，盡皆守口如瓶。段譽徵得梅蘭竹菊四姝首肯，並獲得虛竹夫婦認可，將她們分別許配於高泰明、華赫艮、巴天石等人之子。

據大理國史籍所載：大理（史稱「後理」）憲宗宣仁帝段譽，登基時年號「日新」，後改文治、永嘉、保天、廣運，共有五個年號，其後避位爲僧，一共做了四十年皇帝，傳位於其子段正興。段正興史稱「景宗正康帝」，次年改元「永貞」。他做了廿五年皇帝後，也避位爲僧，傳位於其子。段正興之母姓名，史無記載，是木婉清、鍾靈、曉蕾，還是別位嬪妃所生，便不得而知。

（全書完）

注：英國近代小說家詹姆士．希爾登（James Hilton）最出名的小說是《失落的地

平線（*Lost Horizon*）》，拍成電影後中文譯名「香格里拉」（Shangri-La），這部小說的名字也常譯作《香格里拉》。該書於一九三三年出版。小說敘述一個英國領事在印度革命時乘小型飛機撤退，飛機遭騎劫，越過喜馬拉雅山而在西藏山區降落。同機另有三人，劫機者跌死。四乘客避入峭壁上一座名爲香格里拉的喇嘛廟，該廟中喇嘛大都已二百餘歲。英國領事與廟中侍候茶水的中國少女相戀。該少女其實已近九十歲，但仍爲少女容顏。後來廟中住持老喇嘛以三百餘歲高齡逝世，領事與少女偕行下山。下山數天後，少女即回復八九十歲之容顏，不久去世。小說中描寫香格里拉空氣清新，景色美麗，居民心態平靜，與世無爭，得道喇嘛傳以打坐修練之法，遂能駐顏長壽。新加坡酒店集團開設酒店，即以「香格里拉」爲名，其連鎖酒店分設香港、北京、上海、杭州、西安等地，表示旅客住入，如臨仙境，爲五星級之優良酒店。

一九九九年雲南麗江舉行首居中國名人「炎黃杯」圍棋賽，作者金庸爲發起人之一（其餘四位發起人是陳祖德、聶衛平、林海峰、沈君山四位先生），承邀前往麗江木王府參加開局禮。其後前赴麗江之北玉龍雪山參觀，據當地友人告知，更往稍北之劍川、鶴慶等地，鄰近西藏高原，即爲傳說中之「香格里拉」，據說當地草木清華，山水有仙風靈氣，食物不受污染，有益健康，居民往往長壽，容色長保青春。

後記

在改寫修訂《天龍八部》時，心中時時浮起陳世驤先生親切而雍容的面貌，記著他手持煙斗侃侃而談學問的神態。中國人寫作書籍，並沒有將一本書獻給某位師友的習慣，但我熱切的要在〈後記〉中加上一句：「此書獻給我所敬愛的一位朋友——陳世驤先生。」只可惜他已不在世上。但願他在天之靈知道我這番小小心意。

我和陳先生只見過兩次面，夠不上說有深厚交情。他曾寫過兩封信給我，對《天龍八部》寫了很多令我眞正感到慚愧的話。以他的學問修養和學術地位，這樣的稱譽實在是太過份了。或許是出於他對中國傳統形式小說的偏愛，或許由於我們對人世的看法有某種共同之處，但他所作的評價，無論如何是超過了我所應得的。我的感激和喜悅，除了得到這樣一位著名文學批評家的認可、因之增加了信心之外，更因爲他指出，武俠小說並不純粹是娛樂性的無聊作品，其中也可以抒寫世間的悲歡，能表達較深的人生境界。

當時我曾想，將來《天龍八部》出單行本，一定要請陳先生寫一篇序。現在卻只能將陳先生的兩封信附在書後，以紀念這位朋友。當然，讀者們都會了解，那同時是在展示一位名家的好評。任何寫作的人，都期望他的作品能得到好評。如果讀者看了不感到欣賞，作者的工作變成毫無意義。有人讀我的小說而歡喜，在我當然是十分高興的事。陳先生英年早逝，聞此噩耗時涕淚良久。

陳先生的信中有一句話：「猶在覓四大惡人之聖誕片，未見。」那是有個小故事的。陳先生告訴我，臺灣夏濟安先生也喜歡我的武俠小說。有一次他在書鋪中見到一張聖誕卡，上面繪著四個人，夏先生覺得神情相貌很像《天龍八部》中所寫的「四大惡人」，就買了來，寫上我的名字，寫了幾句讚賞的話，想寄給我。但我們從未見過面，他託陳先生轉寄。陳先生隨手放在雜物之中，後來就找不到了。夏濟安先生曾在文章中幾次提到我的武俠小說，頗有溢美之辭。雖然我和他哥哥夏志清先生交情相當不錯，但和他的緣份稍淺，始終沒能見到他一面，連這張聖誕卡也沒收到。我閱讀《夏濟安日記》等作品之時，常常惋惜，這樣一位至性至情的才士，終究是緣慳一面。

《天龍八部》於一九六三年開始在《明報》及新加坡《南洋商報》同時連載，前後寫了四年。中間在離港外遊期間，曾請倪匡兄代寫了四萬多字。倪匡兄代寫那一段是一個獨立的情節，內容是慕容復與丁春秋在客店中大戰，雖然精采紛呈，但和全書並無必要連繫，這次改寫修訂，徵得倪匡兄的同意而刪去了，只保留了丁春秋弄盲阿紫一節，那是不能刪的。所以要請他代寫，是爲了報上連載不便長期斷稿。但出版單行本，沒有理由將別人的作品長期據爲己有。《金庸作品集》中所有文字，不論好壞，百分之百是金庸自己所寫，並無旁人代筆。在這裏附帶說明，並對倪匡兄當年代筆的盛情表示謝意。

一九七八・十

《天龍八部》的再版本在一九七八年十月出版時，曾作了大幅度修改。這一次第三版又改寫與增刪了不少（前後共歷三年，改動了六次）。有一部分增添，在文學上或許不是必要的，例如無崖子、丁春秋與李秋水的關係，慕容博與鳩摩智的交往，少林寺對蕭峯的態度，段譽對王語嫣終於要擺脫「心魔」等情節，原書留下大量空間，可讓讀者自行想像而補足，但也不免頗有缺漏與含糊。中國讀者們讀小說的習慣，不喜歡自己憑空虛想，定要作者寫得確確實實，於是放心了：「原來如此，這才是了！」尤其許多年輕讀者們很堅持這樣的確定，這或許是我們中國人性格中的優點：注重實在的理性，對於沒有根據的浪漫主義的空靈虛構感到不放心。因此，我把原來留下的空白儘可能的填得清清楚楚，或許愛好空靈的人覺得這樣寫相當「笨拙」，那只好請求你們的原諒了。因爲我的性格之中，也是笨拙與穩實的成分多於聰明與空靈。

《天龍》中的人物個性與武功本領，有很多誇張或事實上不可能的地方，如「六脈神劍」、「火燄刀」、「北冥神功」、無崖子傳功、童姥返老還童等等。請讀者們想一下現代派繪畫中超現實主義、象徵主義的畫風，例如一幅畫中一個女人有朝左朝右兩個頭之類，在藝術上，脫離現實的表現方式是容許的。

迄今尚無一位中外地球物理學家指責《莊子・逍遙遊》的不科學。莊子說大鵬南徙，「摶扶搖而上者九萬里」，但根據地球物理學，距離地面十七公里以上，叫做tropopause（對流層頂），氣溫極低，再上去到stratosphere（同溫層），溫度增高，由於物理作用，空氣只方便横向運動，要縱向再升高就極困難，因爲高溫空氣上升後，下面低溫空氣升不上來補充，中間脫節。這一層的上限離地面約五十公里。連空氣都不易升到五十公里以上，莊子這頭大鵬要上升到九萬里（四萬五千公里），只怕有點困難了。相信植物學家也會指責莊子說「上古大椿以八千歲爲春，八千歲爲秋」，這樣長壽的植物世上恐怕沒有吧；背廣幾千里的大鵬或鯤魚大概也不會有。中國有自然科學家們硬要研究「六脈神劍」是否可能，不知外國的昆蟲學家有沒有研究卡夫卡小說中有人忽然變成了一隻大甲蟲，在人體生理學或昆蟲學上是否可能。

有些文藝批評家要求任何小說均須遵守現實主義原則。毛澤東主席之「延安文藝座談會講話」原則，內地作者在文革前後固非遵守不可，今日尺度放寬，已有可遵可不遵的自由。自古以來，我國文藝創作，即重馳騁想像，今人拘於現實，未免迂矣。從前有迂人評李白詩「白髮三千丈」未免太長；「朝如青絲暮成雪」頭髮白得太快；「桃花潭水深千尺」太深；「兩岸猿聲啼不住，輕舟已過萬重山」，從白帝城到江陵，萬重山太多，千重百重則差近之。又有迂人（其實沈括非迂人）評白居易〈長恨歌〉，曰：「『峨眉山下少人行，旌旗無光日色薄』，峨眉山在嘉州，唐玄宗自長安入四川，不須經峨眉山。」其實詩歌非遊記，此詩不過以峨眉山代表四川。又評杜甫〈武侯廟古柏〉詩，云：「『霜皮溜雨四十圍，黛色參天二千尺』，四十圍乃徑七尺，樹高二千尺，此柏無乃太細長乎？」有評者說，武松從山東陽穀縣到清河縣去探望其兄武大郎，不必經過景陽岡。但景陽岡武松打虎乃千古奇文，不經景陽岡即不打吊睛白額虎，除稀有動物保護者之外，人人都覺遺憾。

《水滸傳》爲極妙奇書，然不合情理之處甚多，如李逵取公孫勝，爲羅眞人所阻，李逵夜中殺羅眞人，流出白血，又殺其童子，但被殺者均不死，原來羅眞人以葫蘆相代。行路時，神宗太保戴宗以甲馬繫李逵兩腿，一念咒語，李逵即飛奔不能停止，可日行八百里，如參加世運會馬拉松長跑，一口氣快跑四十萬公尺，戴宗如再帶一人，三人自必囊括金銀銅獎牌。《三國演義》寫關公爲呂蒙所殺，關公鬼魂在玉泉山大叫：「還我頭來！」又上呂蒙之身，使其擊打孫權，隨即倒地而死。〈武鄉侯罵死王朗〉一節，寫諸葛亮在陣上交鋒時，痛罵敵方主帥司徒王朗，「王朗聽罷，氣滿胸膛，大叫一聲，撞死於馬下。」兩軍交鋒，大罵一場，便將對方主帥罵死，似亦不可信。然《三國演義》爲古今奇書，不能以事實上是否可能判其優劣。

王國維先生盛讚「昨夜西風凋碧樹，獨上高樓，望盡天涯路」詞句，然天涯路千里萬里，獨上高樓，豈能一望而盡？科學院院士何祚庥先生爲著名物理學家，常以學術觀點指摘法輪功所宣揚之特異功能不合科學，頗可佩服。作者前年在北京和何先生會談，何先生先言其本人爲「金庸小說」之喜愛者，隨即指出：「物理學中之力只有一種，人力應無內力外力之分，但武俠小說言之已久，讀者習慣上已接受，以氣功運內力外擊敵手，讀者並不反對，此爲藝術上約定俗成的虛構，不必追究其是否眞實。」筆者同意何先生之圓融見解，武俠小說自身有種種習慣性的通用虛構，猶如今人大畫家繪畫華山，極力誇張其雄奇險峻，往往懸崖峭壁，無路可上，實則華山每日上山者往往數百人，繪畫之誇張雖離事實，然畫爲好畫（並非地圖），亦無人否定之也。當年蘇東坡曾以朱筆繪竹，風神瀟洒，有人指摘曰：「世上豈有紅色竹子？」蘇反問：「然則有黑色墨竹乎？」蓋世人多以墨筆繪竹，習見之即不以爲異。筆者並不敢自認本書可與上述藝術品相提並論，但知藝術不必一定與眞實相符，優劣皆然。

二〇〇二・十一

陳世驤先生書函

一九六六・四・廿二

金庸吾兄：去夏欣獲瞻仰，並蒙錫尊址，珍存，返美後時欲書候，輒冗忙倉促未果。天龍八部必乘閒斷續讀之，同人知交，欣嗜各大著奇文者自多，楊蓮生、陳省身諸兄常相聚談，輒喜道欽悅。惟夏濟安兄已逝，深得其意者，今弱一個耳。青年朋友諸生中，無論文理工科，讀者亦衆，且有栩然蒙「金庸專家」之目者，每來必談及，必歡。間有以天龍八部稍鬆散，而人物個性及情節太離奇爲詞者，然亦爲喜笑之批評，少酸腐蹙眉者。弟亦笑語之曰，「然實一悲天憫人之作也……蓋讀武俠小說者亦易養成一種泛泛的習慣，可說讀流了，如聽京戲者之聽流了，此習慣一成，所求者狹而有限，則所得者亦狹而有限，此爲讀一般的書聽一般的戲則可，但金庸小說非一般者也。讀天龍八部必須不流讀，牢記住楔子一章，就可見『冤孽與超度』都發揮盡致。書中的人物情節，可謂無人不冤，有情皆孽，要寫到盡致非把常人常情都寫成離奇不可；書中的世界是朗朗世界到處藏著魍魎與鬼蜮，隨時予以驚奇的揭發與諷刺，要供出這樣一個可憐芸芸衆生的世界，如何能不教結構鬆散？這樣的人物情節和世界，背後籠罩著佛法的無邊大超脫，時而透露出來。而在每逢動人處，我們會感到希臘悲劇理論中所謂恐怖與憐憫，再說句更陳腐的話，所謂『離奇與鬆散』，大概可叫做『形式與內容的統一』罷。」話說到此，還是職業病難免，終究掉了兩句文學批評的書袋。但因是喜樂中談說可喜的話題，結果未至夫子煞風景。青年朋友（這是個物理系高才生）也聰明居然回答我說，「對的，是如您所說，天龍八部不能隨買隨看隨忘，要從頭全部再看才行。」這樣客廳中茶酒間談話，又一陣像是講堂的問答結論，教書匠命運難逃，但這比講堂快樂多了。本有時想把類似的意見正式寫篇文章，總是未果。此番離加州之前，史誠之兄以新出「明報月刊」相示，說到寫文章，如上所述，登在明報月刊上，雖言出於誠，終怕顯得「阿諛」，至少像在自家場地鑼鼓上吹擂。只好先通訊告　兄此一段趣事也。

弟四月初抵此日本京都，被約來在京大講課「詩與批評」三個月後返美。曾繞台北稍停。前在中研院集刊拙作，又得多份。本披砂析髮之學院文章，惟念　兄才如海，無

書不讀，或亦將不細遺。此文雕鑽之作，宜以覆甕堆塵，聊以見　兄之一讀者，尚會讀

書耳。

又有一不情之請：天龍八部，弟曾讀至合訂本第三十二册，然中間常與朋友互借零

散，一度向青年說法，今亦自覺該從頭再看一遍。今抵是邦，竟不易買到，可否求　兄

賜寄一套。尤是自第三十二册合訂本以後，每次續出小本上市較快者，更請連續隨時不

斷寄下。又有神鵰俠侶一書，曾稍讀而初未獲全睹，亦祈賜寄一套。並賜知書價爲盼。

原靠書坊，而今求經求到佛家自己也。賜示：「京都市左京區吉田上阿達町37洛水ハイ

ツ」以上舍址，寄書較便。如平常信，厭日本地名之長，以「京都市京都大學中國文學

系轉」亦可。

匆頌

著安

弟陳世驤拜上

一九七〇・十一・二十

良鏞吾兄有道：港遊備承隆渥，感激何可言宣。當夕在府渴欲傾聆，求教處甚多。方急不擇言，而在座有嘉賓故識，攀談不絕，瞬而午夜更傳，乃有入寶山空手而回之嘆。此意後常與友人談為扼腕，希必復有剪燭之樂，稍釋憾而補過也。當夜只略及弟為同學竟夕講論金庸小說事，弟嘗以為其精英之出，可與元劇之異軍突起相比。既表天才，亦關世運。所不同者今世猶只見此一人而已。此意亟與同學析言之，使深為考索，不徒以消閒為事。談及鑑賞，亦借先賢論元劇之名言立意，即王靜安先生所謂「一言以蔽之曰，有意境而已。」於意境王先生復定其義曰，「寫情則沁人心脾，景則在人耳目，述事則如出其口。」此語非泛泛，宜與其他任何小說比而驗之，即傳統名作亦非常見，而見於武俠中為尤難。蓋武俠中情、景、述事必以離奇為本，能不使之濫易，而復能沁心在目，如出其口，非才遠識博而意高超者不辦矣。藝術天才，在不斷克服文類與材料之困難，金庸小說之大成，此予所以折服也。意境有而復能深且高大，則惟須讀者自身才學修養，始能隨而見之。細至博弈醫術，上而惻隱佛理，破孽化痴，俱納入性格描寫與故事結構，必亦宜於此處見其技巧之玲瓏，及景界之深，胸懷之大，而不可輕易看過。至其終屬離奇而不失本眞之感，則可與現代詩甚至造形美術之佳者互證，眞膺之別甚大，識者宜可辨之。此當時講述大意，並稍引例證，然言未盡於萬一，今稍撮述。猶在覓四大惡人之聖誕片，未見。先作此函道候。另有拙文由中大學報印出，托宋淇兄轉上，聊誌念耳，茲頌

年禧

嫂夫人同此問候

弟世驤上十一月廿日

內子附筆問好

舍址：48 Highgate Rd. Berkley Calif. 94707 U.S.A.

陳世驤先生評「天龍八部」書

金庸吾兄：去夏欣獲瞻仰，并蒙錫尊址，珍存，迄未敢率爾奉候，輒先忙急從未果。天龍八部必乘閒斷續讀之，同人知交，欣嗜武大著古今文者自多，楊蓮生、陳省身諸兄常相聚談，輒喜道欽悅。惟夏濟安兄已逝，深悼友意者，今踰一年。青年朋友諸生中，無論文理工科，讀者亦眾，且有栩然蒙金庸專家之目者，每來必談及，必歡。曾有以天龍八部稍鬆散，而人物個性及情節太離奇為詞者，然亦為喜笑之批評，少酸腐氣冒者。弟亦笑語之曰：「然實一悲天憫人之作也」……蓋讀武俠小說者亦易養成一種泛泛的習慣，可說讀流了，如聽京戲者之聽流了，習慣一成，所求者狹而有限，則所得者亦狹而有限，此為讀一般的書，聽一般的戲則可，但金庸小說非一般者也。讀天龍八部必須不流讀，牢記住楔子一章，就可見「冤孽與超度」都發揮盡致。書中的人物情節，可謂無人不冤，有情皆孽，要寫到盡致非

把平常事情都寫成新奇不凡，書中的世界是朗朗平常世界，到處
藏着趣味與究竟，隨時可以警奇的描述與諷刺，要供出這樣
一個可憐若令人從生的世界，必須能不教佳構發揮盡致。這樣的人物
性格和世界，背後籠罩着佛法的寶藏大智般，時而透露和說出
來。而在每逢動人處，我們會感到希臘悲劇理論中所謂
恐怖與憐憫，再從而更深廣的說，所謂「新奇的發揮盡致」，大概
可以叫做中形式與內容的統一吧。」話說到此，不過是嚴肅議題，
終於擺了兩句文學批評的書袋。但這畢業年，談說有意的
話題，結果末至大煞風景。青年（這些物理系高材生）朋友們聽那會兒國家我說說，
「對的，是好像的說，大體八部不能隨意隨意忘，要想說全
部一再看才行。」這樣在廳中一茶泡何說法，又一陣像是滿堂的
問答結論，都書面命運新選，但這比講堂快樂多了。本來時
想把這點小小的意見正式寫成文章，但總是未果。此篇刻加世之州，

史識之足以對古典。明報月刊之指示，說到寫文章，如上所述，登在明報月刊上，發言者於誠，終怕難得「同識」，至少像在自家揚鑼鼓上吹擂。只好先通訊告兄此一段感想了。

弟四月初擬赴日本京都，被約來在京大講課「詩與批評」三個月，演述英美。書談台北精停。前在中研院集刊拙作，又得多份。上午撥研析髮之學院文章，惟念兄才如海，無書不讀，故亦材不細遺。此文雕鑽之作，宜以覆醬瓿塵，聊以見兄之讀者，亦會讀書耳。

又有一不情之請：天龍八部，弟曾讀至合訂本第三十二冊，然中間常為朋友互借零散一二處，而青年說法，今亦自覺讀得頭尾貫一遍。今擬是郵購，竟不易買到，而不得不求兄賜寄一套。尤是自第三十二冊合訂本以後，每次讀出小本上市較快者，更請連續寄下（隨時不斷）。又有神鵰俠侶一書，曾精讀而初未獲全觀，亦祈賜寄一套（弟如知書價為何）。而去報書坊，今欲求終求到佛家自己也。賜示：「京都市左京區吉田上阿達町37洛水ハイツ」以上全址，寄書較便。如平安亦信，限日本地名之長，以「京都市，京都大學中國文學系轉」亦可。

弟 陳世驤 拜上

匆頓

著安

良鏞吾兄有道：港遊備承隆渥，感激何可言宣。當年在滬欲傾聆求教處甚多。方急不擇言，而寒屋有嘉賓故識，攀談不絕，聯而午夜更傳，乃有入寶山空手而回之嘆。此意以常與友人談為抱憾，希必復有剪燭之樂，稍釋憾而補過之。當夜只畧及弟為周峴子責予講論金庸小說事，而嘗以為其精英之出，亦與元劇之異軍突起相比。既表天才，亦關世運。所不同者，今世猶只見此一人而已。此意予與同學析言之，使深為考索，不徒以消閒為事。談及鑒賞，亦借先賢論元劇之名言立意，即王靜安先生所謂「一言以蔽之曰，有意境而已。」於意境王先生復定其義曰，「寫情則沁人心脾，景則在人耳目，述事則如出其口。」此語施之，宜與乎化任何小說比而驗之，即傳統名作亦非常見，而見於武俠中尤為難。蓋武俠中情、景、述事必以離奇為本，能不使之流易，而復能沁心在目，如出其口，非才遠識博，而意志高超者不辦矣。「藝術天才，在不斷克服文體與材料之困難」，金庸小說之大成，此予所以折服也。意境有而復能深且高而大，則惟須讀者自身才學修養，始能隨而見之。細至博奕醫術，上而

惻隱佛理，破藩學究癖，俱納入性格描寫與故事結構，
必亦宜於此處見其技巧之玲瓏，及景界之深，胸懷
之大，而不可輕易看過。至其修辭新奇，而不失本
真之感，則可與現代詩甚至造形美術之佳者互證，
真贗之別甚大，識者宜可辨之。此當时論述大意，
并稍引例證，然言未盡於萬一，今稍撮述。猶存覓
四大惡人之聖誕歷，未見。先作此函道候。另有拙
文由中大學報印出，托宗淇兄轉上，聊供念耳，並頌
年禧
嫂夫人同此問候

弟 世驤 十二月廿日

內子 湘華 同拜

舍址
48 Highgate Rd.
Berkeley, Calif.
94707
U.S.A.

天龍八部(大字版) / 金庸作.　-- 二版.
-- 臺北市：遠流，2017.10
冊；　公分. -- (大字版金庸作品集；41–50)

ISBN 978-957-32-8133-7 (全套：平裝).

857.9　　　　　　　　　　　　106016870